POSSESSED
HAND

一人筆談

希比基

封面繪圖 SAWANA

目次

「維護與修復文化紀念物之目的，是要保護它們同時作為藝術傑作與歷史證物。」

——摘自《威尼斯憲章1964》，傅朝卿翻譯

《其一》失而復得

「恭喜復職，梓棠學長！」

「……謝謝。」

周梓棠接過同事遞來的花，笑容靦腆。

他戴著黑色皮手套的左手，從衣袖與手套間若隱若現的一縷肌膚，上頭有著接縫般的紋路。手腕皮膚表面出現顏色斷層，像是拼湊兩張不同的畫布時，所產生的紋理之差。

「我們都在等你呢，那個……呃。」

代表獻花的同事本想笑著寒暄，中途卻發覺苗頭不對。

「復健後的狀況很好。」梓棠毫不避諱。

他刻意用戴著黑手套的左手握住花束，給了對方臺階下。

「已經可以握筆，也能開車了。這麼說可能聽起來有點誇張，但是……簡直就像自己的手一樣。」

「現代醫學已經進步到這種程度了呢……」

「嗯，根據一般數據統計，恢復到原本狀態的九成不是問題。護理師也說過我運氣很好，身體沒出現什麼後遺症。」

「——梓棠。」

祝賀他康復，將他團團圍住的同事陣仗後方，有道聲音呼喚住他。修復室的室長劉緗走到他面前，穩穩握住他的手。

「不好意思，難得回到了工作崗位，卻得讓你做這種工作。」

梓棠明白，劉緗室長指的是「降職」一事。

雙手的靈活度是他們這一行的生命線，再怎麼完好如初，遭遇重創的他終究無法回歸從前了。這場事故雖沒徹底毀掉他的飯碗，職業生涯遭到重挫卻是無庸置疑。

「別這麼說，光是你們願意繼續聘用我，我就很感激了。」梓棠搖搖頭，回握住室長的手。

他一字一句都無虛假，握了十幾年畫筆，除了顏料與溶劑塗抹過的地方以外，他哪裡都去不成。

周梓棠，二十八歲，任職於霽青美術館附屬修復室。

職業：油畫修復師。

——更正，在截肢並獲得手臂異體捐贈前，是名油畫修復師。

※

一年前。

二〇一九年八月八日。立夏。

大雨滂沱篩去了濃重暑氣，梓棠是被藥水味、痛覺以及雨聲吵醒的。

清醒時，左手臂的疼痛與空虛感徹底斷絕了意識的朦朧。昏迷前的記憶片段充滿空隙，但更顯著的，是左手肘以下傳來的那股失去某種東西的殘缺感。

他花了一番時間才讓視野聚焦，查房的護理師請主治醫生過來。經過一段時間，梓棠在醫師與護理師的幫助下漸漸釐清現況。

「被卡車撞上還能撿回一命，根本是奇蹟了呢。」

主治醫生的語氣輕佻，只差沒把卡著病歷的板子扛在肩上。

梓棠的視力慢慢恢復，看見醫生胸前的繡字：何曦予。

看來是場大規模事故。也對，梓棠冷嘆了一口氣，看他自己身上的「行頭」就夠了，身體漫出撕裂傷的疼痛，繃帶幾乎包裹著全身，左手肘以下空無一物，用不著回顧現場也知道慘烈至極。

「……」乾渴的喉嚨好似在燃燒，梓棠發出清醒後的第一句話：「我的、手……」

「想起來發生什麼事了嗎？」

「……啊……」

他闔上沾著淚痕的眼睛，乾乾澀澀，刺痛感過於熟悉。這不是他第一次清醒。

他反芻著僅有的記憶。「我，簽字了。」

第一次醒來時，他簽下了截肢同意書。

「講老實話，由不得你。」醫生聳聳肩。

同意書只是簽個形式，那時候梓棠的家人不在場，還是陪同就醫的善心人士協助他簽字的。對方一字一句唸出同意書內容給他聽時，他幾乎只能聽見耳鳴的嗡嗡聲。空在一旁的簽署欄有股魔力，梓棠沒多想就在那裡簽下自己的名字。

「都被輾碎成那樣了，留了也沒有用處。趁惡化前斷乾淨對彼此都是好事。」醫生說道。這年頭術後一哭二鬧三上吊的恐龍病患很多的，他沒那自信去維持好脾氣。

「醫生……」

「怎樣？」

「……我……沒死成呢。」

主治醫師若有所思地瞇起眼。梓棠有近視，裸視下看不太清楚對方的臉，但醫生的情緒露骨地直射了過來。

「我說你啊，下次要付諸實踐的話可以選擇十層樓以上的建築，一勞永逸，成功率高，用不著浪費醫療資源，也節省你我的時間。」醫師丟出一句完全不像是會從醫護人員嘴裡吐出來的暴言，交代護理師幾句話後就甩著白袍衣襬走了。這次是真的一邊拿著病歷板敲敲僵硬的肩膀，一邊揚長而去。

在這之後，事態有了戲劇性的轉變。

梓棠得到了某位人士的異體捐贈。

基於保密原則，對方是何許人也，出身來歷，他無從得知。主治醫師言詞辛辣之餘，倒是盡責地將他把移植的異體給縫上手臂，安安好好，服服貼貼。

歷經漫長的復健與療養，事故一年後，二〇二〇年七月，梓棠於霽青修復室復職。

※

「——這裡這裡，要小心謹慎唷！輕——輕地放下來！」

林茜招呼搬運畫作的業者，請他們將待修復的畫作運進工作室裡。她屢次叮嚀業者「小心！」、「慢慢的！」、「輕一點不可以撞到！」，大嗓門加上聲調細又高，整個修復室都是她的招呼聲。

這百般呵護簡直像是在護送皇太子出巡。確認層層保護包裹的畫作無礙後，她才感激地送走搬運業者。

業者走出大門時，正好和門外的梓棠擦身而過。梓棠向長期配合修復室搬運畫作的業者稍微點了個頭，走進修復室裡。業者好奇地瞥了眼他戴著手套的左手，這舉動，梓棠也沒漏看。

「早安，小茜。」他向早就站在工作桌前蓄勢待發的女孩問好。

現在還不到八點半，他已經算早到了，林茜卻更早就站在修復室裡。

「啊，周學長！早安。」

「妳還是都這麼早來嗎？」

「嘿嘿，要比師父和前輩早半小時到，這是學徒的不成文規定嘛！」

聽到前輩這兩個字，梓棠下意識看了眼自己的左手，面有難色。「但是，我已經……」

「說什麼傻話，學長就是學長！你不是都已經克服困難回到這裡了嗎？」林茜挑起眉，故作生氣似地雙手交抱。「畏畏縮縮的很不可取喔。」

「……說得也是。對不起。」這下立場似乎倒了過來，梓棠苦笑著賠不是。

梓棠與林茜工作的職場是棟棲息在美術館本館後方的寧靜小小修復室，室內又按照文物修復類別切割成幾個工作空間。

二樓天花板被打通，抬頭一看便可看見高聳空間直升上天井，牆上一處則掛著塊設計簡約大方的牌子：霽青美術館附屬修復室（Cyan Conservation Studio，ＣＣＳ）。

ＣＣＳ設立的原因相當簡單而樸實：「文物修復」的概念已於西方諸國落實，義大利更可謂修復學的起源地，培養修復師的專業教育機構名聲遠播。相較之下，臺灣對於文物修復的概念仍剛起步，國內大多藝術文物一旦損壞，總得仰賴國外修復師的技術援助。

與其倚靠他人之手，不如培養臺灣本土專業修復師才是長遠之道。為此，近年政府開始推廣文物修復運動和文物修復概念，並與民間美術領域聯合成立特殊機構。

——雙方攜手合作的成果，正是霽青美術館旗下的ＣＣＳ。

霽青美術館乃市內規模最大美術館，館藏作品近五千件，早在從前就享有盛名。礙於經費與知名度問題等現實面，新成立的ＣＣＳ起步緩慢、規模也小，仍一點一滴地培育著文物修復人才。

當年，於義大利完成修復學學業後歸國的周梓棠，正是受到館方邀請而入職的其中一位修復師。

「看來到現在工作量還是很大呢。」梓棠本以為他去復健的一年期間，修復室會吹進什麼新風氣，看來是多心了。
「學長去年離開時在排隊的畫，現在也還躺在那裡喔。」
「哈哈，那倒是。」
那些待修補的畫少說都幾十歲起跳，再躺個幾個月應該也無傷大雅。
閒聊期間，梓棠正好安頓好背包等隨身物品了。他整理一下儀容，換上修復用的圍裙。
他把手臂繞到背後，繫起圍裙的繩結，動作之靈巧讓林茜一度看傻了眼。
「對了對了，還有多虧去年那場水災，把臺灣吹成了滿水位魚缸。」林茜誇張地嘆了口氣，然後來不及搬運或根本沒有防護措施的藝術品，就像魚缸裡那些被泡爛的魚，淹個半死不活。
去年水災之後，CCS開始接受民間委託修復。其實就算沒有水災，工作量照樣繁重。這也是連梓棠這種半殘傷者都有辦法被請回研究所的理由，文物修復在臺灣畢竟才剛起步，缺乏人手。
「說到去年的嚴重水災……」梓棠不免端詳起自己的左手。
「學長？」
「……不，沒什麼。」
去年水災災害爆發的前後，正巧梓棠遭逢事故，也是失去左手的時間點。
而在他歷經異體移植與復健的之後一年間，修復室的其餘同事則致力於填補遭水災損毀的藝術品。

梓棠與林茜不約而同瀏覽四周，他們隸屬的油畫科區域堆滿了待修補的畫作，有些是梓棠不在的這一年間新增的，有些則是數年前就安置在修復室和倉庫、直到現在仍在等待修復的藝術品。瀰漫溶劑與顏料氣息的空間被畫作擠得水洩不通，這下與其說是修復室，更像個恆溫倉庫。

林茜看了眼白板上的工作進度表，又定睛在今天剛送來的油畫上，有些面有難色。

「呃，那個，學長……」

梓棠點點頭。「別介意，讓我來吧。」

「那就麻煩你將這些新送來的畫進行表面清潔，然後另一幅畫的填漿也拜託了。」交代完事項後，林茜雙手合十致歉。「抱歉，竟然讓你做這種事！」

「別介意，我現在可是助手。」

「……啊，對了，我有東西要送給學長。」她說到這，又折回去自己辦公桌，從抽屜裡拿出一個紙袋。「鏘鏘——復職賀禮！」

「謝謝。」梓棠接過提袋，裡頭似乎是個用玻璃罩罩住的小型花盒。「這是什麼？」

「是一種叫做『永生花』的東西，最近國外很流行唷，利用乾燥技術和保鮮液維持住鮮花的外觀與水分，達到長時間保存的效果。和乾花不一樣的是，花的品質完完全全就像鮮花一樣！啊，不過為了能延長永生花的壽命，請不要用手碰觸。」

梓棠聽著解說，興趣盎然地將花盒拿出來端詳。木製的圓形深盤裡，以藍玫瑰為中心色調，精心挑選過配色的花朵鮮嫩欲滴，上頭則用玻璃罩隔絕外界。

林茜看他不發一語地觀察著永生花裝飾，梓棠這人向來很難從表情讀出情緒來，她害臊地搔搔臉頰。

「呃，送學長這種東西……會不會很奇怪？」畢竟花裝飾是送給女孩子的，總有這種刻板印象。

「不會，我好喜歡，真的。」

梓棠閑靜的眼珠子正閃閃發亮，他小心翼翼地轉動木盤，深怕晃動到裡頭的花朵。

「永生花，延長花朵壽命的感覺和修復學有異曲同工之妙。」

「對吧？對吧！我就是猜學長會這麼說，所以挑了這個當禮物！」

太好了，林茜暗自握拳歡呼。

「上次慶祝學長復職的時候我們集資送了花束，事後想想鮮花要插進花瓶裡不是很費工嗎？拆掉包裝紙和膠帶什麼的，枯萎了以後也讓人很難過……我就很過意不去。這次送這個，雪恥成功，嘿嘿。」

「謝謝妳的好意，我會好好珍惜的。」梓棠笑著將永生花裝飾收回提袋裡。「我的房間很單調，這下總算有點裝飾了。」

「能幫助學長的房間進行文藝復興，我也很榮幸！」

梓棠和林茜彼此又閒聊了幾句後，終於正式開始進行各自的修復作業。修復室的油畫科區域恢復平日的靜謐。

梓棠不太熟悉青銅器與鐘錶類那類金屬的修復生態，但純論油畫，他們從來就不會一次只負責一幅畫作，會隨著微妙的溫度與濕度、天候，甚至是心情步調等難以言喻的條件變化而改變作業風格。以前擔任學徒時，他就曾被叫去處理不同畫作的清潔與填漿，手忙腳亂卻又不得不按捺住脾氣，想急卻又急不得，頗為煎熬。

如今睽違一年重歸職場，他對「填漿」這項程序反而心生懷念。

這是油畫修復的一切基本，又稱為填充。顧名思義，就像是灌水泥那樣，以一點一滴、一筆一劃，甚至是一根毛的微小單位，慢慢地用白漿填補畫作表面的坑洞與欠失處。

梓棠輕輕吁出一口氣，四周靜謐的只能聽聞呼吸與心跳聲，松節油的氣味令他心安。

他的世界向來就是這麼安靜，靜得讓人懷疑時間停止流逝。

不遠處的林茜正揮別平時的囂鬧，好似剛才的大嗓門都是假象。她正彎下身，拔除某幅畫作後方的釘子。

「……」梓棠凝視了這樣的林茜好一會兒，連他自己也沒有意識到，自己透露出的眼神滿是欣羨。

他調回視線，轉而看著自己的手。

他的手——他那未被截肢的完好右手，手背上有著一點痊癒又受傷，痊癒又受傷，反反覆覆的結痂疤痕。使用各種揮發性油與顏料、搬運美術品，或是爬上梯子修補畫作時，總會在不經意下挨點皮肉痛。

……別再想那些於事無補的事情了，有雜念是工作大忌。他告誡自己靜下心來。

梓棠掃開油畫表面的灰塵。當他將表面泛黃的保護層光油一點一滴溶解掉時，心裡產生一股難以名狀的異樣感——太流暢了，簡直流暢得詭異。

——這隻移植到他身上的左手，比他想像中的更加敏捷明快。

※

午休時間，梓棠隨便吃了點東西墊墊胃後，來到霽青美術館本館。

他坐在某幅油畫前的沙發區，靜靜仰望著展覽品。平日中午時段的參觀者固然在，可他渾身散發出的幽冷輕易隔絕了遠方傳來的導覽解說、人群私語的嘈雜。

今早出門前雖然沖了個澡，也服藥了，體內傳來的異樣仍揮之不去。

「找到你了，果然在這裡。」遠方走廊忽然有人向他喚了一聲。

一位妝容精緻、身穿商務風格服飾，強悍洗鍊的女性朝他走過來。對方穿著高跟鞋，鞋跟陷進美術館內鋪滿的深色地毯，吸收了鞋跟敲擊地面的聲音。

「室長，午安。」梓棠站起來，點了個頭。

這位五官帶點歲月痕跡，仍不減風韻的女性，正是CCS的室長劉緗。

劉緗是政府與美術館聯合促進文物修復的民間要人之一，具備修復學、經營、行銷等多重背景。據她本人所說，她的性子比起待在幕後修繕更擅於臺前的交際手腕，遂擔任起CCS的公關門面。

「梓棠，就這麼喜歡那幅畫？」劉緗順著梓棠的方向，瞥了牆上的展覽油畫一眼。

「是的。」梓棠面帶微笑。「我大概一輩子也不會忘記這幅畫。」

「即使只是複製品？」

「無論是真品還是複製品，只要能讓人心感受到『美』，那不是就值得了嗎？」

「哈！感情豐富的藝術家，所以我才學不來。」劉緗大剌剌的笑聲，在迴廊引起了一點回音。

——展示在兩人面前的油畫作品名為〈語冬〉。

那是由距今約一百年前，日治時期的臺籍畫家楊玄所繪製的畫作。無奈之後歷經二次大戰、政權轉移等紛亂，〈語冬〉一畫的真跡已遺失。目前展覽在美術館內的是複製品。

即使是複製品，梓棠仍不時抽空來這裡欣賞。修復室裡有個總來看同一幅畫的偏執狂，美術館從業人員裡已經流傳出這種消息。

「室長，找我有什麼事？」

「也沒什麼，只是想問點小事。」劉緗坐到他身旁的軟椅座位，順便舒緩一下高跟鞋造成的腳底板疼痛。「真的不用幫你辦歡迎會沒關係嗎？」

「室長，我早就不是新人了。」算起來，扣除截肢加復健的那段時間，他已經在修復室待四年了。

「但是就是想辦點聚會什麼的嘛，然後再邀請一些人過來採訪，『年輕修復師戰勝病痛光榮回歸！』之類的，感覺可以占不少新聞版面。」

「這才是妳的目的吧……」

「有什麼辦法。這年頭爭取不到贊助商和資金，為了打開知名度，總得嗜血一點嘛——」

劉緗不經手修復工作，而是處理修復室的營運外務，三天兩頭往外頭跑。今天或許是在美術館接待某些外賓或贊助商，才會出現在這裡。

「小茜狀態怎麼樣？工作起來會不會尷尬？」

「不會，她那種誠實又開朗的個性，幫了我大忙。」梓棠笑著搖搖頭。「會有顧慮是難免的，但是她還是願意讓我協助畫作修復，我很高興……應該說室長願意讓我回來，我一直都很感激。」

「那孩子很有幹勁呢。去年接到你遭遇事故的消息時，小茜可是當場哭出來了。然後她一面哭著說要連周學長的份一起努力，絕對不會讓學長的努力白費。」

「怎麼把我說得好像死了一樣……」

「你能像這樣回來工作確實減輕了我們不少負擔。小茜還不夠穩定，離獨當一面還有些時間。而這個修復室不能沒有你，梓棠。」

劉緗這麼告訴他，卻又在語尾說了句「但是」。

「但是，梓棠，要是真的撐不下去了，用不著勉強。以你的經歷和資質，一定可以尋到其他出路。擔任大學的修復學講師也是個辦法，不然我幫你牽個線吧？」

「我還可以繼續工作下去，室長。」

「以你現在的狀態，不可能持續一輩子吧。」劉緗難得嚴肅。「修復是一輩子也嫌不夠用的工作。」

畫的壽命比人長，人的一生不過是畫作的中繼點。同樣一幅畫作橫亙了百年，上頭會留下不同時代的修復師痕跡。

一層晦暗刷過梓棠的面容，他照舊面帶微笑，身體卻不自覺使力，左手握成了拳頭。

「……我還可以繼續工作下去，直到雙手再也無法握筆……不，就算雙手無法握筆了，我還是會想辦法繼續畫下去。」

用口，用足，甚至是仰賴其他方法，他會無所不用其極地重拾畫筆。

「是嗎？那就儘管加油吧。只是，梓棠啊。」

劉緗圓潤而銳利的眼瞳，與他四目相接。

「修復師的職責是『修復』，而不是『繪畫』，多餘的創作慾望只會毀了作品，這點你要記住。」

「我明白的，室長。」

梓棠的心中掠過一絲抽痛，他神情未變，眼角一絲抽搐都沒有。隱藏心聲向來是他的得意絕活。

※

修復師這職業聽來文質彬彬又風雅，其實是門重勞動體力活。

修復師的工時基本上為九至十二小時，工時長，且作業期間要求強大專注力，再怎樣維持涼爽甚至低溫的工作室內，聚精會神而汗流浹背的大有人在。下班後精疲力盡癱在床鋪沉沉睡去也屬於日常一環。

時間一眨眼來到夜晚。

下班的梓棠卻不見倦意，他推開租賃公寓大門，將工作用背包隨手扔到地板一隅——他的公寓裡除了床鋪、書櫃和最基本的一對桌椅外，幾乎可說沒有任何家具。多麼沒生活情調的人啊。並沒有人這樣揶揄他，因為他從來沒邀請過親朋好友到自己的住處。除了某個主治醫生。

客廳地板鋪滿早已泛黃龜裂且不知道濺上幾次乾涸顏料的老舊報紙，紙張一層不夠就疊兩層，淹沒到地板幾乎無法透氣，最底層的報紙可以瞥到日期超過三年前。

梓棠沒有食言，他將林茜贈送的永生花裝飾在房間一隅。

接著摘掉隱形眼鏡、戴上居家時用的黑粗框，並穿上沾滿同樣顏料的室內鞋與圍裙，走向客廳中央的畫架。

這個住處除了維持生理機能的最低要素以外，不需要其他東西，儘管有永生花的點綴，生活色彩仍沒有起色。沒有電視，用不到廚具，沙發只會占空間，美術用具和書籍零散一地。只有畫。

只需要有畫。

梓棠握起畫筆，以近乎是施展暴力的力道將顏料潑打上畫布，調和畫用油的黏稠顏料彷彿藤蔓般占據著畫面。

這與他平日展現在他人面前的溫順斯文判若雲泥，此時的他只是頭飢渴糧食的凶猛野獸，經由畫筆與顏色，啃食著畫布的空白處。

「我必須……繼續繪畫。」

每一刀，每一鑿，宛如要穿破畫布般力道強硬而偏執。

公寓內的牆壁盡是油彩、甚至是油漆潑灑上去的痕跡，五顏六色，黑與白，光與暗，看似街頭塗鴉般雜亂無章，卻隱約又留有一股規律。

「……只需要……繼續畫下去。」

——夜晚，就讓畫筆徹底奔馳。梓棠的力道越粗暴，臉上的平靜就更被陰霾吞噬。

他畫到右手顫抖，氣喘吁吁，最後昏睡在畫架旁。

不知睡了多久，梓棠被隱隱作痛的左手吵醒，手術縫合處正傳來針扎般的刺激。

「……啊。」短路的腦袋花費一點時間恢復思緒，術後每日都該服用的免疫抑制劑，他忘記吃了。

渾身又冷又疼，有點像是宿醉，他搖搖晃晃地站起來，眼尾掃過睡前被他粗暴塗抹的油畫布。

然後他愣住了。

眼前的畫布，正綻放出一朵他從未見過、筆觸也與他的畫風截然不同的粉黃色花朵。

而他的左手，沾染著與花朵同樣色澤的顏料。

他瞪著自己的左手，立即遺忘服藥的不適。

「這是……怎麼回事……」

——那朵臘梅是誰畫的？

左手猛地傳來未曾有的熱流。那股溫熱感從指尖、手掌聯繫到手肘的血管，穿進骨髓裡，好像打從一開始就是梓棠自己的手一樣。

在那之後又過了幾天。

這天夜裡，梓棠難得沒喪心病狂地作畫。左手傳來的那種無以名狀的抽離感令他難耐，他服藥後就沉沉睡去。

睡夢迷濛，十數年間不斷侵擾他的惡夢再度闖入他的意識。

梓棠夢見自己置身在熊熊烈火。

他早就將這場陪伴他成長的夢魘倒背如流，第幾個場景會發生什麼變數，第幾個人發出第幾次呼吸時，什麼樣的災難就會來臨。即使身陷睡眠無從動彈，一切仍歷歷在目。

他每次都會夢見〈語冬〉。〈語冬〉勾勒出的蕭冷與激昂會浸淫在他的夢囈。

——唯獨這次有了翻轉。

惡夢的火勢消失了，梓棠被某種異物感喚醒，不消幾秒鐘，立刻被眼前的異象嚇得頭皮發麻。

「什、什麼——」

——他獲得異體捐贈的左手，正擅自動了起來！

梓棠總會在床頭櫃上擺放筆記本與鉛筆，他的左手現在就握著鉛筆，在筆記本上恣意揮舞。

短短不到一分鐘，左手竟然會出了一幅簡易素描，正是名畫〈語冬〉的一隅景色。

花。

同時也是前幾天梓棠在畫布前睡著時，醒來所看見的——筆觸與他相違的粉色梅花。

「到底是，怎麼回事……」不可能，這是什麼惡作劇嗎？別開玩笑了……

過於害怕，他想放聲大叫，左手戛然停下畫筆。筆身脫離掌心的當下，一股若即若離的剝除感襲擊著梓棠，他一瞬間以為是自己的心跳停了。

驚懼得難以呼吸，天生流著的藝術之血卻也讓他產生好奇。這隻左手是他的，又好似不是他的。

左手停止了動靜，像是與人對峙而縮起身軀的蜘蛛一樣。

「你……是誰？」

梓棠發抖地瞪視自己的左手掌心。

一秒，兩秒。

左手沒有動靜。

「你到底是誰！」

左手仍然動也不動。

梓棠嚥下一口唾沫，他也不知哪來的確信，將筆記本翻到下一頁空白頁。

唰一聲，紙頁翻捲的當下，他感受到血液正在逆流。

左手竟然搶過他握在右手的筆，於筆記本上舞動。

筆記本立刻多了個不屬於他筆跡的隨筆。

——我叫　做　凡尼斯

「凡、尼斯……？」

一股冷意從脊椎骨竄到頭頂，梓棠猛然想起，他擺滿筆記資料與畫具的工作桌上，正好放著一罐保護層光油（Varnish）。

《其二》死而復生

求學期間，大學教授曾屢次告誡過梓棠：修復師必須回歸「靜」。所謂的靜並非只是單純的寧靜或沉澱心靈，而是比這更為深層，更徹底更有穿透力，近乎回歸於虛無的領域。

「梓棠，你不可以太富有想像力……因為你修的畫終究不屬於你的作品……」

捨棄不必要的想像力、臆測與推論、任何天馬行空的任性，屏除心中一切慾望與主觀情感。修復師能夠投射在待修復畫作的，唯有綿延純淨的空白。

修復，這向來不是受到鎂光燈矚目的工作，反倒更適合潛伏於無名處。為了走上這條終生的修復之道，梓棠選擇回歸於虛無。

論「揮灑創意的畫家」與「嚴謹無我的工匠」，他明白自己偏向後者。他確實會有創作慾望湧上心頭，但不會因此被吞沒。夜裡的繪畫只是某種情緒抒發或宣洩。

此時此刻，眼前卻出現了自稱凡尼斯的「手」。

——凡尼斯隨筆畫出來的花朵，正是梓棠沉澱下心靈後再也無法譜出的景色神韻。

「……凡尼斯。」

完全清醒的梓棠早就下床，坐在書桌前。他囁嚅著筆記本上寫的名字，左手則平擱在桌面，不敢輕舉妄動。

接受異體捐贈前，他曾閱讀過相關手術案例與術後治療：有一說是細胞會累積人的記憶，當然也聽過什麼前人的「靈魂」殘留在器官等光怪陸離之說，對他而言盡是無稽之談。

如今這詭譎到反而讓人發笑的情景，就坦蕩蕩攤在自己面前。

這隻手說他叫做凡尼斯？這是幻肢痛的一種嗎？還是純粹是服藥的副作用或幻覺？

「你說你叫做凡尼斯？」他忍住傳上咽喉的發抖。

左手停頓了一下，握住筆，流暢地寫起字來。

——對　用　這個外號稱呼我　比較　親切

看見這幾行字，梓棠的恐懼減少幾分，倒是一股無名火竄了上來。這隻手究竟在開什麼鬼玩笑？

——我是　凡尼斯　你是誰？

「……周梓棠。異體移植的受體。」

——受　體　？

「意思就是，我接受了你的異體移植，得到了你的左手。你到底是什麼人？」

——凡　尼　斯

梓棠不禁用右手掩住臉，如果這是夢，拜託快點醒來。

他回想起一年前遭遇事故被送進醫院裡時，沒口德的主治醫師叫他「要自殺的話跳樓比較快」。原來如此，他還真的有點後悔了。

梓棠深呼吸，吐氣，深呼吸，吐氣，重複了好幾次。接著他站起來，折回床邊拿起手機，開始撥號。

沒想到凡尼斯不知哪來的力氣，左手傳來一股拉扯力，將梓棠扯回桌邊。害梓棠的手機差點飛出去。

「……」梓棠沒有放棄掙扎，繼續敲著手機螢幕按鈕，凡尼斯則重新提筆寫字。現場登時形成一種左手在寫字，右手卻在撥通手機號碼的奇景。從外人角度看來，或許可以報名參加雙手並用大賽。

——你　打給誰？

梓棠瞅了眼筆記本，冷淡回了句：「報警。」最壞的場合，他還打算控告院方醫療疏失。

一、一、〇。他正打算按下通話鍵時，左半身猛然傳出一股冷意。

「你做什麼——」

本該握筆的左手竟然甩掉鉛筆，猛然抓住他的右手，將他即將碰觸撥通鈕的右手拇指往反方向拗折。骨頭登時發出喀喀的聲音。

「好痛！」平日再怎麼溫文儒雅的梓棠也發出哀號，手機摔到地上，差點砸到他的腳。

失控的左手尚未放棄，見他打算彎身撿手機時，繼續握住他的右手腕，往反方向折。

現場形成了一齣年輕獨居男子的右手正打算撥打電話，卻被自己的左手給連番阻止，導致一人被迫手舞足蹈起來的詭異畫面。

「做什、你到底是在做什麼——嗚哇啊啊！」

梓棠拚命抵抗，掙扎途中他差點摔倒，情急下扶著椅背，無奈還是往後仰跌進地板的報紙堆裡。

「好、好痛……」

匡啷！

他的左手——此刻正名為凡尼斯——乘勝追擊，搶過地板的手機，往牆壁上砸。

手機像是砸到人臉上的派一樣滑下來，螢幕全碎。連遭遇事故時都安然無恙、陪伴梓棠數年的通訊夥伴就此宣告壽終正寢。

「怎麼這樣……」梓棠差點哭出來，他也是有脾氣的，終於氣急敗壞地大罵左手：「喂，你太過分了喔？」

凡尼斯充耳不聞，繼續拖著梓棠的身體，重新握住鉛筆和筆記本，潦潦草草地寫起文字。

「你到底想怎樣？」

——請　幫助　我

「……什麼？」

——不是　我　做　的

「……」

——四季　木　登——　—

「……四季？」梓棠滿臉困惑。

他與凡尼斯的正式接觸不過數十分鐘，凡尼斯的字跡不工整，但至今為止都還算能閱讀。新寫上去的幾句話卻像是遭遇某種阻力般，字跡醜陋到就算絞盡腦汁也讀不出端倪。

——我想　不起來　但是　我　四　季

「你到底在寫什麼東西？」

——四　四　季木登——　／／／彡

梓棠歪歪頭，轉動筆記本，試著用各種角度解讀，仍不懂凡尼斯的用意。最後是凡尼斯放棄寫字，自個兒消失了氣息。

那天夜晚，梓棠翻身了無數次仍無法入眠。他深怕不屬於自己的左手又會活動起來。

「……筆跡還在，沒有消失。」

隔天早上，梓棠重新審視筆記本上那堆不屬於自己的字跡，才確信這真的不是夢。他臨時向修復室請了病假，理由是術後的左手出現異狀，需要檢查。手機被摔碎了，他只好向大樓管理員借電話。

之後他先繞到市街送修手機，再前往當初辦理手術的醫院複診。就怕操縱方向盤的時候那個叫做凡尼斯的怪物又作亂，梓棠不敢開車，而是改搭公車。

良久，護理師帶他進入診療室。他推開寫有「醫師　何曦予」的門扇，走入房內。

「哎呀，這不是臺灣藝術修復界未來的棟梁嘛。」

主治醫師何曦予看見梓棠，語氣清幽得好似在諷刺人。梓棠習慣了，這醫生從初次見面起就是這種調調。

「還沒到定期檢查的日子，怎麼突然來了？」

梓棠坐在診療椅上，將左手的衣袖捲起來，露出縫合過的手腕。

「……左手出了點狀況。」

「你不是有我的聯絡方式嗎？好歹先通知我一聲嘛。」這年頭醫生很難當，尤其是異體移植手術後還得顧慮到患者的心理衛生狀態，執刀醫師只好也身兼張老師，適時傾聽患者的心聲。

「事情發生得太突然了，手機也被人摔碎，沒辦法用。」

「是誰這麼狠心？」

梓棠指指自己的左手，無奈曦予根本看不懂。

「說吧，小畫家，發生什麼事了？」

「醫生，請你一定要相信我。我知道我接下來要說的話一點也不合理，但絕對是真的。」

曦予慵懶地拄著頭。「借錢養卡的卡奴還有外遇慣犯要瞎掰的時候，也會和你說一樣的話。」

「……總之，我的左手，像是有自我意識一樣動了起來。」

梓棠語態冷靜，他沒奢望當場叫凡尼斯出來露面，而是拿出昨天他們「筆談」的筆記本，讓曦予看清楚上頭的字跡和〈語冬〉的仿畫。

曦予曾陪伴過梓棠的復健療程，自然清楚他的筆跡。曦予翻了筆記本一頁又一頁，先瀏覽鉛筆速寫，又盯著「凡尼斯」這三個字好久好久，最後闔上筆記本。

「介意讓我拿來當這期學術論文的主題嗎？我正苦於題材枯竭。」

「何醫生，請你找回身為醫護人員該有的良心！」

「話說這不是〈語冬〉嗎？這速寫水準還真不錯。」

「醫生，你知道這幅畫？」

「畢竟很有名嘛，那個什麼，一百年前的天才畫家楊玄的代表作？」

曦予這麼說時，內心正暗忖著：天才外科醫師、天才畫家、天才修復師、天才什麼什麼的，這世界上的天才真是有夠多。

「唉，就算這字跡真的和你的不一樣，沒有眼見為憑我還是無法相信。不過你的左手出了狀況，這點是千真萬確的吧。」曦予問：「小畫家，你有乖乖吃藥嗎？」

「有。」

「真的嗎？」

梓棠與他對峙了幾秒，主治醫師的眼神和毒蛇一樣銳利，他敵不過。

「……副作用會妨礙工作，所以減半了用量。」

「那恐怕就是問題所在了。好不容易撿回一命，你到現在還沒放棄去送死啊？」

梓棠服輸了，他這主治醫師不只醫術高超、縫合技巧超群，言語暴力的功夫也是首屈一指。

「聽好了，異體移植能恢復到這種程度根本可以說是奇蹟，你有聽說過這世界上還有哪個修復師斷手後還有辦法回去修油畫的？術後不好好保養，身體又出狀況，到時候就等著再截肢一次吧。」

像梓棠這樣的異體移植受贈者多半得終生服用免疫抑制劑。當初接受異體捐贈時，梓棠有聽說過大致統計：若移植總人數為一百，有近二十位受贈者最後會選擇再度截肢，理由在於受贈者不想再服用抑制劑。

隨著移植後時間拉長，這類抗排斥藥物的種類和劑量也能逐漸減少。然而目前抑制劑所帶來各種副作用，老實說，連續的頭痛、暈眩與嘔心實在令他難以專注於工作。

「……那麼，醫生。」

梓棠不禁握緊拳頭，左手指節掐進掌心裡的觸感相當分明。

「至少能告訴我這隻手的主人……捐贈者到底是誰嗎？」

「基於人體器官移植條例，恕無可奉告。」

「那為什麼會選上我呢？」

早在他遭遇事故前，就有許多患者在等待異體移植才對。

「因為你和捐贈者生前的身體數據極為契合，還有不就是那個嗎？偉大的文物修復推廣計畫，怎麼能讓區區一場車禍葬送掉年輕修復師的大好前程呢。不只是異體捐贈，連術後的醫藥費都有補助耶，你要知道抑制劑很貴的，請務必感謝偉大的臺灣健保。」

梓棠不再說話。他堅信——那名為凡尼斯的人，生前絕對從事著繪畫領域。凡尼斯擁有他恐怕耗費終生都無法付諸行動的創作泉源。

「總之，那個叫做凡尼斯的究竟是真有其人，還是純粹你吃藥吃一半夢遊出來的幻想，我們就繼續觀察下去吧。我一時間也生不出什麼解決方案。」

曦予一邊說著，在病歷表上寫出一堆密密麻麻的英文字。

「由我來說這種話很不妥當，但是那畢竟是別人的手喔？再怎麼契合，終究不是屬於你的東西。」

「……我明白。」

「要完全適應從他人那裡得來的身外之物，需要的，可不是只有勇氣而已。」

不屬於我的東西。聽見這句話時，無以言喻的情感敲擊著梓棠的胸口。

曦予開了一些鎮靜用的藥，同時告訴梓棠，感到任何異狀就直接聯絡他，用不著管時間，勉強算是還有醫德。

「誰叫這年頭醫生難當呢，切開皮肉以外，還得身兼患者的心靈保母。」

於是乎，跑這趟醫院也不完全算是空手而歸，至少沒有被診療出精神併發症等節外生枝。梓棠向醫生道了謝，離開診療室。

凡尼斯的事情占據心頭，他心不在焉地晃過醫院轉角。

「嗚！」期間，不小心與人擦撞了。「抱歉，沒事吧？」他連忙撿起對方掉到地上的皮夾。

「不，是我沒注意看路。」與他擦過肩膀的是名女性，對方接過皮夾，向他道謝後，頭也不回地走遠了。

梓棠回首看了那名女性一眼，剎那，心頭閃過一種熟悉，稍縱即逝。

他看了眼手錶，手機差不多修好了，回去拿吧。

移植而來的左手給人的感覺太過自然，至於梓棠想起自己的手套忘在診療室時，已經是再度坐上公車時的事情了。他只好到市街隨便一間店買了隻手套，應急地遮住自己手腕上的縫線。

※

梓棠一抵達修復室，就被林茜的追問攻勢轟個七葷八素。

「學長，你昨天突然請假了，身體沒事吧？聽說是去檢查，左手呢？左手會不會痛？如果真的不行不要勉強啊！我有看到你有在定期吃藥，會有副作用對吧？頭暈嗜睡？是不是我拜託你的那些工作太傷身體了？對不起，那種彎下腰來的填補工作很折騰人的啊……」

梓棠招架不住，節節敗退。

「不、其實只是小檢——」

「要是學長有個三長兩短，我、我不知道今後該怎麼辦才好！」

最後是梓棠語重心長地安撫了林西一番，小學妹才乖乖回去工作。傷患與局外人的立場完全顛倒過來。

林茜的個頭嬌小可愛。留著一頭短鮑伯，漂白的短髮按照喜好染上繽紛的淺色。服裝風格總是明媚閃亮，搭配那副小巧臉蛋也稱得上是俏麗，因為負責修復，雙手倒是乾乾淨淨，沒有沾黏什麼美甲彩繪。要不是掛上修復師的白袍或圍裙，怎麼看都像是玩得不亦樂乎的現役大學生。

她之所以會稱梓棠為「周學長」，是因為兩人出身同一所高中。相較於高中畢業後立即決定遠赴義大利學習修復學的梓棠，林茜進入國內大學就讀。大學期間在修復室實習了一陣子後，憧憬著梓棠邁進的道路，於是也選擇到國外進修，直到這幾年才正式成為CCS的一員。

從以前到現在，林茜就是個朝著梓棠行走方向邁進，不斷追趕在他後頭的類型。她本人也清楚這點。「總有一天要成為和周學長一樣厲害的人！」把梓棠當成榜樣，苦心琢磨。

為此，梓棠才更感到坐立難安。

失去左手的他究竟會對林茜造成什麼樣的影響？

「啊！對了對了，我都忘了。」

打算去拿刮除顏料用的手術刀的林茜，突然折回來。

「學長，昨天細細姐有事找你，只是你請假了。」

「室長找我？」

梓棠瞄了眼盡頭的辦公室，燈是亮的，劉細難得沒外出。

「我知道了，我過去一下。」

他敲敲門，得到允諾後走進室長辦公室裡。

「室長，抱歉我昨天突然請假，請問找我有什麼事嗎？」

劉細笑著揮揮手，叫他別這麼客氣。「你的手沒事吧？」

「嗯，只是定期檢查，沒有什麼問題。」梓棠氣定神閒地撒了個謊。其實也不完全算謊言，凡尼斯今天很安分，狀況良好。

「那就好。其實是有件事情想拜託你，我們市內的高中正在舉辦企業參訪活動，打算來觀摩修復師們的工作。關於這點，我想請你幫個忙。」

「如果我能幫上忙的話……」

怎麼有股不好的預感？劉緗的笑臉太過燦爛，他反而產生一股寒意。

「好期待唷，學長！對吧？對吧？」

梓棠掩面嘆了口氣。「……你們不應該找我演講的，我沒有這方面的才能。」

「有什麼辦法，人手不足嘛。」撇開文物修復類別，整間修復室加起來也就那幾個人。「加上緗緗姐說要找個上相的，談吐得宜的，最好是不分男女老幼都喜歡的純良好青年，大家的初次印象才會好。這樣篩選下來，不找你要找誰？」

「我不擅長應付人群。」

「所以當初才會選擇不太需要和人接觸的修復工作？」

「……對。」比起和人類打交道，他比較喜歡和物品打交道。

「唉唷，沒問題的啦！船到橋頭自然直！」

說完，林茜打了他肩膀一下當作是振奮精神。她很貼心，打的是沒動過刀的右邊肩膀。

本次的企業參訪活動，當地高中將帶領學生觀摩文物修復作業。CCS落成時就有將觀摩範疇列入考量，將整棟修復室設計成半開放性空間，供往後的觀摩者使用。

四方形的建築朝上沿伸，一樓是梓棠等修復師的作業場所，二樓以上的中間樓層則鏤空形成樓中樓，並在各層樓鑲上隔音與防震良好的強化玻璃。如此一來，贊助商、實習生、外賓等訪客可以於各層樓走道，直接俯瞰一樓作業場所的工作狀況，兼具觀摩與教學作用。

隔音良好的緣故，內部的修復師也不會受到影響而分心，若不願與外界訪客接觸，也能直接拉下幕簾遮住玻璃。修復室初成立時，其美觀且實用的設計獲得不少好評。

修復室二樓以上備有小型研討室，提供各種講座進行，本次的觀摩活動也會利用研討室。

企業參訪時間有限，梓棠負責的小講座只有短短二十分鐘，考慮到修復室占地與人力供給，本日將讓學生分批入場。就算與其他修復專業的同仁分別解說，同樣內容的講座加上觀摩，還是得重複三次以上。

「聽好了，要給外界好印象！你們今天面對的孩子，將來都有可能成為業界人才！」室長劉緗千交代萬交代。

於是這天，任職的修復師紛紛換上正式服裝，臨陣磨槍也好，總之得營造出光鮮亮麗。林茜把平時那種日本原宿風格的行頭全換掉，規規矩矩地換上西裝裙，這下兩隻腳的褲襪顏色總算成對了。

至於梓棠，劉緗則表示「保持自然就好」。

「膚色白皙文質彬彬的憂鬱美青年啊，行事作風不疾不緩，看似謙卑和藹，其實內心藏有一股熱情……涉世未深的女高中生最喜歡這種的了，很好，上吧。」她調正梓棠的衣領與領帶，說出一點作用都沒有的心靈喊話。

「……」莫名背負起各種期待的梓棠感到肩膀沉甸甸的，像是背了水泥塊。

如此這般，觀摩學生正式進入修復室前，他與林茜先和本次的校方窗口正式碰頭。

「我是這次活動負責帶領學生的班導師，叫做邱晨荷。」對方說。

「邱老師您好，敝姓周，負責油畫修復，今天由我來進行油畫修復作業的解說。稍後的實作課程會由其他同事負責，我等等再介紹給您。」

雙方交換了名片。校方聯絡窗口是名為邱晨荷的高中教師，不高亢而帶點低啞的沉穩聲音令人舒心，面色白皙素淨，及肩的中長髮柔順而下，給人素雅而清麗的印象。

梓棠不免被對方那雙閑靜而帶點韌性的細長眼眸給吸引了，他似乎在哪看過這張臉……

或許只是錯覺？

瞧邱晨荷那副乖巧又穩健的模樣，說不定是國文或歷史老師，他忍不住有這種刻板印象。

「我在學校教歷史，只是對藝術一竅不通……不過修復藝術品也是修復歷史對吧？這樣想著，就感到很親切。」

邱晨荷柔和的聲音裡，含藏著興致。

「能像這樣觀摩藝術修復的領域，不只是學生，我自己也非常期待。」

舉手投足還真的很符合歷史老師樣子，梓棠心想。

邱晨荷向他伸出手。「那麼這次的解說就拜託你了，周先生。」

「不會，有學校願意來參觀，對我們也——嗚啊？」

正打算回握住對方的手的梓棠突然發出一聲與他不相稱的怪叫，身體像是狂風掃蕩的風向雞一樣被迫轉了半圈，背對晨荷。

那強硬逼他轉彎的正是他的左手，神出鬼沒的凡尼斯又來搗亂了。

這傢伙到底想怎樣啊？梓棠瞪著自己戴著黑皮革手套的左手，咬牙切齒卻又無法出聲抱怨。

「怎麼了嗎？周先生？」

「沒、沒什麼。」他又把身體轉回來，邱晨荷已經放下手了，他只好禮貌性點點頭。

「希望你們會喜歡接下來的解說。」然後暗自罵了凡尼斯幾句。

趁著林茜和邱晨荷在對談時，梓棠開始準備稍後講座用的文件與講稿。

他不想被誤認為是自言自語的怪胎，索性拿出小型筆記本，用右手寫下：你剛才怎麼了？

他換用左手握住筆，幾秒後，凡尼斯寫出回覆：

——我　認識

「——學長，學生們要入場觀摩囉，準備好了嗎？」

——我認識那個　人幫幫我　周　梓棠

——告訴她　我　是

梓棠「唰！」一聲扯掉凡尼斯寫下的那張頁面。

別開這種一點也不有趣的鬼玩笑了……心跳加快，他搶過左手握住的筆，扯下的筆記本紙張則被他撕成碎片，揉成一團扔掉。

「學長，你有聽見嗎？」林茜見他沒回應，探過頭來詢問。

「抱、抱歉，剛才在想事情。」

梓棠面色之蒼白，或許連他自己都沒有察覺到。

「我知道了，我這就過去。」

他又瞅了眼遠處的邱晨荷，只能在心中祈禱凡尼斯不要又捅出什麼婁子。

「各位好，我是本次負責解說的修復師，周梓棠。」

「我是林茜！」

第三批高中生入場時，已經逐漸習慣解說的兩人步調穩定。由梓棠負責講解，林茜協助調整投影畫面。在研討會解說完畢後，就會帶領高中生到修復室繞一圈，觀摩修復師的實際作業狀況。

前面幾批學生都算文靜，然而這一次顯然混進了幾位比較「熱情」的學生，一入座後就坐不住位子，交頭接耳起來。

有學生聽完林茜自我介紹後，立刻舉手發問：「請問妳是從哪裡混進來的國中生？」

「才不是！我是工作人員，堂堂正正的修復師啦！」林茜氣得跺腳，那張娃娃臉讓她再怎麼憤怒也沒有殺傷力。

沒辦法，林茜如果換件衣服混進高中生群裡，梓棠恐怕也沒有自信能找出來。

一陣小騷動後，梓棠正式開始講解：

「今天各位來訪的霽青修復室，主要負責修復及保養本美術館的館藏作品。修復室按照文物類別分成四組：金屬科、木器科、摹畫科、油畫科。今天就由隸屬油畫科的我們來為大家做簡單介紹。」

金屬科主管鐘錶、青銅器。木器科主管木雕、畫框等木製品。摹畫科主管字畫臨摹與裱畫。由於霽青美術館館藏品以油畫占多數，油畫則獨立成一個科別。

至於石雕、漆器等相較之下數量稀少的種類，至今仍得仰賴海外的專業修復機構。

「油畫修復可以粗略分成下列幾種步驟：暫時性加固，表面清潔，肌理重建，塗覆隔離層，全色，塗覆保護層。單純只講文字也挺枯燥的，接下來直接讓各位看看某幅作品的修復過程。」

梓棠請林茜換了張圖，是他事故前一手修復的某幅作品。

「這幅畫是畫商委託修復的，長期處在高濕氣環境，導致畫面泛黃，幾乎看不清楚這幅表面長什麼模樣。這其實只是表面受損，因為油畫在完稿時，畫家會在表面塗一層透明保護膜，這種保護膜我們稱之為……」

說到這，梓棠不知道為什麼有點抗拒，他停了幾秒。

「我們稱之為……呃，嗯，凡尼斯。」

「所以只要溶掉這層老舊的保護層的話──」林茜以為他是緊張，展開了救援，換到下張圖。「鏘鏘，煥然一新！」

溶掉表面保護層的畫作褪去泛黃，重新有了潤澤，畫中人物栩栩如生地發亮。臺下的學生少了幾分耳語，開始專注在投影畫面上。

「好像新的喔！差好多！」

「沒錯，就想像成換了一張新的手機保護貼吧。」

梓棠和林茜又稍微介紹了填漿、如何整合畫布彷彿經緯交錯般的紋理等等程序。

「大家可以想像成是在貼黏土或是灌水泥。畫布上有坑洞，如果水泥沒有填好，或是直接忽視坑洞把顏料刷上去的話……之後上色的時候，那塊凹洞就會異常發亮，一看就穿幫了。」

「所以為了盡可能重現原作畫家的筆法，我們會像這樣側光照著油畫，讓那些小小的顏料起伏投射出陰影……」林茜壓低身軀，做出她平常在工作室時，最常趴在畫作旁的動作。「像這樣。這是個會全身痠痛，肩膀硬邦邦的工作……」

她擁有帶動氣氛的天分。不只臺下，梓棠也跟著笑了。他接著說：

「沒錯，由於不能出錯，是充滿壓力的工作。附帶一提，真的要論壓力的話，壓力最大的應該是摹畫科，修復師因為長期暴露在壓力下，胃的狀況普遍都不太好。如果以後想從事修復工作又想顧好胃狀態的話，記得避開這個類別。」

語畢，臺下再度揚起了笑聲。看來他們已經完全抓住學生的注意力了。

講座時間有限，加上內容充實，一眨眼就來到了學生的提問時間。一開始交頭接耳的學生，也隨著演講內容逐漸安定下來，目不轉睛地聆聽著。

有學生舉手發問：「如果想要成為修復師，一定要去國外進修嗎？」

梓棠笑得有些苦惱。「說來殘酷，但國內目前確實還沒有專門培養修復師的充裕資源，外國進修可說是目前最快的方法。不過只要像現在這樣繼續致力於推廣文物修復，說不定今後，國內也有辦法成立培育修復師的機構。」

「周先生也去國外進修過囉？」

林茜在旁邊起鬨：「這位周哥哥是我們學校的天才兼怪咖，高中畢業就跑去義大利啦。」

梓棠不喜好張揚，尤其聽眾們那有別於聆聽演講的奇異目光集中過來時，他只感到熱氣竄上了臉頰。他稍微垂下臉，點點頭當默認。

又有學生問：「請問作為一名修復師，最需要具備的條件是什麼呢？」

「最基本的話果然是要靜下心來，沉住性子的耐性吧，這個工作不能急，也需要具備抗壓性。修復的過程不求快，但要求長遠。學長，你認為還有什麼條件呢？」

梓棠沉思了幾秒，他思考時，周遭的時間彷彿都被他牽引般而流動緩慢。

「文物以另一種形式記錄著歷史，換句話說，我們經手過的作品都是歷史的濃縮物化。修復的過程也傳承著歷史。一樣藝術品，我們可能這輩子就只會修復一次而已。」

「學長，你突然講起這麼嚴肅的話，大家反應不過來啦！」

「嗯，因為我想好好表達。總之，怎麼說呢……」

梓棠侃侃而談時，笑容不知怎地有點惆悵。

「我想，如果要想從事這份工作的話，具備相關的責任感，以及一輩子只做一件事的覺悟，也很重要。」

又有學生舉手發言了：「我也有問題！可是有點不相干，可以問嗎？」

「沒問題，請說。」

梓棠點頭表示允諾，學生接著大聲問：

「──周先生，為什麼你的左手要一直戴著手套？現在是夏天，不會熱嗎？」

室內的空氣為之凝結。

就連善於帶動氣氛的林茜也啞口無言。梓棠怔忡在原地，學生的提問引來回音，敲擊著他的鼓膜。好不容易維持住秩序的現場出現一股蠢蠢欲動的裂縫，臺下無人敢出聲，緊盯著神色異樣的梓棠。

在一旁守候的班導師邱晨荷察覺不對勁，趕緊走上前開口：「很抱歉，周先生，這個問題請當作沒──」

「……不。」梓棠打斷她的話，總是掛在臉上的笑容多了抹愁緒。「沒關係的，小事。」

他已換回心若止水的沉著，當著眾人的面拆下左手手套。

那是隻從手腕處開始膚色不一、縫線宛如拼布，指節骨感分明的手。

「……我在去年遭遇事故後截肢了左手，現在這隻手是他人捐贈的移植異體。因為膚色不太一樣，又有縫線，我習慣戴著手套才不會嚇到人。」

提問的學生僵立在原地，慚愧地低下臉。「對、對不起……」

「不是的，你沒有錯。」梓棠搖搖頭。「提問沒有錯。」

硬要說的話，錯的是遭遇事故的我，是當年犯下過錯的我，梓棠在心中責備著自己。

服用免疫抑制劑所造成的副作用暈眩感，令他感到一陣乾嘔。

「……怎麼說呢，像我這樣有缺陷的人，也有從事這份工作的資格。」

梓棠戴回手套，環視臺下一圈。

「因此我相信在座的各位同學們，你們如果有夢想、有目標想要達成的話，只要努力，一定也有機會實現。」

「——真的很抱歉！」

參訪結束後，學生由其他教師帶隊回校。班導師邱晨荷則留在修復室，再次彎腰致歉。

「請別在意。」

「不，來不及制止學生，我也有責任。」

「真的沒關係，倒不如說是我的疏忽才對，我今天準備時太緊張，忘記換成醫用手套了。」梓棠請她抬起頭來，露出他平日最常掛在臉上的溫和笑容。

他這麼笑時，眉毛會有點下彎，反倒流露出微乎其微的悲傷。

「修復室有控管濕度與溫度，氣溫整體而言低了點，但手套果然還是有點醒目吧？走在街上就更不用說了，常常引來目光，其實我也有自覺。畢竟現在是夏天嘛，哈哈。」

「周先生，請你……不要勉強自己說這種話。」邱晨荷面容苦澀。「我是外人，無法理解當事人的遭遇與心情，但我至少能明白……這不是能一笑置之的事情。」

見對方那不失鎮靜、又懊惱自責的神情，梓棠向來偽裝真心的表面笑容，不禁僵裂出一點縫隙。

他，絕對在哪見過這個人。

這位教師和凡尼斯又有什麼關係？

「周先生。」邱晨荷停頓了半晌，坦白道：「……我們，上次有在醫院見過面。」

「等等，該不會妳是——」梓棠恍然大悟，是在醫院轉角被他撞到的人。「原來如此，上次很不好意思，撞到妳了。」

「這次是我的疏忽，上次也是我沒看好路，希望那時候沒傷到你的手……我真的不知道該怎麼向你賠罪才好。」

「……那就請妳別再道歉了，無論是妳還是提問的學生，你們都沒有錯。」梓棠輕輕吸一口氣。「不然這樣吧，如果妳真的感到抱歉，麻煩就當做這件事沒發生過。」

邱晨荷抬起頭，罕見地面帶疑惑。「什麼？」

「事故後，身邊人對我的態度全變了，像是在對待易碎物或未爆彈一樣……其實我很不喜歡這樣，只希望大家能夠維持以前的態度對待我。如果邱老師妳能夠像一開始那樣和我普通的對談，我會很高興。」

邱晨荷反射性往角落看去，一開始的時候，一開始的時候……她得到梓棠名片的時候。那時，她難掩喜悅地說她非常期待這場小小講座。

她挺直背桿。「我、我知道了，還讓你費心，真的是對不——」

然後又吞回說到一半的話，改口低語：

「……謝謝你，周先生。」

「不會。」

這樣算是場圓滿收尾，梓棠也放下了心中大石。

「老師，今天的介紹，妳還喜歡嗎？」

「很喜歡。」邱晨荷重複了講座期間，震撼她心靈的話語：「一輩子，只專注做一件事。」

「嗯，那是以前上課時，老師曾說過的話。我印象很深刻。」梓棠忍不住瞥了眼自己的左手。「人的一生很短暫，比油畫的壽命還短。說不定人的一輩子還不夠用呢。」

「聽起來你真的很喜歡修復師這份工作呢，似乎有覺悟做一輩子了。」

「老師這個職業聽起來也像是終生職。」

「其實不一定喔，我身邊也有很多同期受不了各種狀況轉行了，我以前的第一志願其實也不是想當老師……啊，真不好意思就這樣聊起來了！會不會聽起來很像抱怨？」

「不會，很切實，我身邊也有人來來去去啊。」梓棠輕輕笑了幾聲。「很多人，走了就不會再回來了。」

總之雙方解開了疙瘩，邱晨荷得趕回去學校了。

臨走前，她又問梓棠：「我在館內的導覽手冊上看到這裡會不定期展開相關講座，到時候……我還可以過來嗎？」

「當然可以。」梓棠笑著答應了。看來無論是教導學生、或是激起外界人對文物修復的興趣，今天這場小小講座都帶來了不少收穫。

他們理所當然地交換了彼此的聯絡方式。會不會實際聯絡是一回事，基於禮貌，在公事上相識後好聚好散總是妥當。

梓棠送晨荷離去後，獨自回到研討室裡整理環境。

才剛開始收拾好摺疊椅，左手突然又動起來，掄起拳頭揍了梓棠臉頰一拳。

「嗚！」力道不大，但確實達到施暴與嚇阻的目的，梓棠氣得對左手掌大罵：「既然想要我幫忙，那就給我遵守基本禮儀！」

左手指指講桌上的筆記本，梓棠只好咬牙切齒地走過去。接著唯恐天下不亂的凡尼斯又起了動靜，在筆記本寫下：

——小子　你剛才　也太野蠻了！

——就這樣撕掉我的　話　不對吧！

——不　過看在　你　處理危機　很優秀原諒你

梓棠似乎逐漸習慣這隻左手的處事風格了，也開始習慣這種不可解的靈異現象。這實在不是個好兆頭。

——剛才　雲淡風輕　的　翩翩　瀟灑　很帥喔　！

「……你到底是怎麼回事？」梓棠終於有時間詢問了：「邱老師和你有什麼關係？」

——我　想不太起來

——但是我知道　她　和我　是

咚。筆談斷掉了。

左手脫力，鬆開的原子筆差點滑到地上。

「真的不懂你在說什麼……」

饒了我吧，這種靈異情節究竟得持續到什麼時候？梓棠不知道是第幾次嘆氣，收起筆記本。

※

參訪當時，劉緗恰巧有其他外務要處理，無法一同參與觀摩。

當她結束外務回到修復室時，觀摩已經告一段落。師生散去，修復師也紛紛回到了工作崗位。場地清潔與復原的狀態良好，她稍微巡了一下現場。

「嗯？這什麼？」

一張黏貼在透明玻璃的白紙引起她的注意。

是誰貼在這裡的垃圾？她順手撕下來，而後皺起眉梢。

白紙上面用墨水列印了幾行字，字體如一，黑白分明。

——周梓棠，你的所作所為，一輩子也不會獲得原諒。

《其三》 月色浮上蓮池

梓棠又夢見了失去左手的那天。

剎車聲尖銳刺耳，打滑的輪胎濺起水花，他來不及反應，一臺卡車就朝他撞了過來。

傾盆落下的暴雨填滿了整個世界，眼前光景好似被潑了層半透明的灰色油漆。全身傳來骨頭被壓碎的痛楚。左手血流如注，手腕下絞爛成一片無法稱作肌肉組織的狀態。鮮血以癱倒在地的他為中心向外暈開，隨後被雨水沖淡。

時間流逝變得很慢，很慢。他彷彿聽見吐出來的二氧化碳，逐漸擴散的聲音。

嘩啦。嘩啦。嘩啦。

「沒問題的，一切都會沒事。」在他以為自己終於能夠漸漸消亡時，忽然有人握住他僅存的一隻手。

你根本不認識我，怎麼有辦法信誓旦旦做出保證呢？未免太不負責任了。梓棠好想反駁，只是距離失去意識只剩一口氣，他不想浪費在這種抱怨上。

「我……想……」於是他扯著嘶啞的喉嚨。

我想死。

不對，我不可以死。

我恨不得死去，但是就這樣死了，我將無法償還自己的罪過。我必須更加更加地折磨自己。

「我……想……繼、續……握著、畫筆。」

「——嗯，沒問題的。」

「……我……」

「沒問題的，你一定可以繼續畫下去。」

「……原……」

梓棠已經看不清楚前方了，他只得透過囁嚅聲探索著視野。

「原……諒、我……」

「……嗯。」

那個人輕輕收緊握住他手的力道。

「我不知道你遭遇過什麼事，但我相信……你會找到願意原諒你的人的。」

梓棠沉入冰冷的深海。

然後呢？救命恩人的面容，救命恩人的聲音，他想不起來了。

他在海底，靛青色的。那裡無聲也無浪。空虛的左手謀求著溫暖。

然後……沒有然後了。

梓棠從睡夢中清醒時，最先察覺到異樣感的，通常是左手。

筆記本與自動鉛筆又悄悄躺在他枕邊，究竟是他自己睡前放的，或是經由別人之手拿過來的？他沒有印象。不過攤開的紙面上通常是那幾行字：

——周　梓棠　幫　我

——四季　木　登——　丶丶彡

梓棠早已精神麻木。他闔上筆記本，匆匆梳洗後，前往修復室工作。

「……」

※

「小茜，這幅畫可以讓我處理嗎？」

修復師各自埋首於作業時，修復室靜得只聽得見風扇運轉的聲音。一如往常的平日午後，梓棠的提問聲打破了寂靜。

他指著堆疊在角落的待修復畫作的其中一幅。

尺寸約33×21（4P）的小型橫幅油彩，已拆掉運送時層層包裹的保護用氣泡紙，畫面黑糊成一團，連外框的縫隙裡都是髒汙。

梓棠看著作品，再次確認：「這是去年水災時受損的畫對吧？」

「嗯，聽說被人發現的時候已經有一段時間了，畫卡在出海口。前陣子才送過來。」

「這樣啊，能救回來真是太好了。」沒有就這樣流入大海是萬幸。

畫送來的時候，梓棠正好在復健期間，他只有粗略打聽過當時情況。

畫作從運來到修復完成的期間，都需要保留照片做為紀錄，他有稍微看過攝影師記錄的照片。

據說這幅畫打撈起來的時候面目全非，泡在海水裡，沾滿砂石，畫框尾端還勾著水草，比之前講座時梓棠介紹的那幅畫還悽慘。之前梓棠介紹的那幅畫頂多只是泛黃褪色，現在這幅經過水災洗禮的則糊爛一片，像是黑綠色的油漆刷滿了整張畫布。

林茜心想，如果她不是做這行的，絕對會以為這只是團廢棄物。

「交給學長是沒關係，但你的身體狀況沒問題嗎？」

「嗯。狀況很好。」他彎下腰來端詳油彩。「我只是很好奇，清乾淨以後會是什麼樣的作品……」

梓棠在整理相關文件時，恰巧瞥到這幅待修復畫作的照片與簡易紀錄，包含紅外線與紫外線的檢視狀況。

紅外線能穿透油畫表層探透到內部底稿，畫作下模糊的底稿輪廓——令他嗅到一絲不尋常。

不遠處的林茜停下手邊工作，仰天嘆了一口氣。長時間同樣的姿勢令她肩頸痠痛。

「學長實在很厲害呢，不只是當初談好的基本工作，你最近不是也試著做些更細的修復作業嗎？竟然還修得和以前一樣好，嚇了我們一大跳。」

「妳過獎了，那是你們願意給我機會。」

「那隻左手簡直就像是學長你自己的手一樣！」

「哈哈哈……」事實上，梓棠笑不太出來。

「學長，我問你喔。」林茜活動筋骨，伸伸懶腰，對著天花板說話。「你在修復的時候都不會想著這樣修比較好，那樣比較好，或是胡思亂想而分心之類的嗎？」

「不會呢。」

「那你都在想些什麼？」

「什麼都不想。」他毫無猶豫地回答。什麼都別想比較輕鬆。

一時間，烏雲般的黯淡刷上林茜的臉龐，專注於打量受損畫作的梓棠沒有看見那抹異色。

這就是資質的差距嗎？林茜發出無人聽聞的自嘲。

她認分地脫下白袍。「我去外面繞一圈回來……」

梓棠仍專注在畫作上，沒察覺對方的異狀。「嗯，去呼吸點新鮮空氣也好，一直聞溶劑的味道會頭暈吧。」他低頭說著，依稀聽見林茜的腳步聲走遠。

修復作業靜心而行，胡亂行事是大忌。他們求精不求快，倘若真的按捺不住性子，暫時放下畫筆也無人會責備。這是修復作業的常規。

林茜從後門溜了出去，應該是去後院種滿植物的庭院休息。霽青修復室的員工本來就不多，分門別類後各自的工作區域也不同，油畫區的小房間頓時只剩梓棠一人。

「梓棠，過來一下，門口外找。」這時，門外傳來室長劉緗的聲音。

梓棠聽見呼喊，沒換下白袍就朝大門走去。只見劉緗與一位男子站在入口前，面色凝重。

「那個……請問找我有什麼事嗎？」

習慣掌控場面且擅言詞的劉緗難得沒說話，讓出個位子給梓棠。

找人的男子從口袋裡拿出證件，移到梓棠面前。「警察。」上面寫著姓名：沈行墨。

「周梓棠先生，有件事想請求你的協助。」

梓棠起了戒心。「……什麼意思？」

沈行墨收起警證，文風不動地道出意圖：

「轄區內發現一具遭殺害並肢解的遺體，經調查後我們推測這起案件與你有關聯，希望你能和我們一起前往警局協助破案。」

「和我有什麼關聯？」

沈行墨與他平視，眼神之銳利，有抹冷光射入梓棠的瞳孔裡。

「遺體上，沾著你的指紋。」

梓棠待在疑似是偵訊室的小房間裡，沈行墨坐在他對面，兩人隔了張方形桌。

「——死者名叫李橙川，六十歲，男性，已退休大學美術系教授。」

沈行墨將案情相關的照片一一羅列桌上。

「近日，清潔業者在郊外某棟廢棄建築的冷凍櫃裡偶然發現李橙川的遺體，經過初步調查，遺體死亡時間推測將近一年。」

梓棠低頭一看，照片裡是位頭髮花白、戴著厚重眼鏡、面色紅潤且和藹的中老年人，體型微胖。看來是生活照。

「李橙川為單身，生前獨居，與其親屬鮮少聯絡，親屬於半年前才上報其失蹤。遺體經過比對後，確認為本人無誤。」沈行墨說：「遺體的四肢遭切除，和身軀一同塞在冷凍櫃裡，推測是冷凍櫃的容量太小，無法完整容納成年男性，凶手才會切割遺體。」

分屍案，況且是一年前的分屍案。梓棠只有股陌生的抽離感。

照片裡的老人他沒有任何印象，沈行墨的敘述聽在他耳裡，比藥物產生的副作用還來得飄忽。

「……我是第一次看見這位名叫李橙川的先生。」他面無表情地回答。

「周梓棠先生，你做過移植手術吧？」

看來警方徹底掌握了他的情報。

「剛才有說過，死者身上沾著你的指紋。但是別著急。」

沈行墨用下顎點向他的手，戴著黑皮手套的那隻。

「正確而言，是沾著你『左手原本的主人』的指紋。」

「……」

聽完這句話，梓棠傻愣了好一陣子，虛脫到差點滑落椅子底下。

「……刑警，如果你能在修復室就把話說清楚的話，我會更感謝你。」

他暫時放下心中的大石，卻又湧出另一股不安。

「你的意思是……這場案件和我左手的異體捐贈者有關？」

沈行墨頷首。「你知道捐贈者的身分嗎？」

「主治醫師告訴過我那會牽扯到相關保密條款，因此無法讓我知道捐贈者的任何資訊。」

「原來如此。你的說詞和那位主治醫師一致。」

「何曦予醫生也來過這裡了？」

「畢竟那位醫師也接觸過捐贈者的左手。」

那位得理不饒人的外科醫生，死也不透露他捐贈者的情報，面對警察，倒是很配合啊……

「就和主治醫師何曦予說的一樣，照理而言，是無法向受贈者的你透露任何捐贈者情報的。」沈行墨解釋：「只是本次情況特殊，屬於例外。周梓棠先生，你的左手──捐贈者名為『趙光有』，男性，得年二十八歲。」

「……趙光有。」梓棠重複了一次他的名字。

這隻左手原本的主人，凡尼斯的本名，趙光有。

「趙光有於半年前去世。由於生前已同意死後捐出自己的器官，去世後由遺屬辦理相關手續。我想這也是你能得到左手捐贈的原因。」

「趙光有他是……怎麼死的？」

沈行墨瞇起眼，思考了片刻後，說道：「自殺。」

自殺。梓棠低頭觀察著屬於自己、卻又不是自己的左手。他彷彿能感受到凡尼斯的微弱精神，正沿著自己的血管循環脈動。

「是割腕。被家人發現死在獨居住處裡。」

唯有尚未衰竭的器官或異體才得以捐贈，故器官與異體捐贈者多為腦死狀態，長期無好轉之相，家屬才會簽下同意書。

但是自殺……那就代表凡尼斯從送醫到宣告不治的期間相當短暫，家屬就將他的異體捐出去了？

「然後，這兩個人。」沈行墨拿出李橙川與趙光有的照片，稍微推到梓棠面前。「是師生關係。趙光有畢業於李橙川任職的系所，生前有段時間也擔任系上的助理。」

「李橙川一年前死亡，過了半年後，趙光有就自殺了？」

「沒錯。因此警方初步推測，趙光有基於某些理由殺害了李橙川，隱瞞實情半年後畏罪自殺。」

沈行墨稍微提及了一下現有情報。

「李橙川被分屍的遺體，手臂的部分沾著趙光有的指紋。另一方面，趙光有的住處也找到了沾有血跡的布料。畢竟已經過一年，是否為李橙川的血，尚在等待分析結果。」

他也提到，警方調查李橙川住所時，發現了翻找痕跡，推測其住處已被不明人士私下調查過。若是嫌疑犯所為，被拿走的恐怕是相當重要的證物。

梓棠暗自消化情報：他左手原本的主人將李橙川殺害後冰凍屍體，半年後畏罪自殺……訊息量實在過於龐大。

他不過才反芻著警方的推測，猛然感到一陣晃動。「唔！」左手產生一股抗力，試圖從桌子底下竄出來，撞擊桌面。

他用右手按住左手手腕，懼怕地寒毛直豎：這是什麼？是凡尼斯的怒氣嗎？

「周先生？」

「……不，沒事。」他強壓住左手腕，盡可能鎮靜口氣。「畢竟不是我的手，移植之後，左手有時候會像這樣……局部痙攣。小事情。」

「是嗎？」沈行墨看來人如其表，沒說什麼客套話或表面功夫。「今天請你過來只是為了讓你理解案情，畢竟情況特殊，你和趙光有也算是有所接觸。雖然也想過告知你後會讓你產生疙瘩，但我認為真相總是比較重要的。」

「謝謝關心。請問……這件事也會告訴趙光有的家屬嗎？」梓棠在想，當初協助將凡尼斯的手移植到他身上的家屬，會不會也知情呢？

「這我無可奉告。」沈行墨搖搖頭，接著說：「李橙川的遺體目前已排入解剖程序。不過各項證據都攤在眼前了，我想結案也是遲早的事。保險起見，之後案情如果有其他發展的話我會再聯絡你。」

「……那我就祈禱不會接到你的通知吧，沈刑警。」

聞言，沈行墨冷笑了一聲，他這人連笑臉都給人剛正不阿的形象。

「希望捐贈者的生前所為，不會影響到你的精神狀況。」

「我相信不會的。」

交代了些事項與紀錄後，沈行墨送梓棠走出警局。

沈行墨那「結案也是遲早」的言論在梓棠心裡難以散去，他總有股說不上來的悶疼，想反駁，卻無所適從。凡尼斯寄宿著的左手和他自己的右手簡直像是流著不同的血液般，指尖熱得發燙。

回歸一人獨處後，凡尼斯突然又掌控梓棠的主導權，拿出筆記本和筆，粗魯地寫下幾個字：

——你　這個人

梓棠已經習慣了，反正除了左手以外，身體仍然是他的，他盯著筆記本小聲問：

「我怎麼了？」

——運氣真差

「……你以為是誰害的啊？」

——不是我殺的

凡尼斯的筆跡突然狠狠地用力，疼痛透過指節傳上來，梓棠不適地皺起眉。

「凡尼斯？」

——不是我殺的！

字跡憤怒得宛如下一秒字體就會跳出來張開血盆大口，令人無法聯想這隻手在前幾日曾速寫出名畫〈語冬〉的鉛筆素描。凡尼斯洩憤後就消失了氣息，徒留梓棠一人走上回歸修復室的道路。

梓棠從警局回到修復室時已經來到傍晚。

西下的夕暉灑入修復室的門窗。同事們分別進行各自的修復作業，頂多有人聽見開門聲時抬頭看了他一眼，整體而言依舊是靜悄悄的。然而梓棠當初被警察叫出去的景象，肯定有人瞧見。

梓棠沒打算驚動同事，卻在走回座位途中被某個聲音叫住。

「真是太好了呢。」是劉緗，她笑著道：「遺失的證件能找回來，好心的警察先生還特地過來聯絡你。」

劉緗減低了音量，無奈修復室的空間就是那麼大，對話內容仍恰到好處地傳入其他同事耳中。

「……室長。」梓棠呆住幾秒，隨即領悟過來，微笑著回答：「是的，幫了我大忙。」

他的笑容自然得不帶破綻。

劉緗朝他使了個眼色，梓棠再明白不過了，隨她走進室長辦公室。

她確定門鎖好以後，開門見山地說：

「梓棠，今天警察過來的事情我會保密，我相信你不是會做傻事的人。」

「謝謝室長。」

關於冷凍遺體沾著凡尼斯指紋的案情，他當然無法向局外人透露，凡尼斯的存在就更不用說了，於是他簡短地道出結論：

「那只是個誤會而已。我沒有事，警方有說日後如果有其他發展的話，會再通知我。」

「……你真的沒有什麼事情瞞著我？」

「我沒有殺人。」梓棠說這句話時，回想起凡尼斯怒氣沖沖寫下「不是我殺的！」的字跡。

「那就好。」

劉緗坐在辦公桌前，雙手交握，拄著頭。

「警察找你的事情，如果有同事問了，我會想辦法糊弄過去。梓棠，我沒有要懷疑你的意思，只是……文物修復的推廣好不容易走上軌道了，這都多虧有你的幫忙，因此我更不希望你做出什麼危害ＣＣＳ的傻事。」

「我明白，室長。」梓棠垂下眼簾，褪去偽裝用的微笑後，他的臉色讀不出任何心聲。若要比喻，梓棠就像一幅油畫。表層的顏料堅硬且不透光，他人無法用畫刀刮掉顏料層，誰也無法利用紅外線探透周梓棠的心靈面。

梓棠向劉緗敬了個禮，走出辦公室。他換上工作用圍裙，回到待修復的畫作前，繼續開始未完、甚至可說永無止盡的修復工作。

提起清潔用的畫筆時，心中油然生出早上林茜說過的話：學長，你在修復的時候都不會胡思亂想而分心之類的嗎？

恍恍惚惚地，他聽見凡尼斯的聲音。「不是我殺的！」凡尼斯操縱的筆尖畫過紙張的抗議。

才剛開始作業沒多久，梓棠就放下筆，仰天發出嘆息。

若不這麼做，他恐怕會無法顧及這裡是修復室，發出壓抑許久的吼叫。

「……這下換我沒有辦法專心了。」

去外面走走吧，他脫下圍裙，前往種滿綠林的後院，晃了好幾圈。

※

臺南市以葉石濤相關文創設計為賣點的觀光景點「蝸牛巷」，是條狹窄而懷舊的住宅區，梓棠租賃的公寓埋藏在這座迷宮般的巷弄裡。

他不是被文創觀光情懷給沖昏頭才住在這兒的，倒不如說他一向不喜歡那些聒譟觀光客欠失禮儀地湧進來拍照。純粹是蝸牛巷最裡面的老舊公寓讓他撿到便宜租金，距離修復室通勤距離也近。更者，只要屋子允許作畫，即使是沒有放床的空間他也願意住下來。

當晚下班回到家後，梓堂沒拿起顏料和畫筆恣意作畫。

如今有股遠比壓力更為強大的力量支配著自己。低血糖會導致思考力下降，他從填滿冰箱的能量飲料裡抽出一瓶飲用，接著坐在書桌前。

「凡尼斯……不。趙光有。」他看著左手不屬於自己的掌心紋路。「總算知道你的名字了。」

凡尼斯握起筆，他的字跡回歸到平日的穩重流暢。

——學生時代　凡尼斯　是綽號————→

凡尼斯寫完這句話時，拉了個長長的箭頭到頁面最尾端，箭頭指向遠處的桌子，桌邊正好放著一瓶裝著透明液體的瓶罐。是用來作為油畫保護層的凡尼斯，又稱光油。

「原來如此，光油嗎？」梓棠看了這幾行字，苦笑得無力。

移植到他手臂的左手，說不定是沾過人血的手。

「該不會你那個時候……」他抽出筆記本，翻到當初凡尼斯字跡潦草的頁面。

——四季　木　登——　丶丶彡

他稍微轉動視角，凡尼斯寫出歪七扭八的「彡」符號，果然變成了「川」字。

——四季　橙川

「……橙川。李橙川？」梓棠終於讀懂了。「你記得那個叫做李橙川的死者？你不是說你想不太起來？」

——好　像吧　好像是　熟人

「什麼好像……那可是你自己寫出來的名字耶。刑警也說李橙川是你的老師。」

而且還有可能是你親手殺掉的人。這句話梓棠倒是憋在心裡沒說出來。

——我沒辦法　完全想起來

——李橙川　和　四季　幫我找找

似乎是梓棠和警方至今為止重複了好幾次李橙川的名字，凡尼斯耳濡目染，這次寫下李橙川的姓名時，字跡不再醜陋得宛如蚯蚓了。

但是「四季」又是什麼？一股熟悉卻又陌生的預感襲上心頭。

「凡尼斯，李橙川的死，真的和你有關嗎？」

——不是我殺的　你不相信我嗎？

「不是的，只是……」只是除了你的名字和你的左手以外，我無法知道你的底細。

梓棠開始相信經由手術連結起來的兩個異體能夠共享痛覺了，畢竟凡尼斯否認自己犯下殺人罪刑時，握筆的疼痛與憤怒確實透過神經與血液傳導竄上他的意識。

那麼內心的想法呢？記憶呢？也會逐漸共享嗎？

他無法完全信任凡尼斯，卻也找不到懷疑凡尼斯的理由。人心向來沒什麼邏輯。

「不然，這樣吧。」梓棠拿出素描本，翻到全新的空白頁。「隨手畫點東西吧，用你的手。」

凡尼斯多半是察覺到他的不安，乖乖握起鉛筆，不停歇地揮灑起來。它旋舞碳粉的速度快得嚇人，每一筆、每一勾勒都沒有躊躇。唰、唰、唰，筆尖拭過紙面的痕跡彷彿刀割，凡尼斯死後，所有的創作天賦都凝縮在這隻左手裡。

梓棠一方面嘆為觀止，卻也無法自拔地恐懼起來——這個人若是還活著，若是能以活著的姿態出現在自己面前，他恐怕會無法負荷實力懸殊的壓力而停止呼吸。

凡尼斯依舊利用濃淡輕重不一的筆觸填滿白紙。繪圖時間僅僅幾分鐘，對梓棠而言卻宛如壓縮了某個人的藝術生涯般漫長難熬。

梓棠觀察著眼前的速寫，咋舌地難以運轉思維。

「這張圖是……〈蓮夏夜〉？」

他不敢篤定，急忙拿出手機搜尋。

而後，一幅幾乎與凡尼斯速寫相同的油彩映照在手機螢幕裡。

那正是名為〈蓮夏夜〉的畫作，顧名思義，描繪著蓮花綻放的夏日夜景。此作品和梓棠時常關注的〈語冬〉相同，均出自楊玄之手。目前雙雙遺失。

——〈蓮夏夜〉、〈語冬〉，以及另外兩幅同樣描繪季節的作品，此系列統稱為「四季」。

「怎麼會偏偏畫這幅畫？之前的梅花也是，凡尼斯，你究竟……不。」

梓棠欲言又止，搖搖頭。

「說實在的，你究竟是不是凶手……和我沒有關係。只要移植過來的異體能夠讓我繼續工作，其他的事情我都無所謂。我甚至不想干涉你生前的任何事情。」

只要不妨礙他修畫，一隻手生前如何如何，人都已經死了，與他又有何干係呢？無奈接二連三出現的離奇怪事，逼得梓棠不得不正視凡尼斯的存在。

梓棠垂下眼簾，不知不覺，他已經能正眼看待左手的縫線傷疤了。

無法向他人坦承的直白心緒，那種淡泊如霜的情感，他也顯露了出來。

「但是，我想相信你不是。犯下過錯的人，筆鋒不可能俐落到這種地步。」

——學音樂的孩子　不會變壞　的　道理？

「不太一樣。所謂的『不會變壞』有部分是指犯下過錯後真心悔改。但就算改過自新了，曾經犯下的過錯也不可能一筆勾銷。學音樂的孩子不會變壞，要是真有那種沒根據的謬論，我現在也不會在這裡了。」

——你犯過什麼錯嗎？

梓棠沒有回話。

他的房間裡只有不會發出秒針滴答聲響的電子鐘，如今房內靜得彷彿連電子鐘閃爍明滅的聲音，不，甚至是林茜贈送給他的永生花裝飾，花朵逐漸凋零的呼息都能捕捉到。

凡尼斯的速寫和〈蓮夏夜〉的真跡相似得可怕，那根本不是普通人能在短時間描繪出來的遠近角度。持續凝視著畫面，甚至讓人產生會被吸進速寫裡的錯覺。梓棠趕緊將素描本闔上。

「我會盡可能的幫助你，這樣可以吧？」

——當然　謝　謝你　周　梓棠

「你要我找出『四季和橙川』，現在李橙川的下落已經找到了，然後呢？該不會要我把遺失百年的四季給找出來吧？」

——我沒　有　殺　教授

——我　是　怎麼　死的？

「警方說是自殺。」

——不　可　能　啦！

好像蹚了個糟糕透頂的渾水。

「……先說好，我畢竟是局外人，如果案情就這樣不了了之，我也不會主動再去接觸李橙川的死，先和你說清楚這點。」

——小　氣　鬼

「別跟我討價還價，你現在只是隻手，身體真正的主導權還是在我身上。」

凡尼斯沒有回話了，沒答應，但也沒反駁，有點像是小孩子在鬧彆扭。

「……總覺得前途堪憂。」

這時候，左手又不聽使喚提筆寫了起來。

——別擔心　你　不是　還有　我　嗎？

——(> 3<)b ♥

向來溫吞好脾氣的周梓棠，大概是人生首次想直接剁掉自己的手。

※

合作契約書

立合夥契約人：周梓棠（以下簡稱甲方）趙光有（以下簡稱乙方）。因合作關係而訂立契約書，並於西元二〇二〇年九月二日明訂本契約。明訂條款如下：

第一條　甲方須在能力所及範圍內協助乙方尋找名畫〈四季〉系列、協助乙方恢復記憶與相關調查。

第二條　乙方須無條件確保甲方的生活與工作無受限制。

第三條　為確保雙方隱私與權益，除非雙方同意，否則不得強迫彼此道出自己的隱私。也不可逼迫對方調查。

第四條　禁止乙方一切暴力、威脅、不合作、惡整甲方等行為。不可惡意脅迫甲方協助乙方。

第五條　任一方違反本契約各項條款之義務，致對方權益受損時，應負損害賠償責任。

第六條　本契約之條文，構成甲乙雙方完全同意之內容，取代雙方在締結本契約前彼此間明示或默許之協定或溝通。本契約若有未盡事宜，由雙方另行協商並以書面約定之。

第七條　本契約自簽約日起生效，壹式貳份，由甲執壹份，乙方執壹份為憑。

「——好了，大概就先這樣。日後有需要的話再追加細項。」

重複審視過幾次筆記型電腦螢幕上的草擬合約內容方向無誤，梓棠滿意地點點頭。途中他擬定合約時有好幾次被凡尼斯故意刪掉幾行字，當然，那不構成阻撓。

左手食指不再瞄準刪除鍵了，轉而抗議似地用食指敲點著鍵盤，發出答答答的聲音。

「你有什麼要補充的嗎？」既然都決定簽約了，梓棠決定尊重合夥人的意見。

凡尼斯指指電腦螢幕，用力敲出字來，他單手打鍵盤的速度出奇地快。

——補充第八條　甲方　太　神經質

「不是那種補充！」

——和一個死人　簽合約　你是不是搞錯了什麼？

「我很認真。未來會有什麼變數誰也不知道，畢竟之前我也說過會盡可能幫助你了，那簽約就是為了保障你我的權益。」

——笑話！

——我們之　間有人　違約了　又要找誰索賠？　你要　找　死人　上法院？

「我毀約的話，你多的是方法可以惡整我，對吧。」梓棠早就料到這隻手會這樣質疑他了，他自有方法回擊。「那麼你毀約的話，我想想……我就再把左手給截斷，這個對應如何？」稍後他就把這條應變措施追加上去。

聞言，左手很明顯發抖了一下。

——請你不要用那種平靜的　語氣　說這麼可怕的話

——我會怕

看來凡尼斯是真的很怕被截肢，筆跡變得異常乖巧。

「會怕是好事。」梓棠終於有種自己掌握主導權的優越感了，他可不想永遠被一隻手吃得死死的。「凡尼斯，祝我們合作愉快。」

因為幻肢痛等困擾而再度截肢的病例不在少數，何況異體移植對梓棠而言本來就是身外之物，與凡尼斯的契合度全在預料之外。

換言之，即使最壞情況讓梓棠再度失去了左手，只要這口氣還在，梓棠依舊會用盡任何辦法繼續握著畫筆。

——喂喂　你不怕痛嗎？

——你不怕死嗎？

「……不知道。」

——為什麼？

——沒有我的話　你　以後　怎麼　修畫？

「合約第三條，不准強迫彼此說出私事。對吧？」

——愛講不講　隨　便　你　啦！

事實上合約尚未用印，自然也不算生效。純粹是凡尼斯自知踩到了釘子，不想再多問。

稍後，梓棠把合約影印出來，一式兩份，甲方署名欄位他用手簽名，乙方欄位則讓凡尼斯用拇指蓋手印。

用印乾了以後，梓棠收妥好自己的合約，凡尼斯根本拿他沒辦法，最後只好拜託梓棠把乙方的那份合約塞到天花板夾層。凡尼斯可不想要把一式兩份的霸王條款合約都放在資方那任由甲方擺布，他大概是在賭可能時間久了，梓棠就會自動遺忘天花板夾層塞了一張合約書。

「那我們就在能力允許範圍內互相幫助吧。」準備就緒，梓棠對著前方空氣比出握手的動作。

左手指節扭得歪七扭八的，一下握拳，一下又忍住想比中指的衝動，好似在忍耐動粗的怒火，最後還是「啪！」地用力回握住梓棠的手，當作是妥協。

雖說啟程充滿驚險變數，路途也顛簸又委蛇，可一人一手的合作總算在此刻步上了正軌。

※

經歷梓棠前往警局協助辦案的小騷動後，又過了一段時日。

修復師的能力比起天分，更注重逐年累積的經驗，文物修復的人才培育才剛起步，梓棠雖還年輕，但論資歷與資質，說什麼也得讓他留在修復室——事實上，林茜已經接受指示，將經手的一部分畫作轉移給梓棠負責，其中一幅正是當初梓棠主動提出要求，被水災損毀成一片烏黑的油畫。

「林茜太心急了，還得磨點性子。」

室長劉緗正式指派梓棠經手這幅畫作時，私底下這麼告訴他。
梓棠將這句話銘記在心，沉澱心靈是一切基礎。
「梓棠，你的復原狀況好得讓人不敢相信……不如試試看回歸以前的工作內容吧？如果不適應，我們再想想其他方法。」
如此這般——多虧凡尼斯的手，梓棠重新以油畫修復師的身分，再次回到油彩修復的軌道裡。
他所負責的「泡水烏黑油畫」，畫作吸收海水又乾涸，畫布張弛不均，釘子生鏽，品相絕對稱不上好。好在亞麻畫布的織網密度適中，若沒有遭受水災洗禮，這幅畫的狀態說不定很健康。
梓棠決定先把表面的泥汙清乾淨，一探究竟是怎麼樣的畫作。
——為什麼　特地選擇修理這幅畫？
凡尼斯在四下無人時會提筆問他。
「我在整理文件的時候有看到這幅畫的紅外線底稿……有件事想確認一下。」梓棠小聲地回應。
修復的步驟多半枯燥而漫長，梓棠不討厭這種緩慢流逝的時間感。
不久，這幅畫商委託的無名油畫經由他的一番整頓已經顯露出部分蹤跡，繼續按照相應的溶劑一吋一吋地將汙漬去除，作品就能重見天日。
——梓棠將油畫表面濃稠漆黑的汙垢清除乾淨時，察覺到某個異狀。
「……嗯？」

他起初以為是自己眼花了，走遠幾步，重新審視工作桌上平躺的畫作。

現實驗證了他抱持的預感。他瞠目啞口無言。

他立即將畫作移到某個小房間裡，請了劉緗過來。鮮少見到文靜從容的梓棠露出那種臉色發青的模樣，事態之離奇，劉緗也皺起眉頭。

「……室長。畫商委託的其中一幅畫，有問題。」

「怎麼了？」

「一開始只是覺得很像而已，但是清潔表面到一定程度後，我發現那幅畫的構圖……和某個作品完全吻合。」

凡尼斯的情感、凡尼斯握筆的力道，甚至是連結著他們倆神經的每一吋血管，都正以尖銳的分貝轟炸著他的腦際。梓棠掐住左手手腕，唯有這麼做，才能讓血液穩定下來。

「——是一百年前遺失的，楊玄的〈蓮夏夜〉。」

楊玄（1890-1947）。日治時期著名畫家。

時為異國文化開始於臺灣各地鳴放的起步期。與中國水墨相對的「西畫」引入，楊玄正是此時期接納亞洲尚未普及的油彩的首批畫家。

楊玄除了在當時臺灣總督府國語學校就讀期間精進繪畫水準外，也致力於參加學術集會、畫展等藝術推廣活動，並遠赴東京美術學校圖畫師範科就讀。

他善於描繪臺灣風土名情、絢麗景色與自然之美，作品景多於人。畫風最大的特徵，即是在師法西方油彩的大膽用色中，時而運用水墨畫特有的筆觸，藉此將東西兩方的繪圖特徵交融在畫作裡。

楊玄於第二次世界大戰結束前後離世，壯麗而短暫的畫家生涯中，最具盛名的代表作正是其四幅畫：〈春斜柳〉、〈蓮夏夜〉、〈秋炎〉、〈語冬〉。描寫臺灣季節與景色更迭，故統稱為「四季」。

進入戒嚴後。「四季」的去向紛紛有了變數，部分畫作落入私藏家手中後輾轉流離，有些則在征戰與紛亂中失去了蹤跡，直到解嚴時期後才紛紛明確了所在地。

「梓棠，你應該是我們館裡最了解『四季』的人了。說不定正是因為這樣你才會察覺。」

在等待畫商前來時，劉湘和梓棠處在辦公室裡，開始釐清現況。

「目前『四季』的〈春斜柳〉和〈秋炎〉，這兩幅的真跡，就安置在我們美術館本館裡。」

「是的。」梓棠點點頭，沒有多話。

「〈蓮夏夜〉和〈語冬〉則是有許多說法。有一說是第二次世界大戰時或戒嚴時期被燒毀，或是畫商、私藏家轉手過程中出了什麼閃失而毀了。總之這兩幅畫為遺失狀態。美術館裡擺著的是複製品。」

梓棠用手機搜尋一張泛黃模糊的照片，螢幕上朦朦朧朧映照出的畫面，正巧和從出海口裡打撈上來的破損油畫吻合。是他們提到的〈蓮夏夜〉。

現況總結下來：「四季」系列這四幅畫，春和秋的真跡在美術館裡，夏和冬則呈遺失狀態。
然後遺失的夏，竟然藉由去年的八九水災，被運來了ＣＣＳ裡。
「但是……現在這個，不一定是真跡吧？」劉緗喃喃。
光靠目前手邊的材料，加上畫作又損毀成那種狀態，這種狀態下誰也無法判斷那就是真正的〈蓮夏夜〉。
「……當初委託修畫的畫商來了，室長，請到會議室一下。」梓棠收到通知後趕緊轉告劉緗。
劉緗示意梓棠和她一起去見畫商，領頭前往會議室。
跟在她後方的梓棠繃緊神經，身體寒冷，手心卻不自覺冒出了冷汗。
最初心生懷疑的是他，不希望揣測靈驗的卻也是他。自己日以繼夜修復的無名畫作說不定就是遺失中的百年名畫，這真的有可能嗎？
比起劉緗，最清楚畫作細節的絕對是進行修復工作的梓棠，所以由他來代表詢問畫商。事情處於初步推測階段，不能引起任何風聲或揣測，梓棠以不提及名畫的手法簡單說明狀況，而後單刀直入地問畫商：「您當初是怎麼得到那幅畫的？」
委託修復畫作的畫商王先生也不敢置信會發生這種事，回想了良久後，緩緩回答：
「……某天，有位客人把這幅畫拿到畫廊裡，問我有沒有辦法請人修好。用什麼辦法都行，多少錢都願意付，也當場繳了一筆錢當作訂金。我想說我們都配合一段時間了，拜託你們也好，就把畫拿過來了。」
「那個人是誰？」

「是名叫做楊黎的客人……」

「那位叫做楊黎的客人在哪裡找到這幅畫的？你說過畫是在海口附近撈上來的，哪個海口？那人為什麼會這麼湊巧的在那種地方打撈到一幅畫？」

「你們這麼追問我也不清楚啊，不如我現在撥個電話給他，你們直接問他吧。」

多虧現今網路發達，畫商透過雲端立刻搜尋到客戶的資料，撥打了那位名為「楊黎」的客人的電話號碼。

半晌，將手機貼近耳際的畫商臉色愈發困惑，他搖搖頭。

「……奇怪，是空號。」

楊黎，楊玄。

——梓棠心頭一震，他回憶起凡尼斯的鉛筆速寫。

畫商看他臉龐的血色全無，左手甚至微微發抖，不禁搖頭大叫：「周先生，那幅畫該不會出了什麼問題吧？我只是按照客人的委託把畫拿給你們修而已，其他什麼都不清楚啊。」

「方便給我們那位委託人……楊黎先生的住址嗎？」

「我找找……」

一來一往下，雙方均沒有頭緒。

劉緗接著主導談話，梓棠若有所思，他心想：失聯的不明委託人，如果請警察幫忙尋人的話會不會太大驚小怪了？

何況在那次被傳喚到警局後，梓棠再也沒有接到刑警沈行墨的聯絡，這再好不過。

他已經脫離了分屍案的懸疑中心，如今主動聯繫警察，難道不會反而遭受懷疑嗎？

凡尼斯筆下的蓮葉與滿月，在梓棠的五臟六腑裡綿延成一片又一片的墨水黑漬。這次他們與畫商的面談，沒有收穫。

不確定是否為〈蓮夏夜〉真跡的畫作靜置修復室內的某個單獨小房間裡，蓋上了塊布。委託人楊黎的身分始終成謎，那人似乎留了假住址。

〈蓮夏夜〉顧名思義，作品主題是由綻滿蓮花的池面、池中小橋、夜色、月亮所構築而成的。

以鉛白打底，使表面的蓮花與蓮葉的色澤透亮，大片夜色則使用普魯士藍為基底的混色。當時的正統群青色顏料要價不菲，楊玄改用了普魯士藍，而這種藍色染色力強，容易侵略到其他顏色，楊玄似乎摻雜了鋅白等顏料進行中和，讓夜色的群青轉為柔美。

保護畫面的表層光油特別薄，加上泡過水或衝撞等受損，〈蓮夏夜〉的夜晚龜裂了，不再是純正的群青色，年久失修，多處氧化而混濁發黑。

CCS內部備有簡易分析室，用來分析修復時需要使用何種相應的填充料與溶劑以避免畫作二度受損。無奈修復室畢竟並非專業鑑定處，也受經費所困，頂多只有顯微鏡等最基本的檢測用具。

「室長，請技術人員來進行正式化學分析吧？」梓棠提議。

這可不是平常事，CCS向來都遵循著「有畫送來就乖乖把畫修好」的老實流程，不存疑，不過度涉入。

資源不足加上八九水災造成的噩耗尚未完全恢復，劉緗雖也在意這幅畫的狀態，但總不能立即同意此事。這年頭仿作到處都是，說不定這幅畫只是楊玄狂熱者的致敬臨摹作。

「我沒辦法馬上答應你。」

劉緗說就算真要檢測，排程上也得花些時間。

「我相信你，梓棠。」但是，她說了個但是。「你是非常執著於〈語冬〉的人，現在，同樣身為四季系列的〈蓮夏夜〉出現了，你有辦法保證你完全沒產生移情作用嗎？」對遺失的〈語冬〉情有獨鍾的你，是不是無條件認為〈蓮夏夜〉就是真跡呢？她是這個意思。

梓棠聞言，他溫煦的神情依舊讀不出太多情緒。

「我明白了，我會再冷靜思考一下。但是檢測……就拜託室長幫忙了。」

兩人對〈蓮夏夜〉是否為真跡的懷疑並未向外部公開，對ＣＣＳ其餘成員也處於保密狀態，包括同為油畫科的林茜。

修復室裡待修復的畫作不計其數，如劉緗所說的，他們不是沒收過仿畫臨摹，多一幅〈蓮夏夜〉擺進來，頂多只會讓人產生「有一幅很像某個名畫的作品」的程度。是真是假，沒深究下去也無人能辯明。

劉緗心裡七上八下的，功利主義的她意外沒有挖掘到真跡該有的喜悅。

如果畫是真跡，確實是能讓ＣＣＳ一砲而紅的機會，她大可透過媒體大肆宣傳，幾年後，將修復完的〈蓮夏夜〉於美術館出展更能奪得名聲。但——這也有可能是場兩面刃。

消息一旦走漏，畫商和收藏家將會帶著大筆鈔票湧入，CCS將會一舉成名。善名惡名均有。

從修復到出展，修復室與美術館都得如履薄冰，一有閃失將會成為業界的鬧劇。CCS美其名是小而美，講直白是人力寥寥的起步階段，何況〈蓮夏夜〉的品相不佳，修復不只耗時耗神，目前能勝任其職的也只有周梓棠，一名因事故截肢卻奇蹟似地回歸崗位的修復師。那麼請外部的修復師來協助？冒然行事不妥，那恐怕會引發另一批輿論。

失而復得手臂的年輕修復師周梓棠——這噱頭如果唱獨角戲的話是挺吸睛，但搭配失落百年名畫的修復只會成為批判的準心。恐怕也會有聲浪抨擊CCS怎麼會淪落讓一個殘疾人士去修復百年名畫。

再者，發現此畫作的楊黎究竟是何方神聖？他為何又找到這幅畫，甚至是「擁有」這幅畫，一切成謎。即使〈蓮夏夜〉修復成功，畫作歸屬權也不明。

四季系列從百年前完成到現在，橫跨二戰、戒嚴、解嚴等特殊時間軸，畫作的去向顛沛流離，無法全數釐清這些時間斷層，這也是為何四幅作品直到現在都無法找齊全的主因。

館內的〈春斜柳〉與〈秋炎〉至少是前人透過正當手段收購的，劉緗心安理得；一方面，委託人不明的〈蓮夏夜〉是意外贈禮也是隱性毒藥，或留或存都會引發議論。

這麼說來，劉緗開始思考著微不足道的事情——四季中的三幅如今都找齊了，那剩下一幅遺失中的〈語冬〉究竟在何處？

錢財與名聲，名畫的價值與修復風險，各有利弊。

無論如何，劉絪與梓棠都深刻理解，在〈蓮夏夜〉修復完成以前，低調行事總是穩健。

劉絪一直都相信周梓棠的眼光與技術，也信任他的品行。這性格溫馴、同時帶點憂鬱神祕的年輕人不會冒然行事。梓棠將會獨自負責〈蓮夏夜〉的修復，他主動向劉絪說：「無論是否為真跡，我都會竭盡所能地復原這幅畫。」

「那是當然的。」劉絪試著開點玩笑緩和氣氛。「這麼喜歡〈語冬〉的你，這下有機會能修復同系列的〈蓮夏夜〉，也算是實現半個夢想了吧？」

梓棠笑而不語。那種眉毛微彎、有點困擾的苦笑，是他用來與人拉開距離時，最常露出的笑容。

※

「那時候我問他『你陷入瓶頸時，會思考些什麼呢？』結果對方竟然回答我『什麼都不想』。哈，好一個『什麼都不想！』」

指針走到零點的深夜。酒吧吧檯的角落座位，一位嬌小身影縮坐在那兒。

「那種天賦異稟的從容，我應該一輩子也學不來。每個工作環節我都提心吊膽的，就怕出了任何一點差錯，結果他竟然可以輕輕鬆鬆說出『什麼都不想』？」

女性抬起臉，瞇眼質問著隔了張桌子的酒保。酒保靜靜聽她說話。

「只要那個人還待在那裡，我就會永遠被拿來比較。我贏不了的。」

論聲音，論身姿，論談話內容，她都是林茜本人，卻也和修復室裡的林茜判若兩人。林茜在職場時不曾用這種口氣說話。

林茜吐出一口有著酒精味的呼息，意識微醺。酒吧的昏黃照明從頭頂灑落，她染色的短髮宛如灑滿了金蔥。

「酒保，我問你，如果哪天你斷了一隻手，還有辦法繼續在酒吧工作嗎？」她道。

應該沒辦法吧，酒保一邊擦著玻璃杯一邊附和。這種酒後吐真言的客人，他們做這行的見慣了。

「那你有辦法從事其他工作嗎？」

感覺很難，不過要找，應該還是找得到吧。

「像是些什麼工作？說來聽聽。」

酒保左思右想，玻璃杯已經被擦拭得光亮，仍找不出答案。

「對吧？根本沒有。至少現在這個工作不適合他。就好比有個醫生手受傷了，病患無法放心讓他開刀一樣。」

林茜撇過臉，嘖了一聲。

「好不容易有出頭的機會，他怎麼還有辦法回來？」

方才一口飲盡的酒精殘留在脣齒間，苦澀，嗆辣，飲入喉中的歡愉已經消失殆盡。

林茜認為口出惡言和飲酒其實很相似，實行的當下有快感，時間一久，只會剩下空虛。

「也不想想我是花了多久時間才熬過來的……」

為什麼那個人還有辦法回來？究竟是什麼樣的運氣？她百思不得其解。

「別再搶走我的工作了好嗎？周梓棠，我不想再走在你後頭了。」

繼續發牢騷也於事無補……她拎起包包，作勢離開酒吧。臨走前，她向酒保叮嚀道：

「對了，幫我轉告一下楊先生。最近應該會發生點有趣的事。」

我有這個預感，她補充。

※

劉絪經由私人管道請委託的分析畫作技術人員，於今日展開作業。

他們將〈蓮夏夜〉謹慎包裹，送到相關機構進行一連串檢測。所幸油畫體積不大，搬運過程無閃失。

「就是因為體積小，當初才有可能被沖到出海口吧？」

大至CCS內部也有的檢測儀，小至梓棠也說不太出名字來的精密機械，各項高科技無機物擺放在小型研究室裡。技術人員身穿白袍，全副武裝，操縱著儀器。

這幅遭水災侵擾的畫作將再次用紅外線掃描、並追加進行更細微的X光、顏料碎片化學、畫布纖維的顯微鏡偵測等細部分析。檢驗時間將耗費整整一日，甚至更久。

X光和紅外線影像顯示出〈蓮夏夜〉畫面中的橋梁厚塗了幾層，最深處的顏料層，也就是橋梁的位置底部其實有著蓮葉的輪廓。因此能推估楊玄是先畫出大面積的綠葉，增加橋梁時才把擋住路線的部分蓮葉給刪除掉的。

「這是修飾痕。」技術人員解釋：「仿畫的話會按照原作的輪廓繪圖，或是直接用描的，很少會出現這種痕跡。」

梓棠最初也是發現紅外線底稿有修飾痕，才隱約認為事有蹊蹺。

接著是顏料與畫布的分析。擷取少量畫作顏料，美術館也持有另外兩幅〈春斜柳〉與〈秋炎〉的真跡，恰巧能當作比對用樣本。

經過核對後，此畫作的上膠、顏料成分、畫布種類，甚至是楊玄時不時出現在畫作上的特有刻劃筆觸，均與他幅四季系列吻合。

傳聞楊玄生前繪製四季系列時，或許是急切地想讓這四幅畫公諸於世，作畫特別迅速且無多做修飾，才會產生這麼多的修飾痕。有些底層顏料甚至沒完全乾透就完稿了，館內的其中兩幅就有因為畫面龜裂而進行修復過。作畫時間短暫而迅速，所使用的都是同一批亞麻布與顏料。

「除此之外，畫上還殘留著極微量的鐵和銅。」

「鐵和銅？」

「應該是顏料成分、海水、空氣起了化學反應吧。」

畫作泡過水，暴露在水與空氣中，顏料呈現相黏現象。

最初那種惡劣狀態下也沒辦法仔細檢驗。梓棠先前進行了暫時性加固、清潔表面與保護層光油後再委託分析，這個決定看來是正確的。

本次的化學分析，得到的結果令人屏息——這幅遭水災損毀的油彩，極有可能為〈蓮夏夜〉的真跡。

※

——認真講　你真的　覺得　那是真跡？

凡尼斯在筆記紙頁上行雲流水。

「對，是真正的〈蓮夏夜〉，不會有錯的。」

梓棠不厭其煩地說道。今晚的蝸牛巷很安靜，窗外能聽見一些夏蟬聲，稍微掩飾住梓棠對著空氣說話的聲音。

「我認為那是真的。」

面對凡尼斯時，他再也用不著注意自己是否談吐得宜，語氣也比較直白。

——你怎麼敢這麼肯定？

「神韻吧。」

——畫被　水泡成　那樣　講得好像　你以前就看過似的

梓棠坐在書桌前與凡尼斯展開「筆談」。

這陣子忙於〈蓮夏夜〉的相關事宜，加上凡尼斯這個不確定因素的現身，他已經不像以前那樣於夜晚揮筆作畫了。沒閒暇也沒興致。客廳裡的畫架，畫布上的冬景與黃花，已停滯了好一段時間。

「對了，凡尼斯。你……」梓棠語塞，搖搖頭。「不，沒事。」

——不要　吞吞吐　吐的　有話就說

「……你和死去的李橙川教授，你……想起了什麼嗎？」

他想起凡尼斯被視為嫌疑犯，他間接被捲入的案情。這陣子警方都沒有聯繫他，事情若就此告一段落再好不過，心中卻有個疙瘩。

「為什麼那個時候，你會畫出〈語冬〉裡的臘梅呢？」

——這該　問你自己　吧？

——這個房間裡　很多　臘梅

——你畫的　臘梅　我　模仿啊

房間門沒關，從臥室裡遠望，能瞥見客廳的畫架。

凡尼斯說得沒錯，他私下繪製的畫布裡有臘梅如星點般點綴著畫布。但凡尼斯隨意落筆的黃花遠比他有神韻，有靈氣。凡尼斯筆下的花，是活的。

「凡尼斯，你……」

——怎樣？

「……不，沒什麼。」

梓棠收回差點脫口而出的話。

你明明才華洋溢，輕易就能畫出令人望塵莫及的繪畫，為什麼我以前都沒聽說過你的名字呢？梓棠本來是想這麼問的。

凡尼斯，生前的你是不是出自某些原因，被迫擱下了畫筆？

※

梓棠與劉緗試圖壓下水面的〈蓮夏夜〉消息，竟然於某日變調。

那天，突然有媒體闖入修復室，四方形建築內部引起人聲與回音。

有人從正門而來，有人不知用了什麼手法闖入二樓的參訪用樓中樓，一眺修復室內部。員工立即將布幕拉下來遮住整片玻璃，喧鬧聲仍此起彼落。

「CCS找到了四季系列的〈蓮夏夜〉，請問這是真的嗎？」

「請務必接受我們的採訪！」

「聽說這裡某位修復師的手在去年水災的時候……」

紙終究包不住火，員工好聲好氣擋掉了媒體攻勢，仍不時有人在修復室附近閒晃，或是去本館打探風聲。

事件一波未平一波又起，CCS收到不少來信。

有禮貌地自報家門、期望能取得採訪時間與合作的「正常」邀稿信，寫得文情並茂，渴望探求〈蓮夏夜〉的真實；另有民眾聲稱自己手邊握有四季的最後一幅畫〈語冬〉的真跡，要求CCS鑑定，可惜那多半是假貨；拿著大筆積蓄要求購買畫作的收藏家更不在話下，撇除時代造成的幣值差，他們提出的價格，遠比當年館方購入楊玄的他幅作品來得昂貴。

「四季熱潮」開始發酵了。

劉緗與梓棠都沒有走漏風聲，CCS一直以來也經手過臨摹與仿畫，畫作是真是假難以定奪，成員不會隨便將這種事大聲嚷嚷。消息究竟是從哪傳出去的？

情報外流得太過措手不及。果不其然，日後傳出針對梓棠的議論報導：「獲得異體捐贈的修復師，他的手真的還有辦法擔任修復之責嗎？」前陣子的高中參訪，梓棠當眾公開自己的身體狀況都安然無恙，如今〈蓮夏夜〉效應四起，修復室的種種反而被透過放大鏡檢測。

針對〈蓮夏夜〉，CCS給予外界的回覆一概不多做聲明，最多表示作品尚在修復中，尚無法確認真假，請勿有過多聯想。怎樣都不提到那是四季系列的真跡，其餘任憑外界揣測。

「我是想讓CCS出名，但不是這種出名法啊。」劉緗坐在辦公椅前，一邊轉圈一邊掩住臉長嘆。到底是誰流出去的？

「可能民眾只是一頭熱而已，時間久了自然就會退燒了。」梓棠回答。

因應現代人胃口，新聞話題的汰換率特別快，反之藝術品修復動輒以年起跳，兩者比耐力比久了，就不會有人在意了。

「為了避免不必要的爭端，總之現在對外是聲稱由林茜負責修復畫作，梓棠，你沒問題吧？」

「沒問題。」梓棠回答得沒有猶豫。一幅作品，最終留下的通常都是作者的名字，修復者向來不留痕跡，他也不是這麼在意名聲。

是助手或是其他名分，只要能讓他修復那幅畫，其他如何如何，無妨。

「……然後，有另一件事想問你。」劉緗接著換話題，她吸口氣。「前陣子我收到了一封算是信的東西，想問問你——」

說到一半，辦公桌前的電話突然響起，打斷劉湘的問話。

梓棠用眼神示意她「不接嗎？」劉緗瞄了眼號碼。「……嗯，下次談好了，你先回去工作吧。」思考了幾秒後點點頭，請他迴避。

八成又是和「四季熱潮」有關的業務電話，梓棠一面如此思考，離開室長辦公室。換個方向想吧，風聲走漏後，〈蓮夏夜〉的修復也用不著遮遮掩掩了。他們把畫從小房間挪了出來，靜置在修復室一隅。

梓棠剛走回工作桌前準備作業時，桌上的手機恰巧也傳來震動。

手機螢幕閃爍，他嚇了一跳，連忙看向來電顯示。

而後差點停止了呼吸。來電顯示上清清楚楚寫著幾個字：刑警　沈行墨

他怔忡幾秒，連忙拿起手機前往後院。後院除了他以外空無一人，他卻猶如聚集了萬眾目光的受審人般坐立難安，遠比「四季症候群熱潮」發作時更不適。

梓棠費盡全力吸入氧氣，按下通話鍵。

「……喂？」

『周梓棠修復師。』電話那頭果真傳來沈行墨平順無起伏的聲音，『周先生。許久不見。』

「……你好。」

『我是沈行墨，上次與你聯繫的刑警。現在方便接聽電話嗎？』

「請說。」

沈行墨不拖泥帶水，迅速進入重點：

『有關李橙川的死，事情有了其他發展。我們在李橙川的個人物品裡找到了不少隨筆畫作，鉛筆素描或彩繪作品都有。受害者生前畢竟任職於美術大學，這不是什麼稀奇的事情，只是有一幅畫作和李橙川本人的畫風特別不一樣。我雖然沒有美術方面的知識，但就是覺得那不是他的作品。』

為什麼這名刑警會在這個時機點告訴他這種事？梓棠努力讓自己的聲音聽來鎮靜。他謹慎地問：「怎麼個不一樣法？」

『筆觸不一樣。我在資料裡看過李橙川是主修西畫的，但是那張素描裡，樹枝的部分……就是不一樣，那應該是水墨畫上比較常看見的樹枝。加上作品好像在哪裡看過，我就用以圖搜圖的方式，將那張素描拿來比對。那果然不是李橙川的創作。』

沈行墨冷靜而銳利的聲調，令梓棠脊椎發冷。

『他那幅素描是臨摹，模仿的原作品叫做——〈蓮夏夜〉。』

沈行墨道出畫作名稱的口氣不帶遲疑，毫不像是初次喊出作品名的模樣。

『就是前陣子電視上報導的，在你們修復室的那幅畫。』

「……〈蓮夏夜〉的真跡目前遺失中。刑警，我不懂你的意思。」梓棠道出對外使用的一致官方說法。

『我知道，或許只是巧合也不一定。但是聽好，接下來這段話只是我的推測。』

無法看到沈行墨的表情變化，梓棠卻輕易想起對峙時，那名刑警如老鷹般的冷冽。

『李橙川的死，會不會和那幅畫有關？』

修復室用來休憩用的後院，周遭種滿了花草樹木。平日安撫人心的綠意此刻在梓棠眼裡化為萬箭穿心的尖銳，他得閉上眼瞳，才能避免心跳不再加快。

凡尼斯的筆觸歷歷在目。素描簿上那迅速而準確描繪出的，蓮葉滿綴的夏季夜晚。

「……沈刑警，我們這邊的狀況是這樣的。」梓棠倚靠在牆上，讓自己舒服點。「有畫商從不明人士那裡收到一幅畫作，委託我們進行修復。然後我們發現，那幅畫有可能就是遺失多年的〈蓮夏夜〉。」

沈行墨沒有回話，靜靜聽著。

梓棠也提出了神祕委託人楊黎的現有情報。

「我們希望警方能幫忙查出那名不明委託人的身分。我想這樣對我們彼此都有好處，並且，我們不希望消息公開。」

『那是當然的。』

「有關李橙川與〈蓮夏夜〉的關係，修復室的人不知情，請刑警暫時保密。」

『好的。那位名叫楊黎的委託人，我這裡也會試著展開調查。』

兩人彼此交代了一下基本情報，沈行墨在掛斷電話前又強調了一次：

『我們合理推測〈蓮夏夜〉與受害人李橙川的關聯性……不，甚至是嫌疑犯趙光有，說不定也和此畫作有所接觸過。』

「……趙光有。」梓棠無法控制地重複了一次這個名字。凡尼斯的名字。「已經確定是他做的了嗎？」

『可能性很高。』

沈行墨表示，結案只是遲早。他們追查〈蓮夏夜〉的情報只是為進行更多方的考量。

『無論現在那幅畫究竟是不是真的〈蓮夏夜〉，你們修復室都會把它修好嗎？』

「憑我現在的立場，無法肯定回答你。」

『周先生，請你在能力可及範圍內務必把畫修復完畢。趙光有殺害李橙川的關鍵證據……可能就在那幅畫上。』

梓棠無法做出那種「包在我身上吧！」的承諾，他沒有那種勇氣，也無從背負這種宛如大石重壓的責任感。

他只能低聲說：「我不知道今後有什麼走向，但我會盡力。」

而後，他與沈行墨結束了通話。身體如鉛塊一樣重，梓棠癱軟在後院的牆上，深呼吸幾次後暈眩感仍無從平復，索性蜷縮坐在角落。

梓棠褪去手套，端詳自己左手的眼神滿是猜忌與惴惴不安。

「凡尼斯，你和〈蓮夏夜〉究竟有什麼關係？是你毀掉那幅畫的嗎？」

打從接受了這隻手的異體移植後——不，更早更早以前，從事故中奇蹟似撿回一命後，他的世界就產生了極大劫數。

凡尼斯寫出李橙川的人名，不久後尋獲了李橙川的遺體；凡尼斯請求他尋回四季，不久後，長年遺失的四季〈蓮夏夜〉竟然浮出水面。

左手沒有任何反應，梓棠加重語氣改口問：

「趙光有，你究竟是什麼人？」

凡尼斯仍然沒有回覆，左手握不住任何筆桿，指尖冰冷地感受不到血液流動。

沉默了半晌，左手輕輕握起筆桿，寫下幾個字。

——土　魠　魚　羹

「……啊？」

——我想吃　土魠魚羹

梓棠看了差點沒暈倒，與剛才和刑警通話的顫慄感相比簡直像是笑話一樣。

「都這種節骨眼了，你還在開什麼玩笑？」而且手有味覺嗎？

——所以說　我要是　有記憶的話　還用得著跟你　賣關子嗎？

——我現在　只　記得　土魠魚羹　啦！

完全無視這陣子四季熱潮和警方帶來的緊迫，凡尼斯開始抱怨他幾乎忘光生前的事情了，他少到可憐的記憶中，西區有很多好吃好玩好逛的，如果要幫助他恢復記憶，那就帶他去臺南市區繞繞吧。

——相信我　凶手就在魚羹裡

「你只是單純想去玩樂吧，而且代步工具還是我。」

——你這陣子　也逼得緊　當作散　散　心　嘛

左手瞎鬧完後也不管梓棠的意願，筆一拋，逕自消失氣息了。

下班時，梓棠褪下沾滿顏料漬的工作用圍裙，整理隨身物品後打算直接回家。

林茜也開始清理桌面和道具，一面和他閒聊說：

「學長，這週末你有什麼計畫？讓我猜猜看，該不會又要宅在家了吧——」

「土魠魚羹。」梓棠回答。

「什麼？」

「……土魠魚羹。」

梓棠用著一言難盡的表情向林茜這麼說以後就回家了。

到了週末下午，外面的日頭好不容易減弱了點，梓棠帶著凡尼斯抵達臺南車站附近的商圈。他表情是百般無奈。

夏天的臺南簡直是烤爐，即使現在是難得的陰天，梓棠仍一點也不想從車子裡出來，他盼望著現在忽然來一場雷陣雨把凡尼斯的興致澆熄。

他們所在的中西區可算是臺南最熱鬧的地方，舉凡歸鄉學子或是觀光旅客都一定會經過這裡。臺南車站的街景構造像是一圈圓環，往西南方持續走下去就會抵達第二個圓環，那裡有著臺灣文學館。兩道圓環的周遭也遍布著不少耳熟能詳的觀光景點與美食：孔廟商圈、林百貨、中正路商圈……梓棠老愛龜縮在家的蝸牛巷也在其中。

臺南就是這樣的城市，走到哪都是美食，凡尼斯若是心血來潮提出又要吃東吃西的也不奇怪。

「下車前，約法三章。」因此，梓棠在車上就下了通牒。「身體是我的，五感的受體是我，交通工具也是我，所以你還是得尊重我的意願。如果我身體狀況不好的話就得回家。」

——遵　命　！

梓棠本來想拿之前的合約來背書，看在凡尼斯很誠懇的份上就放他一馬。

他在附近停妥車，走進凡尼斯心心念念的小吃店，挑了張最角落的座位坐下。店裡涼爽，消散不少暑氣。

梓棠才搬來臺南幾年，但也慢慢歸納出一套觀光客和當地人會去的店舖差異，凡尼斯選的店小而純樸，比較偏向是當地人會去的，這種老店通常室內頂多裝電扇。可能是近年內全球暖化被熱怕了，逐漸有不少店家開始裝設冷氣。

「老闆，一碗土魠魚羹，小碗……嗚！」左手突然用力捏他手臂肉一下，梓棠連忙改口：「……不對，改大碗的。」

「好！馬上來！」

「然後不要香——唔！」梓棠又被捏了一次。「……呃，要香菜。」

其實他多麼想鄭重警告凡尼斯：香菜不是食物。

等待魚羹的期間，梓棠也打了左手一掌當作回禮。無奈不論誰打誰，痛的都是他的身體。

幾分鐘後土魠魚羹上桌了。接下來只要吃下肚就可以了吧……梓棠正打算拿餐具，卻又被凡尼斯搶先一步拿起調味醋瓶。

「喂，你給我等——嗚啊！」

眼見凡尼斯竟然當場把醋往下倒，瓶子直接壓到最底，半透明的魚羹表面浮滿一層烏醋，幾乎要蓋過炸魚塊。因為那片烏醋海洋，上頭的香菜看起來更翠綠了。

「……唉……」梓棠差點崩潰，沒辦法挽救魚羹的他只好認命開始吃。

「緣投欸，你呷那麼酸喔！」老闆娘送菜路過時看到他的碗，開玩笑說了幾句。

「……嗯，是啊，沒錯沒錯……」

外地人認知中臺南的食物總是很「甜」，但那並非單純的砂糖，而是熬出食材本身最自然的鮮甜味。土魠魚羹湯相當鮮美，酥炸好的土魠魚塊單吃起來酥脆鬆軟又紮實，放進羹湯裡也別有一番滋味，羹湯勾芡濃度適中，炸魚吸飽湯汁後不會糊糊爛爛的，反而增添一股溫潤的口感。

向來不太拘泥食物的梓棠也認為是美食，即使是炎熱夏天也想吃上一碗。烏醋讓濃厚的羹湯變得更加清爽，但如果凡尼斯口味沒吃那麼酸的話就更好了。

「多謝！歡迎再來啊——」

用餐完的梓棠離開店，坐回自己的小型車裡。

「這下你滿意了吧？有沒有想起什麼了？」他很仁慈，決定不計較剛剛烏醋與香菜的仇恨。

凡尼斯心滿意足地對他比了個「ＹＡ」的手勢。非常好，那就回家吧——梓棠正要發動引擎時，左手又搶過紙筆開始寫字了。

——下一個！　圓　環　中正　路

——我對那裡　有　印象

「……你該不會純粹是要我帶你去觀光吧？」

——走嘛　走嘛　說不定　走著走　著　我　就會想起　什麼啊

梓棠不同意，狡猾的左手就不讓他運轉方向盤，他最後也只好妥協：「好啦，去就可以了吧？」反正中正路和圓環那邊剛好順路，梓棠打算繞過圓環後就直接開車回蝸牛巷。

午後的市街天空依舊霧濛濛的，對臺南這種炎熱大城而言，陰天說不定反而算是好天氣。梓棠穩穩地開著車駛向圓環，正抵達紀念公園附近時，凡尼斯又出狀況了——這隻手竟然想要偷按喇叭！

梓棠抓住左手要他安分點，這下車子也不能安心駕駛了。圓環周遭的交通很亂，他只好又在附近比較空曠的地方熄火。

左手拍拍他的肩膀，拖著他往圓環附近的臺灣文學館的方向走。梓棠坐在文學館外頭的石階上休息，這個方向正好依稀看到圓環中央的紀念公園一角。

「凡尼斯，你再這樣的話我真的要直接回家了。」平時對外人和藹可親的梓棠，耐性快被凡尼斯磨光了，他語畢後也覺得自己口氣有點糟糕，重新改口：「還是說你想起什麼了嗎？」

——對面　什麼時候　蓋了　公園啊？

「你說湯德章公園？」

中正路附近的圓環中央一直都有公園，據說從日治時期就有了，純粹隨著時代不同，公園紀念的人也不一樣。最近正式正名成湯德章公園，紀念的當然就是二二八事件中在此被處決的人權律師湯德章。

「前陣子蓋好的，我記得那時還有影視還是什麼的宣傳遊行……」那陣子梓棠剛好處於復健期，心神也最為失落。「詳情我不太清楚。不過附近的文學館那邊會不定期舉行特展，我之前也看過湯德章主題的特展。」

——感受到　時代的洪流　呢

這麼說來……梓棠隔著車窗往外一望，自己或許正處在相當具有歷史意義的位置。中正路的圓環啊，臺南的重要街景都是從這個圓環散發出來的。圓環附近有文學館、美術館、孔廟……古時候留存或是近年新立的建築均分布在市街裡，建築物年齡很老，走在路上的行人們相較之下歲數年輕得好比嬰孩。梓棠產生某種微妙的新奇感，彷彿整座臺南市就是個巨大美術館似的。

——我生前好像　也常和誰來　逛街呢

梓棠沉浸在藝術家或文人特有的情緒裡時，左手自顧自寫起字來了。

——中正路啊　北門啊　藍晒圖啊

「我記得現在的藍晒圖是新的？以前的好像拆掉了。」資歷尚淺的新住民周梓棠總算能搭上當地居民的話題了。

——對！

左手開始直呼新的藍晒圖根本就沒有原本那種「韻味」了，複製品做得再怎麼像還是無法和原著相提並論啊，因為怎樣也複製不出原著那樣的情感重量。凡尼斯絮絮叨叨寫滿筆記本，梓棠處在樹蔭下已經沒有那麼熱了，卻感覺這隻手話中有話。

——說到以前有　現在沒的東西啊

——我記　得附近　友愛街那　裡啊　以前有間戲院　也很厲害！

——有個阿伯會　手繪　電影海報喔！　現在好像沒了

「你說南都戲院？我是有聽說過，現在好像變成停車場了……」手繪電影看板的話，梓棠在市區的二輪戲院外頭還有看過，掛滿一整面牆，挺壯觀的。

午後涼風徐徐吹拂而來，吹開梓棠的瀏海，使他更能看清手套下一起一伏的縫線。凡尼斯動筆寫字時，手腕處會浮出一點血管和筋的輪廓。

「凡尼斯，你……」

——我怎樣？

「看來你是土生土長的臺南人。」梓棠提出自己的見解。一番話聽下來，凡尼斯甚至知道許多梓棠這外來人不懂的事情。

——周梓棠　那　你是　哪裡人　？

「我是在花蓮出生的。」

——花蓮生？　也在花蓮長　大　嗎？

——那　怎　麼會來　這裡工作　啊　因為　這裡　美　術館多　比較有頭路？

「……」

梓棠沒有回話了，凡尼斯的提問似乎觸動到他心中最不容許踏入的那一塊。

——嘿！　好吧　我們換　個話題

「什麼話題？」

——我　想　吃　春　捲

還以為這隻手要說什麼安慰人的話，結果只想著吃……

「不行，我已經吃飽了，肚子塞不下東西了。」

——你是女高中生喔！　在意體重？

——想起來了！附近有家春捲很好吃　你開車很方便　我帶你去！

「給、給我等等！」這隻手到底是有多少口袋名單啊？該不會他的記憶體全拿去用來記住生前吃過的東西了吧！

梓棠難以抵抗，被凡尼斯強硬地拖回車子裡。凡尼斯搶過右手的工作轉開汽車鑰匙，引擎轟隆轟隆發出聲音的期間，他也設定好了導航，用食指點了點螢幕，彷彿正得意地告訴梓棠「店就在這裡」。

梓棠湊近一看，凡尼斯說的好吃店家在中西區的邊緣，有點遠離市區了，開車大概十五分鐘會到。就為了迎合一隻手的任性，他開車的路線偏離自家越來越遠了。

「真是的……吃完這個就真的得回家，不然以後我不會再帶你出來了。」

握著方向盤的凡尼斯無法回話，於是「叭！」一聲，按了方向盤中間當作回答。

「不要隨便按喇叭！」被當成是神經病怎麼辦！

——十五分鐘後，梓棠抵達了春捲小吃店。是家無法內用的小店面，占地不大，開在騎樓一隅，但有不少客人在排隊。梓棠只好把汽車停在稍遠的地方，步行過來買春捲。

排隊期間他用手機稍微查了一下店家資訊，看來是家有名老店，不愧是臺南，隱藏美食果然都藏在不起眼的巷弄裡。

「人客，要幾個？」輪到他了，店家出聲招呼。

「一個就好。」

「花生粉跟糖多少？」

「普通就——」

他來不及說完，左手就伸高高擋住他的嘴巴，大大比了個「三」。

「……嗯，那就三匙。」梓棠放棄治療了。

買了春捲後，附近沒有座位可以坐下來吃，他也不想把春捲的味道帶回車子裡，站在騎樓原地不動地吃著春捲更顯得有點愚蠢。於是凡尼斯建議「那就繼續逛吧！」梓棠拒絕也不是，妥協了邊走邊吃這項行為，就當作是散步。

今天一整天算下來，他好像被凡尼斯吃得死死的……

梓棠小咬一口春捲，是真的很美味。這家春捲聽說很有名，捲好後還會用煎盤把春捲煎得微微酥脆，從裡到外吃起來都熱騰騰的。常常有人說潤餅或春捲還是在清明節時家人買回去一起包來吃最好吃，可梓棠沒有和家人一起包春捲的經驗與回憶，他單純認為食物好吃就不錯了。

吃完了春捲，他們繼續漫無目的地走著走著。抵達某個路口時，梓棠忽然停下腳步，望向略顯寂寥的車道，零星幾輛車來來去去。

梓棠遠眺著路口，遲遲沒有說話——他的臉龐漸漸失了血色，是種無聲的衰弱。他的情緒或許也聯繫著凡尼斯的神經。凡尼斯依稀嗅到不對勁，拍拍梓棠的肩膀，指向附近可以坐著的飲料店，意指要他在那裡休息一下。

梓棠沒有抵抗，他腳步沉甸甸地向店家隨便點了杯飲料，坐在座位區上休息。喝了點涼涼的茶，心跳總算不那麼急促了。

——怎　麼　啦？

「……車禍。」梓棠又逡巡了一下四周。「我以前是在這附近的路口出車禍的。」

心悸般的不適已經停止了，單純是舊地重來令他措手不及，只是怎麼走著走著就來到這裡了呢？

——其實我帶你來　是覺得　很近

「很近？」

——這裡和我　生　活的　地方　最近　最熟　悉

「你是指……你想起你家在哪了？」

凡尼斯握住筆尖的手遲疑片刻，在筆記本上點了幾下。

——想起來　的　話　你會　幫　我　嗎？

——到我的住處找點東　西？　線索？

這次換梓棠躊躇了，他沒有正面回應，而是將眼神抽離筆記本頁面。「……你是獨居？還是和家人住？在還沒弄清楚的情況下，我就跑進去也只會節外生枝吧。」

而且既然趙光有生前是自殺，他所住的那棟房子現在是否被當成凶宅了？是自買屋還是租屋狀態也有待釐清。

「我需要更多資訊才有辦法行動，你還有想起什麼來嗎？」

——　工　作

「工作？」

梓棠有點感興趣了，凡尼斯極具藝術天賦，那他生前應該也是個畫家吧？

「你生前也從事繪畫工作嗎？」

——不

這個回答令梓棠的內心為之一震。

——我好像沒辦法　走　這條路　所以　羨慕　你

「你明明那麼有才華，太可惜了。」

——我　以前夢　想是　畫　家啊　！

「……呃，換個方向想吧。學畫也不一定好，說不定你生前有做快樂的工作，只是你還沒想起來而已。」

——小子　你在安慰　我　嗎？

——還是只是把你的心境　投射在　我身上？

「不，我只是想說，就算真的做上自己夢寐以求的工作，那也不一定是好的。今後只會遇到更多煩躁又討厭的事情，讓你開始懷疑自己是不是真的得走這一行。」

——你這是　修復師的　心得？

「人生三十歲前的心得。」梓棠緘默一會兒。「……好吧，修復師的心得，因為除了畫畫以外我沒其他路可走了。」

——如果能重新選擇　的話？

「人生沒有如果，就算有，我也沒得選。」

——聽起來　你好像不喜　歡這份工作　卻　又不得不做

——你這活人真的很奇怪

突如其來地，凡尼斯寫字的速度忽然加快，變得潦草，字的間距又全黏在一起。梓棠猜測他該不會生氣了？

——你好像一直　在　裝悲情　修復對你而言算是　天職吧？

——明明找到了天職　卻好像還在抱怨自己一輩子都沒有　這個職業以外　的選擇權了

「凡尼斯，冷靜點，我不是這個意思。你為什麼要突然激動起來？」

——你還有發揮　天賦的機會　但我可是連選擇權都　沒有了

寫完，凡尼斯力道頗重地擱下筆，不再寫字了。

梓棠支支吾吾，想解釋些什麼卻又力不從心。他深刻明白這次是自己禍從口出，生者竟然向死者抱怨自己沒有選擇權？這行為無疑是在討罵。他摸摸鼻子自認倒楣。

「你會引導我過來，是因為你生前的住處可能在附近嗎？」

他深呼吸，嘗試換個話題。

凡尼斯沒有回答。

「……好吧，我也有點累了，我們回去吧。」

午後的出遊一開始令梓棠感到厭煩，中途則生出令他著實感到有趣的遊興，最後卻很遺憾地以兩人的尷尬畫下句點。返回梓棠住處的車程上，他倆都沒有互動了。

《其四》臘梅綻於凜冬

「——總之，乾杯吧！不知道該如何是好的時候，大吃大喝絕對不會有錯，來來來，拿起你們的杯子！」

晚餐時間的餐廳人聲鼎沸，訂位的包廂裡坐滿了CCS的同仁。

室長劉細舉起注滿啤酒的玻璃杯興致高昂地喊話，同事們紛紛拿起杯子乾杯，歡笑暢談。當中只有油畫科的梓棠面有難色，笑容常開的林茜也罕見地乾笑幾聲。

「但是室長，我們到現在還沒聯絡上委託人。」

梓棠坐在她旁邊，他聲音不大，隨即被餐廳的喧鬧蓋過去。

「不明人士湊巧打撈到一百年前的畫，怎麼想都很可疑。」

一百年前的失蹤名畫，也就是現存的四季系列當初競標時，想到結標金額上一共有幾個零，他就感到反胃。

「樂觀點想，這也不算壞事，至少有名比沒名好。不是有種說法嗎？演藝圈裡，觀眾的惡劣反應和噓聲，都勝過毫無反應。」劉細嘆了口氣，雖然他們不是演員。「先別提國外了，臺灣這種剛起步的貧瘠小番薯，文物修復要真能賺錢哪用得著我四處奔波？先求名再求利吧。」

她大口將啤酒飲盡，接著揮手解釋說開玩笑的開玩笑的。發生這種事了更要低調，何況萬一真的是偽畫，那不就弄巧成拙？

「……那就交給室長決定吧，我會按照指示行動。」梓棠明智地選擇了沉默。他掩飾情緒般地夾了距離自己最近的一盤菜，結果眼前是盤蚵仔煎。

不知道為什麼餐廳裡會有這個？他只好默默地把蚵仔煎裡的豆芽菜一根根挑掉，只留下小白菜。

「學長，新聞那些報導……你沒事吧？」林茜問。

她是指前陣子的媒體風波，小而短暫的旋風，現在已經有點退燒了。

「身體狀況有沒有受到影響？」

「是沒什麼異狀……」除了一位名為凡尼斯的亡魂經常顯靈。

劉緗替他回答：「應該沒問題吧，梓棠自己不也說過嗎？從當初復職到現在，移植的左手幾乎和原本的手沒有兩樣，生活完全沒有障礙。還陸陸續續完成了幾幅畫。」

她曾經偷偷遠觀過梓棠的工作狀態，左手雖只是輔助，動作卻行雲流水地嚇人。要不是她知道對方截肢過，她絕對不會猜到左手是別人捐來的異體。

一行人又喝酒寒暄一陣子。有些人推測說那個自稱楊黎的不明委託人肯定是假名，否則哪可能和作者楊玄的姓氏相同。又有人懷疑暴露風聲的說不定也是楊黎本人吧？該不會他早就知道那幅破爛油畫是〈蓮夏夜〉？各種陰謀論四起。

「趁現在把其他囤積在修復室裡的藝術品清一清，說不定還能挖出什麼世紀名作之類的。」劉緗像是自嘲那樣呵呵笑著。

國外很多畫作真跡都是從古董市集裡挖出來的，尋獲之前都像是可燃垃圾一樣擺路邊攤角落。

「〈蓮夏夜〉都能被一年前的水災沖出來了，誰知道下一次會跑出什麼呢！」

「〈語冬〉之類的？這樣就能湊成對了。對吧，梓棠？」

「嗯？」梓棠本來正盯著杯中物的水面發呆，閃了個神。「為什麼對我說？」

「你不是很喜歡〈語冬〉嗎？喜歡到三不五時跑到本館的複製畫前。如果能見到真跡，不是很值得高興嗎？」

「說得也是。」他垂下眼。「哪天找到真跡的話，請務必讓我來修復。」

「還真是好大的自信，而且你這是在詛咒名畫變得破破爛爛的嗎？夏天雖然現在被水泡壞了，但是說不定冬天還好好的啊！」

「……我不是這個意思，抱歉。」梓棠害臊地垂下頭來認錯。

「不過要是真的找到〈語冬〉真跡而且修好的話，就把美術館裡的複製畫送給你！」劉緗看來是喝醉了，嗓門變得很大，眾人看她半欺壓地對待梓棠也有點好笑，接連傳出：「室長妳哪來的權力啊？」、「別虐待剛復職的下屬」等調侃，林茜也一同混進了閒聊裡。

叮咚，口袋裡的手機恰巧傳來震動；

「嗯？」梓棠算是找到了轉移注意力的救星，他拿出來一瞧，有人傳了訊息過來。

訊息上頭顯示了人名：邱晨荷。

『我會去參加這週末美術館舉辦的講座，周先生，請問你也會來嗎？』

「邱老師……？」

對了，這麼說來週末有講座，似乎還有特別展覽。他時常會為了一睹〈語冬〉的複製畫而前往本館，還記得本館的最新一期宣傳廣告。

梓棠盯著對話框，上次學生參訪後他們交換了聯繫方式，頂多互相打了招呼。這次是她首次傳訊息過來。該怎麼回覆才好？他緊盯著手機螢幕，殊不知身旁聚集了一道陰影。

「——哇，是上次的女教師！」

旁邊突然有人在他耳邊大叫，梓棠倒抽一口氣。「什麼？」林茜不知何時挨到了他身邊。

「學長學長，原來你們交換了聯絡方式？」

「嗯，邱老師說她對文物修復和美術很感興趣。」梓棠收起手機，笑得有些無奈。「妳突然這樣貼過來，嚇了我一跳。」

「抱歉，因為學長難得盯著手機那麼久，我想說很稀奇。」

林茜搔搔臉頰，她絕對不是在暗指周學長沒朋友，卻又緊咬著話題不放。

「等等，什麼跟什麼，這進展不是超順利的嘛！邱老師真的只是對文物修復感興趣嗎？我懷疑案情不單純！」

「什麼單不單純的，對方只是問我美術館展覽的事情而已。」

「女教師喔，女教師！」其他同事被她的高分貝牽引過來，林茜指著梓棠，向各位解釋。「學長和上次參訪的女老師在聊天！只有一面之緣，之後就偷偷來——」

眼看同事瞧過來的目光充滿了挖掘八卦的熱能，梓棠本能性護住自己的左手，以及口袋裡的手機。

他也沉不住氣了，對著林茜吐槽：「妳是思想未成熟的小學生嗎？」

「誰叫你們偷偷來，人家沒八卦可以聽生活很無聊嘛！我也想知道那個老師是怎麼樣的人啊！」

「所以說我也是剛才第一次收到她的訊……嗚哇！」唰啦！忽然有人猛抓注他的手臂，很貼心，是抓住未動刀過的右手，梓棠仍被指甲嵌進衣服布料裡的觸感嚇得雞皮疙瘩。

「……」

「周梓棠。」醉醺醺的劉緗在他耳邊呼氣。「要等畫修好了，才能去約會唷？」

於是乎，〈蓮夏夜〉與不明委託人的疑雲顫慄消失到九霄雲外，接下來的聚餐根本是場災難。梓棠因為私下勾搭女教師等莫須有罪名被罰去剝蝦子殼，從前體諒他左手狀況的那些同事愛都已經蒸發光了。最後，他認命地戴上手扒雞手套，那些被他剝得整整齊齊的蝦子全沾滿了白醋，送進修復室同仁的胃袋裡。

好不容易熬到散會，梓棠牽著腳踏車走在回家路途上。他本以為終於能好好休息了，牽車的左手卻突然抽動，差點讓腳踏車倒地。

凡尼斯又在耍什麼花招了？梓棠任憑左手伸到包包裡掃動。

他原本以為凡尼斯會拿出記事本寫字，沒想到這隻手卻挖出他的手機，答答答，解鎖後立刻敲起螢幕鍵盤來。

——嘿　天才剝蝦手　感謝我左手的靈巧吧

「什麼？」梓棠回想起剛剛的餐廳慘劇。「嗯，謝謝你的幫忙。」他這人就事論事，很好說話的。

——那　當作回報我　你　不要動喔

「嗯？」

凡尼斯按掉與他溝通用的電子記事本，轉而打開通訊軟體，點下與「邱晨荷」的聊天視窗。

「喂，你、你做什麼——」

對方敲鍵盤的速度飛快到詭異，梓棠想阻止時已經來不及了。叮咚一聲，訊息被傳了出去。

凡尼斯擅作主張地在晨荷傳來的訊息下回覆這句話：

『我會過去　到時候一起逛吧』

三秒後，剛好在線上的邱晨荷顯示已讀。梓棠來不及收回訊息。

喀噠！梓棠好不容易扶住的腳踏車這下真的癱倒在地，他差點在夜深無人的靜謐小徑上發出哀號。

昏黃路燈光源下的他，顯得有些淒涼。

※

天色已黑，在校任職一整天的邱晨荷回到家中。看來是有某種困擾動搖著她的心，只見晨荷離校前看了一次手機，搭車時也緊緊握著手機，抵達家門口正要脫鞋時又戰戰兢兢盯著螢幕。

她沒眼花，通訊軟體上確實有著周梓棠傳回來的訊息。晨荷見狀又通紅著臉，倒吸一口氣。

「他、他回覆我了，竟然真的回覆我了……怎麼辦……」

沒想到她半自暴自棄的邀約竟然成功了。

還是先冷靜下來吧，冷靜下來後回覆才不會鬧笑話。於是她把手機丟到床邊，先去泡了個熱水澡，原本以為泡澡可以舒緩情緒，結果她快被煮熟的腦袋裡一直浮現出周梓棠的臉。最後是用逃的逃出浴缸。

距離上次這麼緊張是什麼時候了？她正式成為高中教師以來也過了幾個年歲，勉強算是脫離了菜鳥行列，兼任的行政職也能開始苦中作樂了。凡事都慢慢上了軌道，卻有個名為周梓棠的人突然闖進她世界裡，害得她七上八下。

晨荷換上睡衣，蜷縮在床上，終於要鼓起勇氣回覆梓棠了，單純傳個貼圖做結尾吧，才不會顯得太刻意……她正打算敲打手機螢幕時，手機卻忽然震動起來！害得晨荷嚇了一跳，匆匆忙忙地按下通話鍵。

「醫生！你為什麼要打來？」她的聲音還有點慌。

『啊？不是約好這時間嗎？我不能打來？』

「……你可以打來。」

『真的搞不懂妳們女人這種生物。』

電話那頭的「醫生」唉了一聲當作抱怨，也沒多說什麼，開始他們的「例行工作」——交代近況、寒暄或說些無關緊要的瑣事。

晨荷倚靠在枕頭上，隨意聊了些話題，都不算有趣，但醫生則告訴她這又有什麼關係呢？沒事就是好事。

「……嗯，我過得很好，都多虧醫生你的幫助。」

她聽完電話那頭的問話，遲疑了一下，接著說：

「家人的話……沒關係的，他們不會干涉我，現在保持點距離對彼此都好。至於哥哥的事情……嗯，是，我知道。」

她閒聊時一面檢查自己的指甲。踏入社會以後，她已經很少像大學生時代那樣塗上繽紛粉嫩的指甲油了，沒什麼時間和興致。

對了，記得以前好像還買過紅色指甲油……去年打掃時她發現那罐紅色液體時嚇了一跳，當場拿去丟掉。某次事件開始，她看見整片紅時便會不自覺心跳加快。

「對了，我和那個人約好下次會去觀賞美術館內的修復主題展。」

『這樣啊——祝你們玩得愉快。』

「醫生對這塊領域有興趣嗎？」

『啊？那種事情我沒特別在意呢。』

「也是，醫生給人的印象比起慢工出細活的精密作業……比較像是速食店。」

她的意思是，對方處事態度講求效率，是好事。

『藝術品的真偽或新舊，不都取決人的既定價值觀嗎？』

電話那頭的男性冷哼了一聲，語調平靜，但聽得出來正咧嘴笑著。

『多舊多新的畫，撕開來以後不過就是亞麻仁油和麻布纖維的凝聚體罷了，區分那麼多做什麼呢。』

晨荷聽了以後哭笑不得，她恰巧瞥見自己書櫃上的歷史教科書。

「那醫生對歷史有興趣嗎？」

『哦，那個啊，歷史歷史。歷史的話，我倒是覺得一部分挺有趣的。』

「真是令人意外。」

『歷史和藝術品很像嘛。』醫生說：『遑論虛實，有價值的，才是真貨。』

還真是一針見血的犀利，晨荷不禁抖了下身子。她轉而凝視窗外的黑夜。

「……醫生，我繼續和那個人有所接觸，真的沒關係嗎？」

『看妳的心態而定吧。妳會勒索那個人嗎？』

「不會。」

『妳會希望那人按照妳的意思行動，或是從他身上得到什麼嗎？』

「不會。」

『妳相信死人有可能復生嗎？』

「……那是不可能的。」

『那就不犯法。』醫生停頓幾秒，補充：『應該啦。』

「醫生，你真的是……」

她本來想罵庸醫，但仔細想想，這已經是行醫以外的範疇了，於是她改口：

「你真是不太有醫德的一個人。」可惜改口後也沒好到哪裡去。

『我要是真沒醫德還會像這樣和妳通電話？妳找遍全世界，恐怕哪都找不到像我這樣犧牲奉獻的售後服務了。』

「這點倒是相當感謝你。當初，還有現在，都是。」

晨荷完全可以想像出那位醫生正兩手一攤聳聳肩的模樣。她不禁笑了出來，輕笑的聲音彷彿悅耳的銀鈴聲。

她簡易報告了近況。「那麼不打擾你了，醫生，晚安。」而後掛上電話。

晨荷向後仰，身體陷入枕頭與床鋪裡，摀住自己的五官。

「……畫作的修復，畫畫的人。」

她自言自語的聲音格外淒冷。

「哥，要是我也懂那種東西的話，當初是不是就能……」

晾在一旁的手機正顯示通話結束的紀錄，上頭映照著聯絡人的姓名：何曦予。

※

「——我說啊，人在各種階段，不是都會給自己訂下目標嗎？」

結束了同事間的餐會，林茜又獨自前往酒吧當作續攤。在這間習慣光顧的店裡，她喜好自己一人待著，吧檯的角落位置是她的專屬席。

明天用不著上班，今晚就喝個通宵，讓酒精徹底麻痺腦袋裡的劣根性。

她不在乎今日值班的酒保和上次是否為同一人，只是搖晃著酒杯裡的液體，絮絮說著：

「這次挑戰要做到什麼，幾年後要爬上哪個位置，超過了這個停損點就趕緊放棄，成功的話就繼續向前。我們都會這樣期許自己。」

學業也是，工作也是。短程遠程，他們的生命都是由一個個目標串起來的。

「但是，達到目標以後呢？」

她聽來像是自言自語。

這個世界總是讓他們自願或被迫訂下許多目標，但是達標了以後呢？

「就算達成目標，做了我想做的事，我還是只能被埋沒在那個人的影子裡。說不定追趕一輩子也無法超越他。畢竟資質本身就不同。」

天才與凡人的差別。林茜暗忖。

天才最令人可恨的地方，就是掌握了他們這類凡人渴望的天賦，得到了凡人未擁有的運氣，卻又孜孜不倦地努力著。

她能做的事情通常只有兩件：一是繼續死命追趕著那些天才，不求平起平坐，頂多只能讓差距別再擴大；二是傾訴出自己內心的黑暗。

要是不這麼坦承，她會無法承受的。

「看到那種無比順遂的人，有時候真的會想詛咒他們一下呢……像是被車撞，斷一隻手之類的……啊？那什麼眼神？我開玩笑的啦。」

林茜發現酒保對她投以疑惑的目光，聳聳肩。

「只是手斷了以後還有辦法繼續工作，那才真是讓我笑不出來。」

默不作聲的酒保終於張開嘴，意思意思問了句：客人，妳從事什麼工作？

「啊？我是醫生喔。」

林茜心想，總算回話了，否則她一個人唱獨腳戲也很無趣。她喜歡會應聲的聽眾。

「畫作的醫生。我可以把破破爛爛的畫修好喔。你有想修的畫作，都可以給我。」

但是，我只能修畫。我會修的只有畫。林茜說。

「畫以外的東西，我一竅不通。」

所以才會落到這種進退兩難的地步。傾注了自己的時間和力氣仍無法勝過別人，也不甘心折回原路重新來過。

不，甚至該說她連修畫的醫術都不夠，上頭的人才沒有把〈蓮夏夜〉交給她處理。上頭卻又礙著面子，對外供稱是由她接手畫作。

她除了說聲：「好的，當然沒問題，就掛我的名字吧，畫給學長修。」裝作欣然接受以外，還能有什麼選擇？

裝作乖巧順從的模樣、在職場裡討人喜愛地手舞足蹈，她只擅長這種生存方式。只要別人認為她可愛，她就還有待著的資格，不是嗎？

無奈「可以待在這裡」和「可以成為第一」終究是不同的範疇。

「要是人生和人心也能像油畫一樣簡單就好了。氧化了就刮除，遇到破洞就填起來，顏色不對就溶解掉從頭開始。多的是辦法補救。」

林茜總是想著：她能修畫，卻無法修復自己逐漸變質的心靈。

※

這天氣溫飆升，午後的日照仍然剽悍。梓棠開車前往美術館。

他將車停妥在附近的停車格。正要下車時，凡尼斯又操控他的手，擅自在筆記本上寫了幾行字。

梓棠嘆了口氣，用右手解開安全帶，等它寫完字。

——一起去看展覽呢真　期　待　＼(ˆoˆ)／

「……為什麼要陷害我？」

——說什麼　陷害　很見外耶　你

——我不是說過了嗎？　我可能認識　她　啊

「……」

梓棠得反覆深呼吸才能勉強按捺住自己的脾氣。

「你這傢伙如果還活著，我還真想看看本人生前究竟是什麼樣的嘴臉。」

——你　和剛開始認識時　態度差好多裝的？

「你以為是誰害的啊！」

梓棠打算推開車門，握住車門把的左手卻又兜回來，重新握住筆開始寫寫寫，梓棠不耐煩地說：「你還有事情沒交代完？」

——周　梓　棠　事到如今　重申一次

「又怎麼了？」

——我幫你　畫畫你　幫我　找出真相

——成　交？

「……你覺得我有選擇權嗎？合約都簽了。」

他要是真有辦法拒絕，就用不著在車廂裡進行一人筆談了。

——也　對

——然後那個　叫做　永生花？　的東西

「永生花怎麼了？」應該是指他房間裡的那個花裝飾吧，林茜之前送的復職賀禮。

——真的不會凋謝呢　整天處在　油畫顏料的味道裡　好像也沒事

「嗯，畢竟好像已經用特殊藥劑維持住了。走吧，下車了……還有，先說好，遇到邱老師的時候可別耍任何花招，我不想被當成怪人。」

——我　盡　量　（＞A・）／

梓棠收起筆記本，終於順利推開車門。他對待凡尼斯的態度習慣成自然，不知該說悲還喜。

抵達約定地點時，已經看到邱晨荷站在售票口附近的陰涼處。

午後涼風吹拂著晨荷及肩的黑直髮，白皙纖瘦的頸項若隱若現。有別於參訪時的嚴謹，她今日穿著休閒，簡約風格的上衣與中長裙，溫婉又隨和。

明明只是第二次見面，兩人卻立即認出彼此來。梓棠快步走到了她面前。

「午安，邱老師。」

「周先生。」

晨荷微笑時，細眉有些下垂，她靦腆地點了個頭。

「真不好意思讓你跑一趟，但我很高興能再次與你見面。」

「不，我對今天的講座與展覽也滿感興趣的，本來就打算過來。走吧，這裡請。」

梓棠帶領她進入美術館。中途，凡尼斯竟然想要偷偷牽起晨荷的手，梓棠連忙反折了那隻該死的左手的手指，把左手塞回自己口袋裡頭，暗罵一句：「安分點！」

走進美術館，沁涼的空調隨即降溫了暑氣。夏天時有不少人會前往圖書館和美術館吹冷氣，近期有特展和講座，參館人數比平時多了些。

晨荷上前去拿導覽手冊時，唯恐天下不亂的凡尼斯又趁機拿出——這次不是筆記本了，是手機。大庭廣眾下用手機對談比較能掩人耳目，還真是貼心。

——你真的　對展　覽有興趣?臉不紅　氣不喘的瞎掰　也是　修復師的必備才能　？

梓棠看著手機螢幕傳來的幾行字，悄悄嫌棄：「囉嗦！」說到底還不都是因為你！

霽青美術館本館對於梓棠而言，說是後院也不為過。他身兼解說員，沿途向晨荷粗略解釋展示品的特色。來到自己最為擅長的油畫區域時，他總不自覺多嘴了起來。

說到興頭上的梓棠趕緊踩了剎車，有些不知所措地問：「我說這些會不會太無聊了?」晨荷笑著搖搖頭。「不會，非常有趣，請再多說一點吧。」

之後兩人一同參觀了特展與講座。在館內待了近一個下午，循著參觀路線繞了美術館內部一圈，再次朝出口的方向前進。

經過某幅畫作時，晨荷停下腳步，盯著掛在牆上的畫布。

柔和的燈光點亮冬景，一朵朵嫩黃臘梅探雪而出。是幅徜徉在東方景致裡的西畫。東方與西方的筆觸，融洽地結合在一起。

她睜大細長的眼眸。「這幅畫是……」

「〈語冬〉。」梓棠回答：「畫家楊玄生前留下的代表作。真跡遺失了，這是複製品。」

「是那個『四季』系列嗎？」

「沒錯。」

梓棠瞥了眼正對複製畫約五公尺遠的座位區。工作休息之餘，他經常坐在那裡眺望著〈語冬〉。單論這幅畫的觀眾，他比誰都是常客。

「我不太懂，這是真的景色嗎？臺灣平地不是不下雪？」

「春夏秋的話是採用現實存在的景色，冬天的話恐怕不是。」

梓棠搖搖頭，娓娓道來：

「臺灣不下雪，但據說楊玄祖先的家鄉種著臘梅，冬天時臘梅就會沾著雪。所以他把幻想中的臘梅與雪，畫進了〈語冬〉裡。楊玄有說過，如果冬天的題材只能描繪蕭條與孤寂，那未免也太無趣了。」

「但是像這樣畫些沒見過的風景……是可以的嗎？」晨荷聽了有點困惑。「我知道西洋油畫會畫些神話故事的題材，但〈語冬〉給人的虛構感好像又不太一樣……」

「也有可能是楊玄把水墨畫的技巧也融進去了吧，霧濛濛的感覺。」

梓棠聽過一種說法，水墨與西畫不同的一點就在於「似是而非」。西畫講求寫實，水墨則重在寫意，真景虛實游移於似與非似之間。

有水墨底子的楊玄在投入油畫時，也常將這股精神注入作品裡。四季系列均有虛實參半的寫意，尤其是〈語冬〉，相傳至今沒人能真正找出與畫中完全吻合的現實景物。

「說不定楊玄以前在臺灣真的種了臘梅，只是都經過一百年了，那棵梅樹究竟還在不在，沒人知道。」梓棠說。

「他以前住的地方也沒有嗎？」

「古人住的地方，現在應該都夷為平地，統一蓋成紀念館了吧。」梓棠打趣地說，但口氣聽起來不是諷刺。

楊玄這個人太夢幻了，真正留下的也只有畫中的靄靄白雪與黃花而已。

「總覺得……要是我早點接觸這個領域就好了。」晨荷突然這麼說，笑容有一絲苦澀，她垂下眼簾。「有很多事情說不定都會因此不一樣。」

梓棠沒有過問這句話的意思。

不知是誰先開始的，當他意識到時，彼此已不約而同地坐在附近的座位區上，凝視著楊玄的複製畫。

晨荷接著問：「像周先生這樣從事修復工作的人，也會像藝術家一樣，創作自己的作品嗎？」

彷彿有根銀針穿透了梓棠的心思，一剎那，他竟然不敢直視對方的視線。

這種無所適從僅僅一瞬，他馬上恢復成平日的悠然，平穩地回答：

「我認識的同行是有在創作，但我的話沒什麼在畫自己的作品，總覺得一旦畫了就……怎麼說呢，我怕畫久了會『走火入魔』。」

「什麼意思？」

「如果我們的創作慾太強，在修復的時候把『自己想像的東西』填補到畫上，那幅畫就再也不是原本的畫了。」

身為當事人的梓棠也深深明白，這是聽來簡單明瞭，卻難以實行的道理。

過多的創作慾與主觀思維很有可能會毀了正在修復的畫作。為了避免將自己的主觀投射在修復作品上，他們必須盡可能靜下心來。梓棠所想到的靜下心的方法，就是乾脆不著手自己的創作。

「那不是……很殘忍嗎？」晨荷有點不明所以。

「咦？」

「握著畫筆，精進了畫技，卻反而不能隨心所欲的繪畫，那不是很殘忍嗎？」

她無心而一針見血的疑問令梓棠語塞。

——求學時，老師曾和梓棠說過：修復師既是藝術家也是工匠，遵從無名，同時也得無我。

他一路走來遵循教誨，竭盡所能地將所思所想給壓抑下來。修復文物必須回歸於靜，只能回歸於靜，梓棠屢屢說服自己。

然而，他終究還是會被某種異常的情緒拖入海域裡。

因此才有「那些畫」——他會在自己的小小房間裡揮灑著冬季。

「……以前，學院的教授說過，修復是一種傳承。不只是傳承歷史證物，也傳承著修復師的生命。」

半晌，梓棠徐徐說道。語調平靜如溪流，是說給晨荷聽，也是說給自己聽。

「我自己的話則是這麼認為的：在修復的時候，我們修復師的靈魂與精神也會連同顏料一起滲進畫作裡。生命的顏色會承載到畫布上，這樣聽起來也算是半種創作了吧？所以沒關係的。」

聽起來會不會文謅謅的，有點彆扭？梓棠說完後，有些害臊地搔搔臉頰。

不會，沒這回事，晨荷搖搖頭。她希望他能繼續說下去。

「不過……單純臨摹的話，我會練習喔。」梓棠接著說：「所有領域的學習最初都是從模仿開始的。臨摹是這行的基本功，得先掌握原作者的筆觸與心境，才有辦法進行下一步。」

他只能說些陳腔濫調來說服自己那顆早已偏離正軌的心。

「雖然說是不建議修復師進行過多的創作啦，但也是有在業餘從事藝術創作的同行。只要不橫跨那個界線，我想在可容許的範圍內做自己喜歡的事情，應該不為過吧？」

晨荷安靜地聽他說話，同意了。「確實不為過，而且聽起來像是平常工作時在畫畫，下班和假日的興趣也是畫畫一樣。那些人一定是熱愛畫作到了骨子裡。」

「應該這麼說吧，對某些人而言，這已經不是喜歡或討厭的問題了，而是不繼續握住畫筆的話說不定就會死掉。」

梓棠說這句話時，他本人也沒意識到自己正盯著左手看，裹了層手套的凡尼斯終於乖巧下來了。

晨荷也盯著那隻左手看，眼神難以言喻，彷彿有什麼話想說卻梗在喉嚨口。

「周先生也是……可能會死掉的人嗎？」

「死掉嗎？我？」他說得很淡。「……嗯，可能吧。」

何況本來就已經死過一次了，只是沒成功。

「不、不可以死……請好好活著！」聞言，晨荷卻突然聳起肩膀，抓緊自己的包包大叫。

「呃、呃？」

「……對、對不起。但是，周先生，請你不要死。」她驚覺自己嚴重失態，坐立難安，只得握住自己的雙手收進胸口，吞吞吐吐地繼續說：「我是這陣子才有體悟的，人不是會慢慢對生活產生疲倦嗎？出社會以後更會漸漸不知道自己到底是為了什麼活著……但是我相信即使現在沒有遇到，將來一定也能遇到一些開心的事情，讓我們打從心底認為活著真是太好了。」

她話語急促起來，自顧自說了一串話後又不敢看梓棠。梓棠傻愣了半晌。

「……為什麼……要突然對我說這些呢？」

妳遇到了什麼傷心難過的事了嗎？或是妳認為我看起來很悲傷嗎？梓棠本想這麼問，話語卻卡在喉嚨。

「抱歉，只是……不知道為什麼，我總覺得以前我身邊很重要的人跟周先生很像，然後他某天……他就突然走了，沒有任何前兆。」坐在休息椅上的晨荷垂下臉，盯著自己的鞋子。「警察說是自殺。」

她語音剛落，梓棠的左手彷彿觸電似地抽動了一下。梓棠沒有錯過這股電流。

「等等，妳——」梓棠握住左手腕，感受到一股明顯焦躁的脈動。「……不，沒事。」

凡尼斯騷動起來，梓棠暗自安撫他不要衝動。現在急不得。

可就連梓棠自己腦袋裡都是各種推論與假想凡尼斯生前與晨荷的關係——這世上真有這麼巧的事情？

「邱老師，妳是因為我和妳說的那個人很像，所以今天才邀我過來的嗎？」為了試探，他自知自己用了有點壞心的說法。

「不、不是的！啊！不……也不是、呃，嗯，是的。」晨荷語無倫次，紅透整張臉，她已經好久不敢正視梓棠了。「……對不起，我不知道該怎麼形容，但我真的對展覽很感興趣，所以可能兩種理由都符合。」

「……妳一定很珍惜妳說的那個人吧。」

「……嗯。」

晨荷聲音細小，頷首的力道卻很堅定。她抓住包包的手指好似在握拳。

「邱老師，謝謝妳告訴我這些，請放心，我不會自殺的。」為了這樣的她，梓棠決定忽視掉對方剛才那一連串異常激動，給她臺階下。「我還有很多事情必須完成，也很年輕啊，不能死的。」

對吧？無論脫口而出的是真話或謊言，梓棠也在心中說服自己不要死，還不可以死。

「邱老師，妳喜歡老師這份職業嗎？」梓棠悠然如水地詢問。

「是不討厭……」

「如果再也不能當老師了，妳會難過嗎？」

「我恐怕無法想像。」

「那，我們說不定是類似的人了。我也沒辦法想像自己再也無法握住畫筆的模樣。我只能繼續畫下去了，以任何形式。」

大概就如同呼吸一般，若將畫具完全自他手中剝除，他肯定會窒息而死。就這個層面而言，凡尼斯或許是維持他生命的氧氣之一。

閉館時分，靠近美術館的出口時，隱約能看見外頭降下迷濛的薄霧。梓棠與晨荷雙雙抬頭一看，半張著嘴，天空竟下了滂沱大雨。

美術館裡的客人多數也像他們一樣不知所措，有些備有摺疊傘的人倒是直接撐傘走了出去。晨荷暗自嘆了口氣，早知道今天就別貪圖方便把摺疊傘拿出包包了。

「天氣預報從來沒準過呢。」晨荷有些苦惱，下午明明還很晴朗的，夏天照理而言也不會在這種傍晚下雨的，她打了聲招呼。「今天真的非常感謝你，周先生，那麼我先告辭了。」

「等一下。」眼看她就要快步離去，梓棠急忙把她叫住。「邱老師，妳有帶傘嗎？」

「附近應該有超商，我買把傘就行了。」

「公車不知道什麼時候來，請坐我的車回去吧。車子裡有傘，等等我借給妳。」

「這樣不好意思。」

「沒關係，停車場距離我住的公寓很近，到時候跑快一點就好了。」

凡尼斯沒有硬逼梓棠挽留她，是梓棠自己想這麼做的。既然都是開車回去，多載一人也無妨，他也不好意思放女性獨自在那兒淋雨。

雨勢看來是不會停歇，晨荷瞥了眼灰鼠色的陰雨天空，又看看梓棠，這樣推辭下去也不好。

「……那麼，恭敬不如從命。」

不一會兒，兩人坐進車裡，梓棠將車開往回家的道路上。梓棠發動引擎、將車子駛出去，轉方向盤或是開雨刷時，晨荷雖沒說話，但目光很明顯地始終盯著他的左手不放。

梓棠苦笑。「請不用擔心，移植後的復原狀況非常好，日常生活不會受到影響，否則我也不敢開車出門。」凡尼斯再調皮也不會挑他開車的時候搗亂吧。

「對、對不起。我不是這個意思……」察覺到自己的失態，晨荷慌張地把視線移回正面。「只是……呃，真的就像是你自己的手一樣。」

「是啊，有時候靈敏到我都想抱怨了呢。」

「像自己的手……不好嗎？」

「……我也不知道。」梓棠隨便應了聲，轉而一問：「邱老師，妳家在哪個方向呢？先送妳回去。」

「好的，我家在蝸牛巷附近。」

「咦，蝸牛巷？」

追問下去不得了，晨荷的住所竟然就在梓棠的住處附近。

「我們之間未免也太多巧合了吧？」或許是一日相處下來逐漸敞開了心胸，梓棠的口氣不再是一開始那樣客套。他的輕笑被晃動的雨刷聲蓋了過去。

「我也不敢相信。」那區域的公寓，停車場是共用的，晨荷的心情也輕鬆了起來，開了個玩笑。「這樣也用不著跟周先生你借傘了。對了，說不定我們以前曾經在哪擦身而過喔。」

「老師還是把傘拿走吧。反正住得很近，也比較方便還。」

「謝謝。」

「老師今天是搭公車去美術館的嗎？」

「嗯，我不會開車，今天太陽很大，又不想騎車。」她說：「幸虧沒騎車來。」這種雨勢騎車回去反倒麻煩，穿了雨衣也只會淋成落湯雞。

良久，車子抵達公寓附近的停車場。梓棠將車子停入停車格裡。

「那麼，今天真的很謝謝你，周先生。」下車前，晨荷對他報以一笑。「我覺得自己好像又變聰明了一點。」

「不會，下次如果還有機會的話，歡迎再聯絡我。」

兩人寒暄了幾句後就分開了。晨荷拿著梓棠借她的傘下車，向他點了點頭，搭上電梯離去。她所住的地方位於此處的斜對角，穿越一條小巷即可抵達。

梓棠目送她離去後，並未立刻下車，而是重新將身體往後仰，倚靠在車座椅裡。因為凡尼斯正拿著筆不停書寫，他一時間無法動彈，只好先把排檔往後拉。

——今天　做得很好嘛　文藝系小生　(＞∀＜)～✿

「隨便你怎麼說。還有你可不可以停止一下顏文字的頻率？」他有點無法忍受自己的身體被迫畫出這種愚蠢的表情。

——你真的　還會再聯　絡晨荷嗎？

「日後視情況。今天是你擅自約人的，我只是替你收拾爛攤子。」

——但你明明聊得那麼　開心！　假裝的？　騙子！

「難不成我要擺臭臉給人看嗎？那才叫做失禮吧。」

——　你　房　間　那堆畫　到底是什　麼？

——今天　的聊天內容　哪些部　分才是　真　心話？

「……」老是被追問的梓棠決定反擊：「邱老師是你的朋友或戀人嗎？還是其他關係？你先說清楚我比較好辦事。」

——詳細　我　想不起來　但　她對我而言　很重要

「……如果繼續和她有所接觸，說不定你就能恢復更多記憶了？」

——怕！　你怎麼　突然這麼積極　對我好？

——你喜歡人家！？

「我只是在履行合約內容。」梓棠深吸口氣，聲音變得有點嘶啞：「……家人或朋友什麼的，人一生的緣分有限，既然你是突然死去的，那和邱老師的緣分應該也沒得善終才對。」

——家人

——周梓棠　你　跟　你家人？

梓棠難得顯出私人情緒，凡尼斯沒放過那關鍵字。梓棠刻意忽視凡尼斯的字跡，只感覺視線和胸口火辣辣的。

「……先做個假設吧，假如邱老師說的『重要的人』真的是指凡尼斯你，她又打算接近我，那是不是代表，其實她有可能知道你的手移植到我手上的事情？」

莫非晨荷和當初的異體移植捐贈有關？這是獨斷卻合理的假設。可是基於醫療相關保密條款，她會知道梓棠的存在是幾乎不可能的，除非有人從中作梗。

「……會不會最一開始的高中生參訪修復室時，她就已經知道我的身分？」

——你把人家　當什麼啦！　晨荷才　沒　那麼壞！

「……瞎猜也沒用，我們先回去吧。」多想無益，梓棠收起筆記本，下車離去。

梓棠開始羨慕起晨荷了，至少能夠灑脫地與他分別，附著在左手上的東西卻怎樣也甩不掉。

停車場附近連接著騎樓，再走一點路後就抵達他的住處，梓棠踩著樓梯慢慢走上自己的樓層。走廊外的窗戶可瞥見雨勢減弱了些，晨荷應該已經到家了，雙方都沒淋到什麼雨是好事。

「嗯？」

這時，梓棠發現有道熟悉的身影站在他公寓門前。

身材高瘦，穿著一身休閒輕便衣著，清秀的側臉一副悠閒從容的模樣，稍稍下垂的眼尾好似在笑。對方靠在他家公寓前的牆上，遠眺著走廊陽臺外的景色，吊兒郎當地把手扠在口袋裡，只差沒吹口哨。

「哈囉，小畫家。」對方看見屋主終於回來，挺身脫離牆壁，笑了聲。

「醫生？你怎麼會在這裡？」

梓棠有些驚訝。驀地出現在他家門前的，正是他的主治醫生何曦予。

「你上次忘在醫院裡的東西。」何曦予將某個小紙袋遞了出去。「傳了幾通訊息給你都沒回應，想說就把袋子掛在門把上好了，不過這樣也挺奇怪的。就等人回來囉。」

「……啊。」梓棠接過紙袋，發現是之前忘在診療室的單邊手套。「抱歉，讓醫生特地過來一趟。」他也有其他備用手套，那次遺失後一個不小心就忘了這件事。

梓棠這一整天在外都沒什麼時間看手機，他本身也不是什麼喜歡頻繁應付通訊軟體的人，埋首於工作時更是時常漏掉訊息。他聽曦予的話打開手機查看，裡頭果然有幾則通知。

「沒什麼啦，剛好來附近找認識的人，想說都在附近，正好拿來給你。」

只是過來的時候才想起朋友今天有事情呢，撲了個空。曦予兩手一攤。

「休假難得出門，就這樣直接回去也很可惜，你介意讓我打擾一下嗎？當作是請朋友來家裡做客嘛。」

「……」短短一瞬，一抹陰影閃過梓棠面容，他微笑著打開門。「請進。」

曦予沒察覺，或是根本沒打算在意梓棠的情緒，隨著他走進屋裡。

「哇——這充滿特殊情調的溫馨小房間，還是老樣子。」

曦予以前曾因一些小插曲造訪過梓棠的住處，還是一如往常，沒有生活氣息。如果眼前這堆沾著潑漆顏料、鋪在地上的報紙海洋也是種藝術創作的話，那還真的不能怪學醫的他不懂藝術。

根本不會有人拜訪梓棠，他也不喜好讓人來，自然沒準備客人用的室內鞋。梓棠告訴曦予不用脫鞋，直接踩進來就行了，反正地板上都是隔絕顏料與潑漆的報紙。

「稍坐一下，我去倒杯水。」

「說是這麼說，但是根本沒地方可以坐嘛——」

梓棠無視他的風涼話，這裡確實沒有提供客人歇息的地方。

「醫生，請問這次過來是有什麼事情？」

「剛才不是說了？還你手套嘛。」

「按照醫生的個性，應該會在下次我回診時還我才是。」

「好吧，其實是那個啦，上次你不是提到左手來了個陰魂不散的野鬼嗎？我想說假日閒著也閒著，就來一探究竟了。」

「那不是想見識見識就會自己乖乖冒出來的東西……不。」梓棠語氣平靜。「其實上次回診後我開始乖乖服藥，左手就再也沒出現異狀了。或許就和醫生你說的一樣，那只是我精神狀態不穩所產生的幻覺。」

當初不應該亂了陣腳就告訴醫生凡尼斯的事情的，梓棠懊悔自己的疏忽，他將水杯遞了過去。

「真可惜，我還以為學術論文真的有著落了。」曦予接過水杯，但一口也沒喝。

「你當初不也認為那是我精神狀態不穩定所產生的幻覺嗎？」

「在得知趙光有犯下殺人罪以前，我確實是這麼認為的。不過嘛，凡事總有例外。說不定這樁事真的和案情有關聯。」

梓棠原本擔心聽見「殺人犯」這三個禁忌關鍵字的凡尼斯又會失控，居然沒事，挺安分的。

「醫生。在那之後我有乖乖聽從你的建議按時服藥了，身體狀況也很好，你真的不用擔心。如果說你是為了追蹤術後狀況的話我也能配——」

「你還是那麼執著於那幅畫嗎？周梓棠。」

曦予投射出的眼神已經不再是玩世不恭的模樣，是更露骨的冷酷辛辣。

梓棠感到一股頭皮發麻，心臟像是被浸泡到冰水裡的寒冷。他向來不是喜怒形於色的人，不以為意地瞧了回去。

「那些都是在我在截肢以前就不斷練習的畫作，同樣的畫作有好幾幅，醫生不也很清楚嗎？」

「是沒錯。但你為什麼都只練習同一幅畫？我對藝術品這類東西一竅不通，但自從上次因為李橙川的案件被警方抓去問話後，好歹也做了點功課。」

曦予不疾不徐地走到單調又空洞的客廳深處。

客廳角落放置著油畫作品，一幅、兩幅，大小尺寸不一，有些已完稿且上了光油，有些則停留在剛上了底稿的初步狀態。畫作像是油畫市集的商品般倚靠在牆邊一隅。

曦予停在其中一幅擱置在畫架上，塗抹著冬雪與黃花的半成品前。

「畫家楊玄的四季系列，我在那之後又反覆看了好幾次。〈春斜柳〉、〈蓮夏夜〉、〈秋炎〉、〈語冬〉，多虧命名由來簡單，我這外行人也能記住。我原本以為你只是那位楊玄的頭號粉絲，不過現在有些改觀了。」

他定睛在梓棠耗費生命與時間塗抹的油彩作品，良久，調遠視線。

「小畫家，為什麼遺失的〈語冬〉，你畫了那麼多幅仿製品？是打算著手偽畫嗎？」

梓棠沉寂了半晌，再度勾勒起微笑。

「……醫生，你太誇張了，偽畫什麼的。那些只是臨摹而已。」他的笑容固然溫和，卻也劃清出距離的界線。「不論是學徒、實習生甚至是教師和藝術家，從事這行業的創作人都得從臨摹開始。」

「哦？」

「各行各業，一切的學習基礎不都是從模仿開始的嗎？醫生當初想必也是有可以學習的模範與榜樣，努力朝目標前進，才有辦法像這樣成為醫生的。也因為有你的不斷臨摹與學習，我當初才能撿回一命。」

「這倒也是，你嘴巴還真上道呢。」

「直接把臨摹評判成偽作，未免也太獨斷了吧？」

梓棠的語調不急不緩，甚至帶股笑意。

「〈語冬〉對我而言是足以影響我一輩子的作品。那幅作品對我的影響之深，直到現在，我還是會不斷嘗試臨摹。你就當作是一介修復師再也無法接觸到遺失的名作，轉而尋求複製品的補償心理吧。」

「……唉，好吧好吧，是我誤會你了，小畫家，我道歉。」

再也無法。在曦予耳裡聽來，這不太像是口誤。

「俗話說修復師不只修復藝術品，也背負著傳承歷史物證。」也罷，曦予不以為意，他也明白這喪失左手的修復師不是表裡如一的坦率之人，心靈肯定有著不為人知的黑暗。「無論是當年事故後還是最近被捲入案情裡，你都能保有這樣的清晰思緒，還是該說對畫作的執著嗎？總之，不是壞事。」

或許不是，曦予又說。

「我都不知道醫生對這塊領域這麼有興趣。」

「最近和人聊天時正巧聊到這個話題，沒點興趣不行啊。」

恰巧，口袋裡的手機震動了一下，曦予拿出來確認。

「哦？」他眨眨眼。「抱歉，約好見面的朋友終於回來啦，那我也該失陪了。感謝你的招待。」

「不會。」梓棠面帶微笑。「謝謝醫生將東西送過來。」

「下次如果幻覺又復發的話，再讓我和你左手的那位朋友打個照面吧。再見啦。」

離去時，曦予又叮嚀他要記得定時複診，瀟灑地消失在公寓的走廊盡頭。

※

晨荷行走著，正打算打開借來的傘時，她察覺到手機傳來震動。

專注地參觀美術館一整天，倒也忘了檢查手機，應該沒什麼緊急訊息吧？她打開包包，結果「啊」了一聲。

她本以為拿出來的摺疊傘，竟然被雜物埋在包包最底下。

「那，把傘還回去好了……」

才剛和梓棠分開沒多久，對方應該還在附近才對，打個電話給他應該可以吧？希望這個舉動不會太煩人。

明明只是一把傘也能讓她苦惱得不知如何是好。雨勢逐漸轉弱，她抬起頭確認時，撞見大樓對面的公寓外圍走廊，某層樓正巧有抹人影走了過去。

不過就是路人或住戶，沒什麼好在意的，晨荷卻在瞥見對方的側臉時，呼吸差點停了一拍。玩世不恭的笑臉下，藏著一絲攻擊性。

她瞪大眼珠。「那個人是……」

晨荷沒有閒暇思考，她立刻拿出手機，在聊天室打出訊息：

『醫生，你現在人在哪裡？』

良久，聊天室過了好一會兒才有了回應：

『美術館約會愉快嗎？有沒有覺得自己變聰明了點？』

晨荷不禁繃緊神經，沒得到回答反而被揶揄了一番，那沒醫德的傢伙究竟想做什麼？

《其五》罪果如影隨形

曦予離去後，梓棠立刻將大門鎖上。

曦予送來的手套他碰也沒碰，連同紙袋直接丟進垃圾桶裡。給客人泡的茶杯也一起扔了。

感到骯髒時會將手搓洗到出血，試圖埋葬情緒時則將生活環境的外物盡可能清空。他開始將住處內用來防止顏料潑濺的壁紙一張張撕毀，一面思考：畏罪會不會就是這種心理？

接著他開始統一整理顏料與筆刷，陳年乾裂而無法使用的畫具一一掃到垃圾桶；地板的報紙拾成堆，綑緊後全部回收。長年累積的鉛筆草稿與畫作他本想一起丟掉，最終還是選擇擱置在一隅。

天色完全暗去。

回過神來，梓棠發現這間屋子似乎除了畫具畫布、多種類藥罐以及他自己以外，沒有任何溫度。連凡尼斯都比他具有生氣。

為什麼突然想做這種大掃除？他自己也說不上來。只是認為……唯有這麼做，他才能將他繪畫過無數次的〈語冬〉仿畫給合理化。

梓棠沒丟掉筆記本，任憑凡尼斯牽引左手，進行筆談。

——為什　麼　想要　試著　著手偽畫？

凡尼斯的提問很簡單。對方也很能夠輕易猜測到，梓棠哪會據實奉告。

梓棠閉上眼。「……我說過好幾次了，那只是臨摹。」

——周　梓　棠　你到底　為什麼　執著？

梓棠抬起頭來觀望客廳角落的畫架，上頭的畫作被布蓋了起來。是繪製到一半的〈語冬〉臨摹。最新的一幅。

複製是修復師不可或缺的重要技巧之一。作為一名必須完全遵循原作者意旨並進行修復的油畫修復師，要臨摹出一幅難以辨別真偽的畫作本來就不是件奇事。

不單單是梓棠，只要有心有能力，擁有一定技術的修復師都能辦得到，單純是願不願意跨越那道倫理防線的問題。

「……如果能說停就停的話，我也用不著落到這種地步。」

他根本無法將〈語冬〉的臨摹給處分掉，不，應該說他根本無法停止對〈語冬〉的渴求。路都已經走一半了，怎麼能撒手不幹？

就算把畫燒了，他也無法塗改自己釀下罪果的過去。

真要做一幅偽畫的話，梓棠大可以選擇符合背景的畫布與畫材、完全複製真跡的尺寸、抄上楊玄的落款後再把畫放著長霉以迎合年代。他多的是方法來蒙騙世人的雙眼。可他所追求的，從以前到現在都不是將偽作偷天換日以換得金錢或快感，而是更為個人的意識反動。

「……第一位畫出前所未見作品的人是創作，是藝術，隨後依樣畫葫蘆的只是藝術價值低的跟隨者。仿冒則更不用提，沒有靈魂的東西，那種東西不配稱之為藝術。」

梓棠頹喪地坐在地板，背脊貼附冰冷的牆壁。筆記本臥躺在他懷裡。

——你在說什麼？

「電影的臺詞。」

〈語冬〉的臨摹並沒有點上與真跡相同數量的臘梅花朵，尚未完稿，也無仿造出原作者楊玄的簽名。加上真跡遺失近百年，無消息無公諸於世的狀態下想必也未經過修復，必然有損毀之處。梓棠筆下的臨摹狀態太過新鮮，沒有做舊的跡象。總歸一點，梓棠的目的絕對不是偽畫。

——周梓棠　我沒有殺人

凡尼斯突然這麼告訴他。

「……」

——我沒有殺人！

「我知道，我看見了，用不著一直強調。」這傢伙果然被那庸醫給刺激到了。

——你相信我嗎？

「我以前也說過了，證據不足，我無法回答。但我說過我會在能力範圍幫助你。」

——我相信你　是　有苦衷　才會模仿　你並沒有　完全　跨　越　那條禁忌

——只　要我　能　想起來　我會把我所知道的　都　告訴你

「不過是個失憶的亡靈，不，連亡靈也沒辦法歸類的東西，你要我怎麼相信你？」

——你不是　設法讓我　恢復記憶嗎？

——而且我想　相信　你

——你可不可以　也　把你的想　法　告訴我？

「你只是想要我協助你擺脫殺人嫌疑吧？」

——你不想　知道真相嗎？

「……只有人們肯相信的事實，才是真相。」

——你說　的沒錯　畫作　歷史　真相　都是人們願意相信的　才有價值

——題外話　比起在外面客套又　順著他人的你　我比較喜歡　現在　的你　坦率多了

「……是嗎？竟然說喜歡這種脾氣，你這隻手真的有夠奇怪。」

梓棠嘆氣時，他帶刺的態度軟化了些。

「和你相處，我或許……也比較輕鬆。」

是啊，濯纓濯足，壓低姿態與身段，順著他人的意旨而行，這比什麼都來得方便。明知如此，梓棠卻怎樣也無法掩飾心中懷抱的自卑與抑鬱。

怎麼調適，戴上多少層面具，他心裡都蟄伏一團執著的火簇。

兼具藝術家的感性與修復者的理性、隨波逐流的悲觀與執迷不悟的瘋狂、追求藝術的生氣，卻也為了贖罪而渴望死亡。梓棠比任何人都理解，自己的人格就是由這番矛盾構築而成的。

「……周檀。聽過這個人的名字嗎？」緘默了許久後，他問道。

——好像　在哪聽過

「是畫商兼收藏家，慧眼獨到，年輕時做了不少買賣。現在定居國外，在臺灣比較沒有消息了，不過以前在國內還算小有知名度。」

梓棠的聲音有點沙啞。

「周檀，是我父親。」

凡尼斯沒有回話。梓棠果然還是無法透過共存的左手，去探究一介亡魂的心境轉變。

「然後，〈語冬〉的真跡，是我家的收藏品。」

曾經是。梓棠低語。

「據說是更久以前的祖先趁著還便宜時買下來的，直接和作者楊玄買的。畫作傳到我父親那一代時，價格已經飆升到不可思議的境界，祖先留下的遺囑沒說要把畫留給誰，於是家族和親戚為了〈語冬〉爭個四分五裂。」

——那〈語冬〉的真跡　現在　在　你爸　手　上？

這次換梓棠沒有應聲了。他由衷希望自己臉上的苦澀別被凡尼斯察覺到。

——你　也是追求〈語冬〉的價值　才會嘗　試不斷　模仿？

——我覺　得　不是喔　周梓棠　你　不像是那種人

梓棠注視著凡尼斯的字裡行間，忍不住想反問：那種人是哪種人？你怎麼會知道我是哪種人？

你這個什麼也不明白的局外人，何況還是連亡靈都稱不上的東西，憑什麼把我歸類到某一方？

你真的有辦法理解我的痛苦嗎？

梓棠面色未有一絲更動，無語瞪視著與自己膚色略有不同的左手。

──周梓棠　我很慶幸能遇見你

「……什麼意思？」

──我　以前　有想過　要成為一個修復師

──現在這樣　你　幫我　實現一半　夢想　謝謝

「這種時候才阿諛奉承已經太遲了。」左手得讓凡尼斯提筆寫字，梓棠用右手掩住苦悶的面色。「我哪會相信你的話。你明明什麼也不記得……」

──我多少記得　一點點　慢慢　想　起來

──我記得　自己因為某些　現實　因素　沒辦法　精進　學畫

──但是　有人告訴過　我　這樣也沒關係

「誰？」

──李橙川　教授告訴我　沒問題　無論如何　只要你願意　你都可以繼續畫下去

──周梓棠　你只是　還沒有遇到　像　橙川教授那　樣的人

「……」

──周梓棠　一定　沒問題

──我不明白　你遭遇過　什　麼但是

──沒問題的　只要你願意　你都可以　繼續畫下去

凝視著筆記本上的字，眼眶莫名傳來股熱流。梓棠將卡在咽喉的嗚咽壓了回去。

——周梓棠　到我的住處吧　找找

——我所住的地　方　說不定　還留有什　麼線索　教授　和　我　死亡的線索

「……都已經過了這麼久，要是有找到有力證據，早就被警察帶走了才對。搞不好整間屋子早就被房東清乾淨了。」

之前沈刑警也表示過案情幾乎可說結案了，還有辦法找到什麼？

——你明　明說過會盡可能　幫我！

——而且你　剛剛也說過　和我在一起　比較輕　鬆

真是哪壺不開提哪壺。梓棠懊悔起自己的草率，早知道當初就不輕易答應了。

「我沒辦法馬上答應你。」

——不然我　把　你的臨　摹　洩漏出去喔？　那根本不是單　純的臨　摹對吧？

「……那種威脅對我不管用。明天再說，我要睡了。」

梓棠將紙筆拋到一旁，沖了個澡，將打掃時沾到身上的塵埃與汗水都洗淨。他一整天幾乎沒吃東西，將大量藥錠連帶水一起吞到喉嚨裡後，鑽進了被窩。

周梓棠，沒有問題的。

只要你願意，你都可以繼續畫下去。你一定會找到原諒你的人。

未曾聽聞過的某個人聲懷抱著梓棠，陪伴他陷入沉眠。

——可惜那天夜裡，照舊是往年的惡夢纏身。

雪光，花朵，顏料與油脂，業火燃燒時逐漸溶解的高溫泡沫。梓棠驚覺自己在火勢竄燒的夢魘裡腐爛瓦解，與畫作一起。

夢境中的他，總會和〈語冬〉一同垂朽。

梓棠在夢魘的熾烈大火中死亡，無數次的。

夢中，哪裡也找不到凡尼斯。哪裡也聽不見引導他安詳的聲音了。

梓棠渾然不知，在他的意識完全被惡夢吞噬前，左手握起床邊的紙筆寫下文字：

——救我

——晨荷　救救我

※

沈行墨閱讀著死者李橙川的驗屍報告。

根據相關人員所言，李橙川被分屍時四肢遭切除，臟器所在的核心軀塊則沒大損傷。法醫解剖時在李橙川的腹部裡發現了某個東西。

「這是……」

李橙川死前，似乎將某個關鍵物吞入腹裡，留在體內。

※

「鑰匙在哪？」

——樓梯口的　滅火器　底下

下一個假日，梓棠認命抵達凡尼斯生前獨居的公寓房門前。

梓棠用右手舉起樓梯口的小型滅火器，底下果真有把沾滿灰塵的鐵製鑰匙。

如果是獨棟別墅的住戶把鑰匙藏在庭院的盆栽下就算了，這年頭竟然還有人把公寓鑰匙藏在滅火器底下……真虧這段時間沒被摸走。

——我就　把自己鎖　在門外過　所以　才藏在這裡　嘛　獨居　請鎖匠　貴

「等等再閒聊吧。」

他可不想被目擊到私闖民宅，還在民宅前拿著筆記本唱獨角戲的模樣。梓棠迅速用找來的鑰匙打開門鎖，走進凡尼斯的住處。他悄悄關上門。

就一介獨居男子的房間而言，凡尼斯的住處整潔到嚇人的地步。

若說梓棠的房間是單調空無一物的乾淨，凡尼斯的則是貨真價實的井然有序。家具與生活用品擺放得整整齊齊，沒有雜亂無章的畫材以及悶在密閉空間裡的顏料氣味，乾淨樸實，地板甚至沒積灰塵。

「……太令人意外了。」梓棠認真以為這傢伙的房間會髒得跟狗窩一樣。

——(>A・)/☆

他試著打開電燈開關，竟然沒斷電。午後日光充足，為避免醒目，他立刻將燈關了起來。

房間配置是簡易的臥室、客廳、盥洗室。客廳一隅擺放著畫架與畫具，這點倒是和梓棠有共通處。

「真的乾淨過頭了，是不是有誰來打掃過？」

——或　許　吧

至於這間「凶宅」，究竟為何歷經半年了還是沒被淨空，究竟是房東擱置不管，還是家屬續租了下去，梓棠倒是沒有頭緒。

這麼說來，他從來就不清楚凡尼斯的家庭狀況，當初將凡尼斯的異體捐贈出去的究竟是何許人也？

「那麼就盡快開始盡快結束吧。」平日只掩飾著左手的梓棠，這次兩隻手都戴上了手套。「哪裡放著重要的東西，你有印象嗎？」

——唔　果然還是　臥室吧？

單論目前看來，凡尼斯生前或許和梓棠一樣習慣在較為寬廣的客廳作畫，畢竟梓棠在畫具裡看見了油畫顏料。奇怪的是室內沒什麼油料味，可能是當初警方來調查後，讓室內通了風。

凡尼斯的臥室也和客廳一樣保持良好整潔，梓棠翻找起來，可惜哪裡都找不到筆記型電腦、筆記等記載著私人訊息的物品。抽屜幾乎被清空。

梓棠一面摸索，一面試著回溯時間並推敲：

一年前，李橙川遭殺害，但當時無人知曉，頂多只能推論教授失蹤。

半年前，趙光有（凡尼斯）被發現自殺，隨後異體捐贈給了周梓棠。

現今，李橙川遭肢解的遺體尋獲。警方懷疑為死去的趙光有（凡尼斯）犯下凶行。

那麼警方至少會進入凡尼斯的住處調查兩次：一次是接獲凡尼斯的自殺消息時，另一次則是推論凡尼斯為殺害李橙川的凶手時。

由於案情長時間懸宕，嫌疑犯也已死亡，搜索階段或許不嚴謹，但不排除正是警方將關聯物證帶走，房內才會找不到東西。

長時間滯留在此地不是好事，梓棠心想，再問問凡尼斯有沒有回想起什麼吧？如果沒有的話就盡快離開。

臥室的調查告一段落，他回到客廳，正打算開口詢問時──喀啦。

「……」渾身的神經直豎起來。

窸窸窣窣，極為細微地，梓棠依稀聽見了腳底踩上地板、木片發出擠壓的聲響。聲音就在咫尺處。

那是身段極為謹慎細微，若不是距離極為接近，他肯定無法察覺到對方的氣息。

梓棠呼吸一停，猝然回頭瞪視。「……你是──」

你是誰？他尚未吐出這問句……咚！

足以引起耳鳴的鈍擊就重重砸向腦際，痛覺綻開。

同時間眼前一黑，梓棠失去了意識。

※

假日午後，晨荷換了身輕便褲裝，來到和自己住所有點距離的郊區公寓。

她向大樓管理員打了聲招呼，管理員看待她的眼神一如往常是複雜與無奈。

「又來打掃？」

「嗯。」晨荷報以微笑當作回應，不多說其他話，走上公寓的階梯。

她一面上樓，摸索著包包裡的鑰匙。午後陽光從高處的樓梯口滲了下來，沒開燈的公寓大樓裡仍有些昏暗。

忽地，晨荷總覺得從前上方射下、僅有的太陽光源又更少了。同時間上頭好像傳來倉促的跑步聲，她反射性抬頭一看。

一道人影竄下樓梯，與她擦身而過，頭也不回地跑遠。

「……怎麼回事？」對方快跑而颳起的風掠過耳際，微微吹開她的瀏海，她回頭一看，已經連個鬼影子也沒見著。

人影穿得一身黑，似乎還戴了帽子。除了高瘦身材外沒有留下任何特徵。

她不多想，繼續走向公寓的某間房前，本想用鑰匙打開門鎖，卻驚覺——門開著。

「該不會……」不祥的預感讓她起了雞皮疙瘩，是剛才那個人？

對方已經跑遠，追不上了，晨荷趕緊衝進房裡確認。

如今這間租屋處在他人眼裡只是凶宅，沒有任何價值連城的東西。若單純是小偷，卻也不見翻箱倒櫃的凌亂跡象。

緊接著，晨荷又看見房屋內的異象。她屏住呼吸，驚惶地瞇起眼。

「……周先生？」

她所認識的周梓棠竟然橫倒在客廳一隅。

「周先生……周梓棠先生！」她急忙跪下來查看，外部沒任何傷口或血跡，雖微弱緩慢，但還有呼吸。

為什麼這人會在這裡？為什麼會暈倒？

她將梓棠受到衝擊而彎曲成詭異角度的身體平躺，先解開領口的扣子讓呼吸道暢通，不敢大幅度移動傷患。然後呢？接下來該怎麼辦？

「哥、哥哥……哥哥那時候是怎麼做的……？」

當初那場車禍哥哥是怎麼急救的……對了，電話！她顫抖著手撥通救護車的號碼。同時間，梓棠的身體突然一抽，像是溺水般抽一口氣，喘息急促了起來。

一一九撥通了，晨荷見狀，再怎麼想維持鎮靜都止不住發抖，她用著快哭出來的聲音報出所在地址與情況。

不能慌張，要冷靜，儘管像是洗腦般說服著自己，喉嚨卻頻頻發出猶如溺水般的囁嚅聲。

——簡直和那個時候一模一樣。

這並非晨荷第一次目睹熟識的人倒下。

上次也是，這次也是，她終究只能像這樣跪倒在昏迷的人影面前，除了倒數著生命流逝以外無能為力。

等待救援的期間，分分秒秒都如年歲般漫長。

晨荷害怕地想嘔吐，如果又像當時那樣，認識的人再次離去的話，她該怎麼辦？如果眼前這人有什麼萬一……她強忍住痛苦的酸楚，怯怯地握住梓棠的手。

握著梓棠的左手。

「……語、冬……」

意識游離於清醒與昏迷之間的梓棠，吐出一口夢囈。

晨荷沒有發現，當然也不可能發現，那是梓棠長年被囚禁於惡夢時，最常吐出的字句。語冬。

「周……先生?」

「我好、害怕……四季……蓮夏夜、語冬……是我的錯、全都是……因為、我……」

梓棠無意識回握住晨荷的手，冷汗浸濕額間與身體，他的體溫低得嚇人。

纏綿在夢魘迷宮中的梓棠最為可怕的心魔，自他喉嚨裡低啞地擠壓出口。

「——那時候，是我……毀了〈語冬〉……!」

《其六》 冬雪焚盡

梓棠對父親周檀的記憶，占絕大多數的，是背影。

父親的視線不會望向他，而是面向掛著畫作的牆壁。奪走父親所有心神的油彩勾點著雰雰白雪與黃花枝枒。

周家收藏的〈語冬〉描繪著冬天景致，小心翼翼地收納在上鎖的房間裡。

那間房嚴密掌控著濕氣與溫度，擺滿了價值連城的收藏品，只有父親握有鑰匙。自梓棠有意識以來，〈語冬〉的景色雖是冬雪，卻總是以滾燙的炎熱之姿烙印在他心靈。

受父親的影響，他小小就與顏料畫具有所接觸；備受家人的期待，他早早學了畫。因為他明白，唯有不辜負對方的期待才能討人喜歡。

他的父親——正確而言是整個親族們，眼裡都只容得下〈語冬〉。

注視畫作的大人們眼瞳都會反映出雪白，沾裹一點臘梅黃，目光各個變得既混濁又貪婪。那帶點冷的鋅白，以及亮彩的鎘黃，是梓棠怎麼調配也無法重現在調色盤上的色澤。

父親始終沒瞧他一眼，近親遠屬之間為了那幅畫的所有權爭執得不可開交。

每當大人的爭執聲傳遍屋宅時，彷彿就會有股聲音悄悄地對梓棠呢喃：「還不夠。」

還不夠、還不夠，周梓棠，你還遠遠比不過〈語冬〉。

你得繼續畫下去才行，只要畫出比這更具價值的作品，這些人或許就會回頭看你一眼。

但是，周梓棠，你終究得明白，你是一輩子也勝不了〈語冬〉的。

一個活生生的人類竟然向死寂的畫作挑戰，本身就是件奇怪的事。但梓棠深知自己毫無勝算，唯有順從，做出努力精進自己的模樣，才能多少讓長輩們認同自己。迎合他人，也能讓自己更為心安理得。講白點，勢必得活在〈語冬〉陰影下的他，至少必須活得「很識相」。

祖先的遺囑未明文記載〈語冬〉的歸屬權，故由身為長子的父親暫時保管。父親對那幅畫盡是呵護，將它安置在特設的房間裡，無微不至。若有人私下要求鑑賞或借展，一律拒絕。

「那是價值連城的畫，不是你們普通人能理解的。」父親總會這麼說。確實，那所謂的「價值」究竟象徵金錢或質量，十歲的梓棠不明白。

「梓棠，你看看那幅畫。」

有時候，父親會心血來潮邀他到〈語冬〉前，在規範的觀賞距離處，指著畫面對他說道：

「能創造出這種價值的，才是藝術。」

父親那輩的親戚總會向梓棠示好，誇讚他乖巧守本分，有學畫天賦。名叫周檀的父親是名畫商，為了事業而奔走，他早見慣大人的商業寒暄場面，不以為意那些籠絡。

久而久之，發覺籠絡無效的親戚們換了張臉皮，總會趁無人時對他說：「可憐的周檀，什麼也不懂。周梓棠，你也很可憐。」

梓棠不太能理解這話語的意思，他能明白的，就是連他自己也不太懂父親。

「周檀不懂兒子，也不懂〈語冬〉。他懂得就只有錢而已，不是嗎？」

確實。梓棠無力否認。

「〈語冬〉能換來錢財、注目與名聲，而你這小鬼頭能換來什麼？你的現在，你今後的一輩子，都不可能比畫家楊玄出色。就算耗費心血，你在你父親心目中的地位也無法超越〈語冬〉。」

人的細胞會隨時間而淘汰換新，記憶卻不是如此，沉澱多年，越不想遺忘的越會沉澱在心底。

父親的背影，親戚的言詞，牢牢地沾黏在梓棠的胸臆。

「所以，燒了那幅畫吧，周梓棠。」

梓棠永遠無法忘懷某位親戚那瘋狂的慫恿。既然得不到，那就毀掉，簡單到令人發笑的企圖心。

「都是因為有那幅畫，你才無法獲得幸福。你的父母，你的家人，全都只看著〈語冬〉。那張塗滿顏料的畫布，比你這孩子來得有價值多了。」

他也永遠無法忘懷，僅僅一剎那跟隨慫恿而去，試圖毀掉畫作的自己。

「你還那麼小，就說是不小心嘛？燒了就燒了，大人也沒辦法拿你怎麼辦不是嗎？」

是啊。

他深信，他必須相信，畫不比人重要。

只要〈語冬〉消失，他扭曲的日常將步回正軌，缺乏的親情也會失而復得。

「沒有了那幅畫，你的父親，說不定就會回頭看你一眼囉？」

那天，因業務往返國外的父親歸國後睡得不省人事。

父親起了興致帶他到〈語冬〉前的這段期間，他從來不會放過觀察的機會。

梓棠知道鑰匙會藏在哪裡，那是不會離身的東西。他從父親笨重而沾滿酒氣的大衣外套裡找出鑰匙，打開收藏室的門鎖。

冬雪在他眼前綻放，畫框的鏤刻花紋，與黃花相襯相映。

〈語冬〉沒有用玻璃板保護住，描繪冬季思鄉情的油彩畫布將他獨立於外，感受不到寒冷。點燃的蠟燭火光握在手中，收藏室的光源因此多了一處。

梓棠的眼瞳被〈語冬〉染色。同樣變得蒼白又混濁，那是被嫉妒與茫然給蠱惑的顏色。

如同那些人所說的，他心知肚明自己即使耗費終生也無法抵達楊玄的境界。

他沒有要比較。起跑點不同，終點不同，資質也不一樣，望塵莫及的距離要怎麼比較？

——燒了那幅畫吧，周梓棠。

「……！」突然，他倒吸一口涼氣，回過神來。

他昂首，怒瞪著〈語冬〉。

一瞬間的鬼迷心竅，他的意識差點被吸進薄刷著一層雪白冷光的畫布裡。手中緊握的火光顫抖，唇齒發寒，背脊四肢發出毛骨悚然的冷意。

他剛才究竟想做什麼？

燒了那幅畫吧，毀了〈語冬〉。魔鬼持續在耳邊細語。

「不、不是的……我不想這麼做……」

——轟隆隆隆。地底倏忽傳來鳴叫。

天旋地轉，收藏室裡的少數掛畫紛紛起舞動搖，如牙齒打顫般，畫作的外框背面撞擊牆壁，悚然抖動著；有些畫作脫離掛鉤摔到地上。一幅、又一幅，砂石塵埃成為細雨剝落，刮過牆壁與畫面。

地面持續動搖，站不穩的梓棠跌坐在地上。

他的驚叫聲被轟隆巨響給蓋過去，倘若畫作有生命，他簡直能聽見油彩的哭聲。

燭火不知何時脫離掌心，首先攀爬到地板上，擴張面積，畫用油即使乾涸了仍助燃，促成火勢的最佳溫床。

地震尚未歇止，房外傳來窸窣跫音與吼叫，牆壁與天花板迸裂，視野逐漸被粉塵與煙幕籠罩。他試圖滅火，卻除了被燒傷外無以挽回。

「——地震……是地震！不要慌，先出去屋子外！」收藏室外有人大叫，聽不出是媽媽還是兄姊的聲音。

梓棠動彈不得，他眼前的冬雪黃花被火霧浸染得赤紅一片。

十歲的周梓棠，其小小的腦袋無法釐清點亮眼瞳的那團火簇究竟代表何物。

那想必是他心中最為叛逆、最渴望獲得家族關懷與認同的星星之火。長年間囤積、變質，最後碰上了更為負面的催化劑，成就了這團火苗。

火舌吞噬了〈語冬〉的全部。

西元二〇〇二年，三月三十一日。

三三一大地震的新聞紛飛聳動，各地釀出災情。

梓棠所釀成的火勢再怎麼燒盡了全部，仍宛如蚍蜉，旋即埋沒在地震救災的聲浪之中。

※

全都是因為你。

梓棠又聽見了聲音。魔鬼的聲音。

持續了近二十年，魔鬼的呢喃鍥而不捨地縈繞著他。

周梓棠，是你害的。

魔鬼敲擊著他的神經。

是你親手毀了〈語冬〉。

「……不是的，我……那時候……只是……」

你輸給了自卑感，犯下最不可饒恕的罪刑。事到如今卻還乞求著原諒？

震災後，你的父親拋下家庭獨自定居國外，親族們一哄而散，家人們對你不理不睬。沒有人在乎你的死活。你永遠都只能孤單一人。

「……不、不要。」

家人視你為空氣，恨不得讓你和〈語冬〉一起葬身火場——不，從頭到尾應該消失的就不是〈語冬〉，而是你。周梓棠。

長年斷絕音訊的冷漠，不就是最好的證明嗎？

「該消失的……是、我……？」

周梓棠，你尋死過吧？

走上油畫修復的道路，也只是出自贖罪心理吧？

你死不成，甚至葬送了修復師視為生命線的手。這也是因果報應。

你付出極大的努力，為了償還，為了贖罪，你傾盡全力，榨乾靈魂，嘔出血液，壓碎骨髓。然後你再次領悟到了。

——努力後的結果，就是驗證「努力終有回報」這句話只是狗屁倒灶的謊言。

「我……不管怎麼做……語、冬……也不可能復原……」

沒錯，失去的東西不可能回來。

你付出的所有努力與心血，終究無法彌補罪過。

東西壞了就修好？這世上哪有這麼簡單的事？要是真能實現，你還會潦倒落魄到這種地步嗎？

你那雙毀掉名畫的手，甚至是移植後、很有可能殺害過人的手。

心之所嚮，由身體付諸行動。你內心所幻想的醜惡之事，透過雙手化為了現實，所以〈語冬〉才會被燒盡。你的心靈就和雙手一樣醜陋不堪。

你當真以為就憑你那雙手，還有辦法修復物品嗎？

「……我沒有修復的資格……」

沒錯，你沒有。

——周梓棠，你的所作所為……

——**你的所作所為，一輩子也不會獲得原諒。**

「……！」

梓棠猝然睜開眼睛，身體抽搐。

咚咚，咚咚，咚咚。震耳欲聾的心跳聲打著節拍，喉嚨乾渴得似火燒，餘悸猶存，他癱倒在某個地方久久無法動彈。

恢復意識的當下，梓棠以為自己穿梭了時空。

〈語冬〉消失了。業火熄滅了。魔鬼不見了。

白色調，藥水味，四肢瀕臨散裂的痛覺，頭部悶悶作響。只差在窗外沒有雨滴打擊玻璃的聲響和陰影。除此之外，一切都與失去左手的那個雨夜別無二致。

他瞳孔裡的世界無波無瀾，卻也鏤刻著惡夢初醒的餘音。這點，也和那天的大雨之日如出一轍。

「……手……」

趨近本能地抬起左手臂，即可發現屬於自己、同時也似是而非的左手。

失而復得的踏實感回逆到心胸，梓棠安吐出一口氣，身體的重心陷回枕頭與床鋪裡。他這時才察覺右手插著點滴管，滴答，滴答，點滴的水珠又令他聯想到雨聲，他多麼討厭下雨。

眼中還有著漫天火勢的殘影。瓦礫崩裂四碎的殘景。畫作淪為灰燼的殘渣。

「早安，小畫家。」

耳熟的聲音抵達耳際。

一身白袍的曦予來到他床邊，稍微擋住了天花板的白熾燈光。

平躺著的梓棠用不著抬頭，即使沒戴眼鏡，光憑印象就能描繪出曦予那抹皮笑肉不笑的狡猾面容。

他低喚了句：「……醫生。」開始回想自己為什麼會被送到病床上。

惡夢總使他難分虛實，在夢魘開始的更早更早以前，他似乎……對了，他潛入了凡尼斯生前的住處，卻什麼蛛絲馬跡也沒找上。

「出了車禍、被捲入命案，然後又被黑衣藏鏡人偷襲？我這信奉科學教的人都開始有點相信鬼神了，你究竟是走了什麼霉運才會這麼淒慘啊？怎麼，要不要哥哥介紹你去安太歲？」

梓棠聽了這陣數落以後竟然感到放鬆。惡夢裡只有火勢，現實才有辦法聽見這種冷嘲熱諷。

「——醫生，周先生醒了嗎？」

又有人拉開外圍布簾，走近病床房。一樣是聽過的聲音，他想起來了，是邱晨荷。

他透過聲音分辨出眼前兩人，近視的緣故，看不清楚。

晨荷將看似是水壺的東西安置在床邊的小櫃子。梓棠這副分不清東南西北的模樣太過笨拙，曦予索性拿起櫃子上的眼鏡，戴回他臉上，這下總算清楚多了。

「謝謝……」梓棠低聲。視野良好，眼鏡沒碎。晨荷將病床角度稍微抬高，他透過協助坐起身。後腦處時而傳來針刺般的隱隱作痛。

曦予大致說明了一下梓棠的身體狀況，後腦部遭重擊而昏迷，幸虧沒大礙，差不多手上的點滴跑完就能自行出院了。

「只是血糖偏低，你該不會又沒按時吃飯吧？」

梓棠飄移了眼神，沒多作回答。

「算了算了，你們自個慢聊，醫生哥哥我要去別的地方繼續做苦工。」

於是這沒醫德的魔鬼也懶得追問下去，反正人還好端端地沒翹辮子。他用下顎點點晨荷的方向，叮嚀道：

「是那位老師送你過來的，要記得感謝人家喲。」

推開布簾離去時，曦予與晨荷擦身而過，他在她耳邊低語：

「邱小妹，都走到這種地步了，我勸妳實話實說比較好。再繼續隱瞞下去，至今為止的各種巧合都只會讓人單純認為妳是個跟蹤狂。」

晨荷繃著臉抗議。「……我知道，我會說清楚的。」

曦予離去後，布簾裡的小空間只剩下梓棠與晨荷兩人。

「……謝謝妳。」梓棠說道。

晨荷應了聲「沒事就好」，拉張椅子坐下來。

雙方都沒問彼此「為什麼你／妳會出現在凡尼斯的公寓裡？」，病房內靜得出奇。

「周先生，那時候我看見你倒在屋子裡，應該是遭受了攻擊。意識不清的期間，你反覆說著夢話。」

我不是有意要偷聽的，晨荷解釋。但在等待他清醒的期間，她屢次聽見同樣的呻吟。

「那是……和有關〈語冬〉的惡夢嗎？」

「……妳聽到了多少？」

「你說，你毀了〈語冬〉。」

梓棠掩住額頭，夢魘從記憶底部攀升了上來。

瞞不過了，他也不想隱瞞了，乾脆就這樣說出口還比較痛快。

「……是我。當年的我，親手毀了那幅作品。」

無論晨荷明白與否，願不願意聆聽，知情了又有何感想，他都只得傾訴而出。長年間壓抑在心底的大石獲得短暫的紓解。脫口而出的夢囈是道引信，梓棠懇求能有聆聽者，晨荷也好，默不作聲的凡尼斯也好。

「我擅自將家人的失和與紛爭歸咎在〈語冬〉上，點燃了那幅畫……我犯下了……最不可饒恕的罪過。」

今後數年，數十年，就算竭力修復畫作直到呼吸停止的那一刻，他所毀壞的〈語冬〉也無法歸來。

「身為一個修復師，必須屏除私慾、創作慾、修復作業以外的所有雜念。但是我始終無法遺忘，那時候的我，在身為修復師以前……親手，毀了一幅畫。」

……不，不只是〈語冬〉。

收藏室裡那些葬身火海的畫作們他都有份。全是他害死的。他殺害了不計其數的畫作。

點，線，面，任何力道與琢磨全得仰賴修復師的技術。手的運作則聯繫著心的意志，手與心，兩者不可分離，也不容許分離。

儘管失去左手的他仍能修復畫作，然而——左手的手術縫線卻無法像畫作一樣透過修復抹去。失去左手的他，手與心遭受剝除的他，被心魔籠罩的他，還有辦法讓油畫恢復到從前的美嗎？

「那場地震之後……大家都離開了。」

爭奪畫作遺產的親戚一哄而散，家族四分五裂，早在場外旁觀這場奪權戲碼的局外人對他們報以嘲笑與奚落。

父母離異，父親拋下他們獨自前往異地，會定期投以足夠的生活費，卻再也不見聲息。母親與兄姊也不打算對釀下禍果的他保持寬容。

事到如今，他不怪罪煽動他點燃火焰的親戚，或是聚集所有注目的〈語冬〉，他無法責怪任何人事物。

他只能將一切歸咎於自己的懦弱和盲目，正是他太過愚蠢，才會造就了十數年後仍緊緊捆繞著他的陰霾。

「所以我才會用臨摹來欺騙自己……」

就算描繪上百上千張的臨摹品，匍匐攀爬地追逐著〈語冬〉的背影，時光仍不可回溯。這點，梓棠理解得鏤心刻骨。

即便如此，他的手與心仍然背道而馳，早在遇見凡尼斯以前就已經心手分離了。他在心中告訴自己大勢已去，握緊畫筆的手卻還是渴求著冬雪臘梅。

「……我說完了。」梓棠仰靠到背後的枕頭裡。「邱老師，謝謝妳送我來這裡。」

「別這麼說，何醫生也說了，傷勢本身沒有大礙。」

「那麼……」

他的臉色像是吃了黃連一樣苦。

「那麼──為什麼妳會在那間屋子裡？」

梓棠自知這提問有點狡猾，會平白無故出現在凡尼斯的公寓裡，可疑的人明明是他自己才對。

見晨荷沒回答，梓棠換了個問法：

「為什麼妳會打算接近我？因為移植給我的手……是妳『重要的人』的手？」

晨荷別過臉時，修剪整齊的及肩黑髮隨之滑了一道弧線，充滿潤澤。烏黑髮絲下，能瞥見晨荷垂下的眼簾。

「……去年的八月八日。」

她過了好久，好久好久，才吐出這個日期。

那是去年八九水災爆發的前夕，也是梓棠將一輩子籠罩在心靈，絕對不會遺忘的日子。

那天，他因為車禍而喪失了左手。

「那時候下著大雨。我和哥哥人在街上，目睹車禍現場的我們……協助傷患就醫。」

晨荷的每一字句宛若漫天警鐘，撼動著梓棠。

「其中一位傷患的傷勢太過嚴重，左手幾乎被粉碎了，醫生建議截肢。院方聯絡不上那個人的家屬……於是就由我們協助對方……簽下了手術同意書。」

記憶的走馬燈閃爍著。暴雨，砂石，隆響，輪胎失速打滑所蔓延的血跡。撕心裂肺的痛楚。

攙扶著梓棠的，某個人。

「是妳。」梓棠的聲音微微發抖。「當時，協助我就醫的人……？」

「那個時候我和哥哥得知你的職業，修復師，很特別，聽過一次就忘不了了。」

「……對不起，我不是……故意要忘記的。」他掩住臉。事故後，他怎樣回想都無法憶起那位恩人的樣貌。

「不記得對我們彼此都比較好。」晨荷搖頭說了聲沒關係。「被迫簽下手術同意書的人，協助其簽下同意書的人，本身就不是會讓人莞爾一笑的好關係。我甚至認為你會因此怨恨我。」

「沒有這回事，那時候簽下同意書……是因為只剩下這個選擇對吧？」

兩人的緣分照理而言就該到此為止，事情卻有了新的催化。

「周先生，如果那次以後我們再也沒有交集的話當然再好不過。但是半年後……遭遇了『那件事』以後，我再次想起了你的事情。」

「那件事？」

「……我的，哥哥。他是我最引以為傲的家人。」

哥哥。晨荷有說過，那次的車禍，是她與她兄長協助傷患送醫的。

晨荷稍微提及自己的家庭背景。她的家庭有些特殊，在她出生以前，雙親的朋友遭逢事故罹難，於是收養了朋友的兒子，那正是她的兄長。沒有血緣的家人。

隨著歲月流逝，他們成長成人，兄長出自家庭的嫌隙與疏遠也搬了出去，音信極少。對方甚至改掉了姓氏，換回原生家庭的「趙」姓。

晨荷是唯一與兄長保持聯繫的親屬，時不時會到兄長的住處碰面。

「周先生遭遇事故後又過了半年，那天……當我發現的時候，哥哥他……待在浴室裡，已經……幾乎……動也不動了。」

冷不防，左手傳來的脈動令梓棠感到窒息。

梓棠按壓住凡尼斯的手腕，點滴管為之牽動，點滴袋裡晃出了一點泡沫。

「醫院雖然試著搶救，但是……意識根本已經……」晨荷噤聲，握緊拳頭。「不知道為什麼……那時候我第一個想起的就是你，周先生。你因為事故而失去了手，如果能彌補你所喪失的部分，能盡可能幫助你的話……同樣握著畫筆的哥哥，多少也能感到欣慰才對。」

「……趙……」顫抖愈發嚴重，梓棠無力抵抗，他顫巍巍地說道：「……趙，光有。」

「嗯。」

筆談記事本的某處，在他與凡尼斯談及父親的夜裡，他還記得，寫著「晨荷　救我」的頁面。

「妳的哥哥是……趙光有。」

晨荷只得抿著嘴脣，無聲地頷首。

「當初救了我一命的……救了我兩次的人……趙光有？」

磅礴雨勢的那日——早在異體移植的更早以前，他們就見過了彼此？

左手忍不住顫抖。

梓棠用右手握住自己的左手腕，試圖撫平這股熱氣。「是你……？」

「我……我一直想知道重新獲得左手的你，究竟過著怎樣的生活。」晨荷順了順呼吸：「身為捐贈者的家屬，我產生了最不必要的移情作用。異體捐贈者家屬與受體不得有接觸的規章，防範的……就是我這種人。」

她抓皺裙襬的雙手，同樣在發顫。

「周梓棠先生，對不起，真的很對不起……我不該像這樣探究你的隱私的。」

「請別再道歉了！該道歉的是我，我甚至三番兩次說過自己搞不好會死掉什麼的……妳一定，很不好受吧……」

晨荷搖搖頭，嘗試把各種苦楚吞進喉嚨裡。「……有一點我是可以肯定的，不管哥哥是生是死，我都希望你能好好活下去。」

她直視著梓棠的眼瞳裡，拍打著寂靜，卻也激昂的浪花。

「那時候……一年前在大雨裡的你，簡直像是吹口氣就會消失一樣。」

手心分離。梓棠又想起了這個描述。

「……今天……我在哥哥住處找到你的時候……你暈倒在地上……我很害怕、你也會像哥哥一樣……」

他與凡尼斯，截然不同的兩個個體，以生死為媒介，彼此的存在有了匯集。

「……邱老師。」不，梓棠慢慢地，重說一次：「晨荷。」

他接受了凡尼斯的手，那是不是也代表，他得一同背負凡尼斯未完的人生？梓棠無法釐清。

「凡尼斯有說過……他還，記得妳。」他道：「他希望妳能救救他。」

「……凡、尼斯？」聽見這再熟悉不過的暱稱，晨荷心田裡的某塊部分動搖了起來。

那是哥哥的綽號，哥哥說過，大學時代的同系朋友都這麼稱呼他。

「剛開始的我還無法斷言，但現在……我想試著相信凡尼斯。」

筆記本就在枕邊。梓棠一頁頁地翻閱出與凡尼斯的筆談。

「這、怎麼……可能……？」

晨荷追逐著筆記本上的字句，瞳孔縮放，照理而言該感到害怕的，湧上心頭的卻反而是股懷念。

這些字跡她都見過。她將酸澀的唾沫嚥下喉嚨，眼淚撲簌簌地掉出來。

梓棠向她伸出左手。那與他連結著，卻又不完全屬於他的手。

「晨荷，可以請妳像去年的雨天那樣，再幫助我一次嗎？」

晨荷顫抖著肩膀，心臟好熱，血液在奔流，全身的磁力彷彿都被梓棠伸出的手給牽引。她卻遲遲不敢握住那隻手，有同等的躊躇遲疑令她裹足不前。

梓棠暫時收回了手，也可能是凡尼斯放下了手臂。左手握起筆來，在筆記本上書寫。

晨荷朝紙面上一看，簡單幾個字。悄然地，她儼然從字裡行間聽見了兄長生前的聲音。鮮鮮明明，如同那美好昔日。

——晨荷　別哭了

即使閉上眼仍能揣摩的熟悉筆跡。這道話語成為最後一股動力，她再也忍不住喉嚨口的潰堤。

「……哥……」

晨荷終於回握住梓棠的手，深怕那隻手會破碎流失般，憐愛、且堅定不移。

※

曦予待在病房外的走廊，用眼尾掃過病房裡的兩人。

接著，他走上醫院頂樓。

「哈！這下可有意思了。」曦予倚靠在圍欄上抽了根菸。

吞雲吐霧時，他一如往常的戲謔笑容，令人無法捉摸心思。

※

「緗緗姐，梓棠學長剛剛打電話過來了。」

林茜才剛掛掉手機，就把剛才的通話內容轉告給劉緗。

「學長說他不小心被車子A到，受點小傷，現在人在醫院做檢查。」

「車禍？又來？」劉緗呆傻住。

向來不曾遲到或無故缺席的模範生周梓棠，今早卻沒來上班。他們還在想怎麼回事，林茜就接到了梓棠的電話。

「嗯，不過傷勢不重，只是擦到而已。明天就會回來上班。」林茜補充：「他說最近一直無預警告假，很不好意思。」

「他是被裝了什麼車輛磁鐵嗎？車子都會往他身上吸過去……」

劉緗不免開了個玩笑，這樣撞下去可是第二次了。

「梓棠的品性和能力都沒話說，可是三天兩頭告假的……有時候還真的有點困擾。」
雖說是不可抗力，但預定的修復排程又要延宕了。

「嗯，雖然說也不能算是學長的錯啦——」林茜也露出困擾的神情。「我也希望學長能好好照顧自己的身體。」

「果然現在這個狀態，還是太勉強梓棠了嗎……」

「緗緗姐，不然我來幫忙吧？」

「不，還是等梓棠回來吧。他負責的部分，他本人最清楚。有些作業也是只有他才能做好的。我把排程往後延就行。那先這樣了，小茜，妳繼續工作吧。」

劉緗向她點了個頭道謝，回到辦公室埋首處理文件。

油畫科隸屬的修復區域登時只剩林茜一人，她原本明亮的臉色，刷上一層暗潮。

受傷？車禍？她盤思時會下意識啃咬拇指指甲。

門牙咬到某種橡皮的觸感，她才想起自己正戴著手套，味道苦苦的。

周梓棠怎麼會受傷？真的又是車禍嗎？

該不會……和「楊先生」有關？

《其七》今昔重疊

這世上說不定真的存在著記憶共享。

至少——當「趙光有的生前」出現在夢境裡時，梓棠不由得如此相信。

得知凡尼斯與晨荷的身分後，梓棠出院回家了。夜晚，他做了個清醒夢。

在夢裡，他成為了凡尼斯，成為了趙光有。他以趙光有的視角度過生活。

那天，工作休假的光有難得沒有待在房裡作畫，他將住處打掃得乾乾淨淨。洗好碗盤，收好畫具，用吸塵器清理地面塵埃，把雜亂無章的物品物歸原位。

光有是個把襪子和顏料罐丟在一起也不以為意的類型，一個獨居的單身大男人房間能有多乾淨？會拚起一番苦心打掃，當然是為了迎接訪客。

叮咚。

有人按了門鈴，光有看了眼牆上的時鐘，非常準時。

「來啦來啦。」

他推開大門。儀態秀氣的黑髮女性站在公寓門前，拎著買來的午餐和伴手禮，對他露出笑容。

「哥，好久不見。」是晨荷。

晨荷在笑的時候，細長的眼眸會彎成兩輪弦月。她那有點清幽、甚至是有距離感的氣質也會因這張笑容親切幾分。

光有每次見她的笑臉都覺得好漂亮，漂亮到他完全無法從妹妹的臉上找到與自己相同血緣的蹤跡。

「妳每次都好準時喔，該不會是趕著過來的？總之先進門吧。」

光有引她入門。他順勢瞄了一眼客廳牆上的月曆。二〇一九年八月八日。

「哇哇，渾身溼答答的……妳等一下，我去拿毛巾。」

「不用啦，沒什麼淋到雨。」

「我是怕弄髒我家地板啦！」

「真、真是的！你為什麼總是這樣捉弄人呢？」

晨荷幾天前有通知他要過來，他只是沒想到，這幾天雨勢突然變大，一連下了好幾天，他妹妹卻沒取消赴約的打算。

光有將乾毛巾拋到晨荷頭上，又被晨荷輕輕唸了一聲。唸歸唸，她還是感激地用毛巾擦掉髮尾的水珠。

光有接著將晨荷買來的午餐和其他點心拎到廚房開始整理。「下雨還搬這麼多東西會不會很重？」「還可以。」「妳打通電話嘛，我去接妳啊，順便當搬運工。」

晨荷一面應聲，閒晃到客廳瀏覽四周。她曾見過的那些顏料、畫架、各種畫具，光有早就妥妥地收了起來。

「哥，你不畫畫了嗎？」

「嗯……哦，那個啊。」光有整理食物的背影停頓了一下，沒有回頭看她，說道：「最近覺得……畫了好像也沒什麼用。手感不對，畫不太出來。」
「那就休息一下吧！我遇到瓶頸的時候也會休息。」
「今天雨那麼大，妳怎麼會突然想過來呢？」
「沒什麼理由，就想見見你。對了，我們好久沒一起出去玩了，下次一起去哪逛逛吧？」
晨荷轉過身時，光有正好把午餐擺盤到桌上了。
光有心想著也好，冰箱裡沒食物，下這麼大的雨出去買飯也麻煩，他今天本來想餓肚子度過的，妹妹帶來的伴手禮也是場及時雨。
「好啦，開動吧！」
「嗯。」晨荷走到餐桌前。「對了，哥。」
她突然呼喚他。
「爸媽說他們很想你。」
「嗯是喔。」
「你什麼時候回來？」
「嗯──應該暫時不會回去了。」
「但是，那是你家啊。」
光有沉默了片刻。
「真的要定義的話，應該是收養我的地方吧。」他也拉開餐桌前的椅子，坐下來，沒有看晨荷一眼。「但是說那是『家』的話，我總覺得還有一點距離。」

光有說，他很感謝爸媽的照顧，讓他擁有衣食溫飽生活，這些恩情，他今後也會試著回報。但這和回不回「家」是兩碼子事。

「爸媽他們……應該也知道我不回去的理由才對。」

他雖沒正眼瞧向晨荷，眼尾餘光倒是看到晨荷的身影走近他，在他對面坐下。

「這無關對錯，只是……」光有語塞，換了個說法：「……唉，我也不知道該怎麼說啦，妳就當作雛鳥長硬了翅膀總該離巢吧。我想一個人靜一靜。妳讀書的時候不也搬出家裡一陣子嗎？類似的道理。」

「你是在意收養的事情吧？」

晨荷一句話切入重點。細長的眼眸，淡雅的姿容，她語氣變得尖銳時，氣質更有咄咄逼人的模樣。

「哥，血緣有那麼重要嗎？我們生活在一起這麼多年，不管你怎麼想，其他人怎麼說，我就只有你一個哥哥，你永遠是我的家人啊。」

「……」

「爸媽他們也一直在等你回來……你知道嗎？我現在在家裡都不太敢提起你的事情了。因為只要一提到你的名字他們就會露出一種很難形容，但看起來很悲傷的表情……」

「——我說晨荷啊，妳知道嗎？」

光有終於抬起頭來正視她了。

「妳感覺不出來我是逃出來的嗎？一直配合你們玩家族遊戲，真的很累。」

他顯露出的眼神估計是最為冷峻的一次。

「所謂的家人關係應該是建立在互信上才對。我一直都相信著他們，但要是當年我沒發現收養文件，有誰會告訴我其實我不是爸媽的孩子？」

「哥……？」

「我知道他們隱瞞真相都是為了把我當成親生兒子一樣養育。只是，那終究是不可能的，因為我感覺得出來我不一樣。一旦察覺到，產生了懷疑，他們也不打算否認，我就沒辦法回去了。」

「所以你才會離家，甚至是把姓氏改掉？哥，你太偏激了！」

「偏激？我？」見晨荷情緒激動地否定他，光有的聲音也不禁激昂起來。「今天立場對調，換做妳是個外人，妳還有辦法冷靜嗎？」

「外人……」

「聽好了，『血緣不重要』這種漂亮話誰都說得出口，但事實證明除了『血濃於水』以外都是假的，我就是最好的例子。」

光有看著晨荷被他狠狠傷害而僵硬住的表情，不免嘖了一聲。

「……我很感謝你們願意接納我。但是待在那個家，我真的……很痛苦。」

光有回想起過往——他從小被收養前的記憶曖昧不清，時不時湧現一股異樣感，直到他發現自己被收養的事實，總算真相大白。

「……哥，我真的不懂你在堅持什麼。這只是你自己這麼想而已吧？為什麼偏要把自己的妄想套用在他人身上？我跟爸媽都沒有這麼認為啊……為什麼你總是這麼極端？

家人的事情也是，畫畫的事情也是。你不是以前就很喜歡美術嗎？老師也都稱讚你有天賦。但為什麼中途要放棄？你不是說你想到國外讀書嗎？」

晨荷讀不出他憤怒的原因了，只像是單純要壓過他的氣勢一樣，滔滔不絕說下去：

「我以為你是對畫畫沒興趣了，但是你住處裡的那堆畫具……還有學校，你明明說你不想進修了，卻又去美大幫忙，這不是很奇怪嗎？哥，你到底想做什麼？」

「我想要的就是再也不要有人裝作可憐我卻又把我排除在外。我想要找到真正認同我、接納我的人，想要找到真正屬於我的歸屬！這個回答妳滿意了嗎？」

「……！」

光有再也無法壓抑住長年累積的憤懣與無助，一連串話語逼得晨荷語塞。

看見妹妹怔忡不語的表情他就知道自己又搞砸了，傷了不該傷的人，嘴巴卻也停不下來，繼續說道：

「……我說，晨荷啊。」

光有單單喊了兩個字，他的呼吸在發抖。

「晨荷，妳剛出生的時候，大家都很喜歡妳。」

「……什麼？」

「爸爸媽媽，爺爺奶奶……他們都說太好了，邱家終於有孩子了。」

「……」

「那時候我還小，不太懂這是什麼意思，聽聽就算了。我只覺得妳很可愛，大家都很疼愛妳，當然也包括我。」

這次換晨荷僵在原地，瞳孔傳出驚愕的顫動。

「晨荷是我的妹妹，我最可愛的家人。我一定會好好保護她的。我很喜歡畫畫，如果晨荷也喜歡我的畫，那我願意把我每一幅畫都送給她。我一直都是這麼想的。」

「……」

「然後，差不多是小學的時候吧，爸爸跟我說了一些話。」

「……爸爸說了什麼？」

「他說『光有啊，放棄吧』。」

或許是侃侃而談令光有暫時平息了呼吸，當他模仿起他們父親的口吻時，表現得雲淡風輕。

「『我知道你有天賦，但是學畫太貴了，我們家沒那麼多錢讓你學畫或出國。晨荷也要讀書，也想學其他東西，為了晨荷，我們放棄吧？』」

光有一面反芻著父親當年的話，只覺得自己可悲到極點。可只有將這種卑屈與不公宣洩在血緣上，他才有辦法喘息。

「『光有，你是哥哥啊，為了妹妹著想，我們就別學畫畫了吧？』」

趙光有，還不快點閉嘴？

竟然將自己長年受到的委屈施壓到妹妹身上，你究竟在做什麼？

——但是他停不下來。光有的心跳持續加速，如果不傾訴而出，他早就已經扭曲變形的心靈肯定會就此崩潰。

「那個時候開始我就察覺到了……我再怎樣都只是個外人。就算我想假裝是你們的一份子，終究不可能成真。夢想是輪不到我的，妳明白嗎？」

他當然也說服過自己：「血緣有那麼重要嗎？」竟然因為這種理由疏遠撫養他長大的父母，根本是恩將仇報，他也覺得自己不可理喻。

但他沒辦法回去。渾身的細胞、血液，構築他人格的精神，都在阻撓他回頭。他這樣是正確的嗎？今後他能過得幸福嗎？

光有總是想著——如果，如果，如果。

據說生父生母是事故死的，如果他們沒丟下自己逝去，如果他們也帶自己一起走，未來是不是可以完全不一樣了？

「你的意思是……是我害的？」

當他埋沒於重重糾葛之間，對面傳來晨荷的反問。

「是因為我，你才必須放棄自己的夢想？」

晨荷已經站起身，眼神既冷漠又絕望。彷彿冰河裡竄著紅紅火簇。晨荷眼中的那團火，把光有從思緒中拉了出來。光有倒吸一口氣。

「……不是這樣的，晨荷，我只是——！」

「你就是這個意思！」晨荷轉身就往大門走去。「……是我錯了，我不會再硬逼你回家了。」

「晨荷！」

她奪門而出的速度飛快，公寓鐵門發出「碰！」一聲巨響，震碎了光有的心神。

光有立刻追了上去，再次甩開大門，門扇碰撞的噪音淹沒在雨聲裡。

雨勢尚未停歇，搭起濛濛一片水幕。他心急之餘，仍然抽起傘桶裡的雨傘，在水色布幕裡追逐著晨荷。

外頭的雨勢越來越大了。宛如瀑布般，滂沱地在眼前搭起一片又一片的簾幕。晨荷不知該何去何從，她一氣之下就跑出來了，根本不知道接下來該怎麼辦。大馬路、交通號誌，車輛行駛而過濺起水花，一次，又一次。

她稍微遲疑一下，再度朝馬路跨出步伐。

「晨荷，妳等——」

身後傳來一股拉力，光有捉住她的手臂，即時將她扯回來。

「你放開——嗚！」晨荷來不及回頭反抗——轟隆！

一聲破滅巨響嚇得她腿軟，差點跌坐到地上。捉住她手臂使她保持平衡的光有也驚嚇得差點鬆開手。

「那是……」

兩人雙雙朝聲音的方向看過去。

剎車失靈、車輛打滑、翻覆、衝撞、撞擊到某種堅硬又柔軟的東西，然後粉碎、噴濺而開。一連串哀嚎與噩耗，頭皮發麻的聲響，全淹沒在轟轟雨勢之中。

與他們距離不到百公尺的遠處，車輛連環追撞成一片，成為了煉獄。

「啊、啊啊啊……」晨荷發出慘叫。「哥、那……是……」

驚魂未定的顫慄感同樣從腳底板竄上背脊，光有強逼自己回神。

「……快點叫救護車！」他向妹妹拋下這句話，也不知哪來的勇氣與判斷力，就衝進失事現場裡。

會不會等待救援比較好？要是又發生其他爆炸怎麼辦？好多疑慮在心中勸阻著他，同時，又有一股不可思議的負重感逼使他向前。

光有知道自己的生父生母是事故而死的。

很可能是死在像現在這種規模的交通事故裡，也有可能是在他永遠無法想像的災厄中罹難。

事故，事故。聽來陌生，卻比任何辭彙都來得熟悉。或許在百分之一、千分之一的領域裡，光有與他死去的生父生母，第一次距離這麼近。

他不希望再有人因為這種不可抗力死去，他不希望出現第二個像他那樣被留下的孩子。

「你、你沒事吧？喂！喂!!」

趙光有在事故現場跪坐下來，眼前的傷患橫躺在血泊裡。

不遠處有一臺翻覆的大卡車扭曲粉碎，半截栽進人行道裡，周圍的造景與停車車輛全毀。光有似乎看見卡車車身與車輪處的一片腥紅，延伸，再延伸，連結到眼前傷患的手臂上。

傷患的手臂糊爛一片，血痕幾乎被雨勢沖淡。

現場一片混亂，老天爺不留情，雨點打得渾身發疼。他們所有人都在一片朱紅血海裡載浮載沉。

不可以隨便搖晃傷患……趙光有脫掉外套，撕開袖口的部分，盡可能按住傷患的傷口，同時間迅速瀏覽四周。

零零星星的路人在圍觀，像根柱子一樣待在遠處動也不動，光有氣得大吼：「愣在那裡做什麼？還不快點叫救護車！」找不到晨荷的身影，他不保證晨荷有沒有聯絡救援，他哪還有那種從容？

他感受到傷患的心跳。生命的脈動還殘留在這名傷患的胸臆。微乎其微。

這種時候到底該怎麼辦？上次參加急救措施課程是多久以前的事了……他憑著不可靠的記憶，將手指按壓在出血口上。

光有不敢看向傷患的左手。骨頭，血液，皮肉外綻，他幾乎無法描繪出對方左手腕下的輪廓。

不知不覺，晨荷已經來到他身邊。

「哥、這個人……會死嗎？」

「那種事我哪會知道！」

他氣急敗壞地吼叫回去，立即感到口中傳來腥澀的鮮甜感。

傷患的血全沾到他身上，混合著雨滴，當他抹去臉上的雨水時，說不定也把這些血吃進了嘴裡。也或者是他情急下不小心咬破了自己的嘴巴。

分分秒秒都像凍結了一樣，時間流逝從來沒這麼緩慢過。當救護車趕到時，光有的口中只剩下鮮血的味道。

記憶片段出現斷層，光有記不起詳情了，當他回過神來時，他發現自己和晨荷都在醫院裡。兩人的衣衫吸飽雨水與鮮血，走過的路徑留下朱紅色的軌跡。

光有握住傷患的手——傷患完好的右手。

「……沒問題的，一切都會沒事的。」

傷患的意識尚存，他感覺到對方的眼皮跳動了一下，費盡全力，輕輕回握住他的手。體溫冰冷得駭人。

「我……想……」

那名傷患低啞嘶吼，聽來像是悲鳴。

「我……想……繼、續……握著、畫筆。」

光有深深吸口氣。「嗯，沒問題的，你一定可以繼續畫下去。」

「原……諒、我……」

「……嗯。」

他點點頭，仍然沒鬆手。

「我不知道你遭遇過什麼事，但我相信……你會找到願意原諒你的人的。」

一旁的晨荷沒有說話，光有察覺到她的眼眶紅通通的。

「曾經有人告訴過我，無論遭遇怎樣的困難，你都有資格畫下去，以任何形式。你只是還沒有找到對你說這句話的人而已。」

畫下去。光有在心中重複這句話。這個人，他說他想畫下去。

這個人是畫家嗎？

「——好心的小夥子，趁他還有意識前唸給他聽吧。」穿著白袍的醫師走進病床，將壓有文書的板子交給他，用下巴點點床上的傷患。

光有無暇顧及醫師的態度，他只看見文書上清楚寫著幾個關鍵字：截肢同意書。

「然後勸他快點簽字，惡化就糟了。」

「……等等，他的家人呢？」為什麼連家屬的影子都沒看到？還沒趕過來嗎？

「聯絡不上。」

光有只覺得荒唐，荒唐到連笑也笑不出來。

「別在意啦，常有的事，這世上怎樣的人際關係都不奇怪。」醫生聳聳肩。「那我在外面等你們，最好快點。這拖不得。」

那名傷患吐出虛弱的嘆息，在雙眼失焦以前，都緊緊凝視著切結書的字句。

光有看見有別於血液、汗水、雨水的液體，自傷患眼中溜了出來。眼淚沾濕睫毛，滑落他的臉頰。

這名傷患再度輕輕回握住光有的手。「……筆……」

光有再怎麼抗拒，卻除了把筆交給他以外別無選擇。

「……真的沒關係嗎？」

傷患點點頭。

光有是左撇子，而傷患無從使力，於是他用自己的左手握住對方僅存的右手，簽下了切結書。

簽名欄留下了歪扭醜陋的名字：周梓棠。

光有坐在手術室外的座椅上，抱頭等待著手術室燈明滅。

他們可謂幫助救援的善心人士，照理而言已經不干他們的事了，大可以離開醫院，卻有股責任感占領著光有的心頭。

是他協助那名傷患簽下截肢同意書的，他有義務陪伴到最後。

「……那，我回去拿換洗衣物過來。」晨荷提議。事發到現在，她也冷靜下來了。血跡斑斑的兩人光靠醫院的毛毯根本沒用，衣服濕漉漉的，她也不忍心放著那名傷患離去。

光有點點頭，沒有說話。腦袋裡滿是事故時的光景，以及切結書欄位裡的簽名。

他們聯絡上那名傷患——周梓棠的關係人了。但不是家屬，而是職場上的同事。周梓棠的家屬始終沒有現身。

名為周梓棠的傷患，是名油畫修復師。

這是在開什麼惡劣的鬼玩笑嗎？

究竟是怎麼回事？上一秒，他還在與晨荷進行無謂的家族爭執，下一秒，他就看見一名修復師的手毀了。

光有突然感到自己愚蠢透頂。

眼前的人差點喪命，甚至是丟了第二生命的手臂，他卻還將自己無法實現夢想的苦痛怪罪到任何理由上。

唯有透過埋怨轉移注意力，他才能活得比較輕鬆。

回過神來，截肢手術結束了，速度快得嚇人。說來也是，光有心想，不過就是把糊爛一塊的組織切割掉，花費不了多少時間。

晨荷也拿著換洗衣物回到醫院，她同樣在手術室外的座位上找到光有。光有哪裡也沒去，他不知道該去何方。

「……哥。」晨荷對他說：「謝謝你。」

她坐到他身邊，握住他的手。

「如果你那時候沒有拉住我，我說不定也……」

「……這沒什麼。是我該做的。」

兩人的手臂、手指甚至是指甲縫隙都沾著濃淡不一的血。沒時間清理掉。

「那個人……那個叫做周梓棠的人。」

光有發現自己的聲音在發抖。

「他是……畫作的……修復師。」

「畫作……？」

光有掩著臉，視野和心靈都陷入黑暗裡。

「……我等於毀了……一個畫家的手……」

晨荷沒有回應，她能做的只有伸出手臂，將光有輕輕擁入懷裡。

彼此的身體都冷得發寒。雨水，心跳，不屬於他們的鮮血，透過肌膚碰觸，交融在一起。

※

夢醒之時，梓棠睜開雙眼。

他一時間無法會意過來，視線聚焦後第一個想法是：這是誰的房間？

這裡似乎是周梓棠的房間。

我不是在醫院裡嗎？為什麼會在周梓棠的房間？

手術結束了，周梓棠的手……

「啊……」梓棠抬起左手，看見了不屬於自己的手掌與縫線。「……夢……？」

——我就是周梓棠。

「……嚇死我了，還以為是自己腦袋出了問題。」

梓棠有低血壓，清醒時總會伴隨著作嘔與頭痛的苦悶，如今這些痛苦反而讓他心存感激。脫離夢境後，身體和意識的主導權都回來了。

他瞧了眼床邊的鬧鐘，指針指向凌晨。距離出勤還有段時間，已經睡意全無。

在凡尼斯的住處被黑衣人偷襲、被送往醫院、讓凡尼斯與晨荷相認、隨後出院……已經是幾天前的事情了。他卻感到無比久遠，全是多虧剛才那場夢。

梓棠毫無睡意，開了盞燈，拿起床頭櫃的筆記本與鉛筆。

他翻開筆記空白頁，用左手握筆，然後說道：

「……天亮以前陪我聊聊天吧，凡尼斯。」

左手沒反應。

「我夢見你了。」

左手仍然沒動靜。某種直覺告訴梓棠對方是在裝死，於是用右手抓住左手腕一連甩了好幾次。

幾秒後，左手像是敵不過他，終於搶過筆寫起字來。

——喔

有夠冷淡。

——你　夢見了什麼？

「你們救我一命的那天。在這之前，你和晨荷吵架了。」

——好像　有　這麼一回事

凡尼斯寫這句話時的速度特別慢，彷彿沉睡的記憶慢慢被喚醒似的。

「是不是我夢見什麼，就代表你想起了什麼？」

如果是的話，那梓棠有點希望夢見殺害凡尼斯的真凶，同時，卻也不想目睹凡尼斯臨死的末路。

——周梓棠　對不起

「……為什麼突然道歉？」

——手　是　修復師的　靈　魂

——我毀了　你的靈魂

——原諒我

「……你沒有毀掉。因為有你，我才能得救。」

梓棠嘆了口氣。這隻手平日的蠻橫無禮去哪了？

「你救了我兩次，讓我有辦法重新握起畫筆。別談什麼原不原諒。」

——周梓棠成為　修復師　是什麼感覺？

凡尼斯又開啟了新話題。如果說「手」也有情緒，打從醒來，凡尼斯就處於情緒極度混亂的狀態。有迷惘，也有焦慮。

「什麼？」

——實現　了　理想　然後呢？

——達成　目標　以後　？

——按部就班的工作　工作與理想的盡頭　究竟還有著　什麼？

好唐突的問題，莫非他從夢裡頓悟到了什麼道理？梓棠思索了一陣，直到頭痛與乾嘔感消退時，他終於勉強找到了個答案：

「修完一幅畫以後，會覺得……嗯，大功告成了。」

——廢　話

梓棠被嫌棄也無法反駁，畢竟連他自己都覺得這感想了無新意。

「然後……會很空虛。」他還是繼續說下去：「什麼都結束了。沒有了。我和這幅畫的緣分，就到這裡為止。」

數十年數百年後，這幅畫可能會遭遇其他的劫難，又得繼續填補修整。但那也是經由其他修復師之手了。日本有句詞語叫做「一期一會」，不只人對人，人對畫也適用。他和〈語冬〉也遵循這個規則，再也無法挽回了。

——橙川教授跟我說　無關現實因素　只要我願意　我都可以繼續畫下去

——以各種形式　做畫

「嗯。我知道。我有夢到。」

——但是我　有時候　還是會想埋怨

——世上最可恨的　說不定就是　給

「世上最可恨的說不定就是給你一絲希望，再把它粉碎掉。給你繪畫的天賦，再用各種名目打擊你，告訴你放棄吧，你不可能成功的，放棄吧。」梓棠代替他說完。

凡尼斯停筆了幾秒，唰唰，他槓掉原本要寫下去的字句，重新寫了幾個字：

——心有靈犀

「我好像越來越能猜到你在想什麼了。真可怕。」

——可　能　是　因　為

「可能是因為，我們的遭遇很像。」

凡尼斯沉默了一下，再度提筆寫字。

——我有時候　會思考　很惡劣的事情

——有時候　我真的覺得如果晨荷沒出生　我說不定就能學畫了

——如果沒有晨荷　我說不定　就不是局外人了

梓棠端詳起文字，夢境的洪水又淹過來了。那些水勢乘載著各種回憶，趙光有與邱晨荷，周梓棠與〈語冬〉，白雪與火焰。

「……如果我沒有毀了〈語冬〉，現在說不定也能走上別條道路。」

——為什麼　我的　生父生母　要丟下我離開？

——如果　我沒死去的話

「如果〈語冬〉還在，我的家人說不定也會留在我身邊，父親說不定還是不肯看我一眼。親戚說不定還是覬覦著收藏室裡的油畫。」

——你說不定　也不會成為修復師

「如果我沒能成為修復師，我就沒辦法像現在這樣遇見你了。」

——那樣　我　無法想像

「對吧？一直想著如果如果，於事無補的。」說完，梓棠苦笑。

凡尼斯放下筆，接著抬起手——輕輕彈了梓棠的額頭。

梓棠沒喊痛，仍還是有些無奈。他用右手摸摸自己額頭時，凡尼斯又寫下：

——由你來教訓我　這種事　有夠怪　不甘心

「……用第三者的角度看待事情，總是會達觀點，也比較高高在上。」梓棠舒緩了緊繃的神經。「我自己的問題也還沒解決。哪天我又想尋死時，換你教訓我吧。」

——周梓棠　你　真的是　病得不清

「我可不想被一個死人這麼說。」

——就像我一樣　我們都　一樣　悲哀

「……人活在世界上，多少都很悲哀吧。」

梓棠心想，他似乎說出了相當哲學的話。

「凡尼斯，我一直認為修復這種事情……」他像是想到了什麼，接著補充：「即使修好了畫，也無法讓畫回到最原點。」

畫作一旦破毀或是出現瑕疵，就算修補得再怎麼精美，仍無法改變它曾受損的事實。

「同樣的道理，即使找到了真凶，你也沒辦法活回來。」

你或許還得迎接更為殘酷的真相，怨嘆自己為什麼非死不可，甚至有可能會再次崩潰。

「即使這樣，你還是想知道？」

這是多麼難解的問題。梓棠靜靜地等待凡尼斯回應，他凝視著筆記本的眼神溫柔，就像是在訴說著：你想思考多久都可以，我會陪你到天亮。

良久，可能秒針已經轉了一圈又一圈，左手終於提筆寫字。

——直到長大　我才知道自己是養子　因為是養子　所以必須讓晨荷優先

——我知道家人是出自體貼才隱瞞　但我果然還是

筆尖停頓片刻，點了幾下，而後終於鼓起勇氣寫下去。

——真相　我想知道　真　相

——這可能也是我　出現在你面前的　理由吧

梓棠靜靜聆聽下去。

——說真的　就算痛毆凶手一頓　我也不可能活回來　定罪　於事無補

——但是我想知道

——我想釐清我被殺的真相　四季　我究竟是為什麼　而死　？

「嗯。」

——周梓棠　我　們先把「釐清我的死因」　當作是　中繼點

——你要陷在　毀掉畫　的　死胡同裡　你的自由

「……我已經不會陷進去了。」梓棠頂著張苦澀笑臉，搖搖頭。「不想再陷進去了。」

——那　在這之前　好好地　連我的份一起　活著吧

——然後　拜託　幫我找找

——找出　四季　橙川真　相

——找出我的死因

《其八》晨曦沒入深海

光有記得以前，大概是小學的時候吧，他畫了張畫給晨荷。

家裡格局不大，他向來窩在房間裡繪畫。家人不太喜歡他接觸油畫，油耗味太重了，瀰漫得整間屋子都是。他也沒錢到繪畫教室學習。所以，他用色鉛筆和水彩作畫。用水染開顏料，調配出濃淡適宜的色澤。由淺而深，由光至暗，先刷上嫩粉藕紅的蓮花，再用濃綠點綴蓮葉。

整片夜色都刷上深藍的話過於死板，會毀掉整個構圖。因此他優先薄薄塗上一層天空淺藍，再用海藍色、靛青色、濃紫色局部暈染開來。天邊高掛著明亮弦月。

晨荷收到那幅小小畫作時，驚喜地讚嘆：「好像荷花在海底開著喔！」

「哈哈哈……因為是荷花，很適合妳，我就畫了。」

蓮又名荷花。這幅畫裡聚滿著光有喜歡的元素：夏季，蓮，月夜。

「哥，為什麼是晚上呢？白天不好嗎？」

如果畫了白天，就能完全符合「晨」、「荷」兩個字了。

「因為我動筆的時候剛好想畫月亮嘛。而且只要再過一下，夜晚遲早會天亮的。」

光有說完以後想了想，又改口：

「還有，因為我也很喜歡海！」

「海？」

「嗯，深藍色的，安安靜靜的，不覺得很棒嗎？」

小小的晨荷聽不太懂，她與光有只相差幾歲，卻老感覺哥哥深思熟慮，心智年齡比她高出了一截。

她盡可能表達出自己的心聲，坦率地笑著說：

「哥哥以後一定能成為很厲害的畫家！」

晨荷還記得她說完這句話的時候，光有的笑臉變得很僵硬，甚至有點快哭出來的樣子。她不知道原因出在哪。

「……嗯，我會加油。」光有盡可能壓抑住異狀，笑著回答。

其實那時候，爸爸已經告訴光有不能學畫了。

光有也明白錯不在晨荷，但他總忍不住想著：如果沒有晨荷，他是不是就能繼續學畫了？

他贈送畫作給晨荷，或許就是為了彌補自己產生這種念頭的罪惡感。

「那，晨荷，妳要好好珍惜我送妳的畫喔。」

「當然，我會全部收起來。」

「晨荷，如果哥哥以後想學畫畫，那妳以後想當什麼呢？」

「嗯——老師！」

「這樣啊，老師！聽起來很棒，一定能夠實現的。」光有寵溺地摸摸她的頭，說：「我也會幫妳加油。」

「那到時候，哥哥就畫畫，我就把哥哥的畫放在教室裡，告訴學生說這是我最尊敬的畫家。這樣，就有更多人能看見你的畫了。」

※

敲鐘了，晨荷在教職辦公室的辦公桌上醒來。

她午休趴睡的時候沒調整好姿勢，額頭上壓出一塊紅印，有點疼。

「……」

做了個荷花在海底綻放的夢。

她揉揉眼睛，下午剛好空堂沒有課，準備一下明天的教學進度吧。

晨荷正好瞧見擺在桌上的雜物。教科書、學生的考卷與試題、歸納各種文件的厚皮資料夾，她不太喜歡在桌上擺放盆栽或裝飾品的小雜物，唯獨相框，她擺了一個相框在桌上。

相框裡的不是照片，而是一張稍嫌泛黃的水彩畫。她在夢裡夢見的。

哥哥過世後，她就將這張畫放進相框裡，留在身邊。如此一來，就像是哥哥還陪在自己身旁一樣。

父母同樣對光有的死感到惋惜，至今仍無法撫平情緒。留下來的她必須更加堅強才行，他們只剩她這個小孩了。

開心的回憶，難過的回憶，她明明還有好多好多想告訴光有的事。

晨荷瞟了眼桌上的書。「……紅色。」

其中一本教科書正好是紅色書皮，血的顏色。

她瞬間臉色蒼白，口腔產生一股酸楚，連忙將那本書塞回抽屜裡。

——自從在浴缸裡發現哥哥後，她變得不太能接納紅色。這總會令她回想起淹沒哥哥身軀的紅色血水，以及手腕那道割痕。

哥哥死後，警察問她：「趙光有最近有沒有行為舉止怪異的地方，或是情緒方面的問題？」時，晨荷無以對答。

畢竟那次以後——一年前，他們救了梓棠一命後——哥哥就變得更為疏遠。兩人產生了如履薄冰的嫌隙。

那並非一觸即發的火爆感情，而是道淺小的刀口依附在指尖，如影隨形。

晨荷知道這刀傷不會致人於死地，但是每當記憶的洪流湧出水源時傷口就會發疼，水會漸漸融入皮肉，融入更深層的血。

她多麼想和哥哥道歉。對不起，是我害你沒辦法畫畫的。但是她說不出口。

於是她一直拖延，拖延，不主動聯繫哥哥，相信哥哥想通了就會回家了。雨後會天晴，她屢屢說服著自己。

——最終，刀口更深了，深深劈進她骨子裡。

哥哥割腕的腥紅色火辣辣地攤在她眼前。

晨荷曾向警方抗議過哥哥不可能自殺，但警察沒搭理她，他們只說沒有充分證據足以翻轉。「就是這樣，請節哀順變。」警方像是安撫一樣對她鞠躬。

如果她早點醒悟過來，早點坦承自己的過錯，哥哥是不是就不用死了？

「——這幅畫好漂亮，誰畫的？」

忽然有人在她耳邊說話。

她瑟縮一下肩膀，原來是同事路過她的座位，瞥眼瞧見她相框裡的畫。

晨荷也不顧額頭上的紅印了，掛上微笑說：「我哥。」

「只是看起來有點舊了，什麼時候畫的啊？」

「小學吧。快二十年前了。」

「小學就可以畫出這麼厲害的作品？」

「是啊，他很有天賦。」晨荷這麼回答時，胸口又刺疼起來。

她想跳入蓮葉婆娑的大海裡，深藍色的，安安靜靜的。

「保存得真好，那妳哥現在還在畫畫嗎？」

「嗯。」

晨荷沒來由想起了周梓棠。她希望那位修復師能代替哥哥好好活下去。

「是很厲害，我最喜歡的畫家喔。」

晨荷下定決心了，她果然不想相信哥哥是自殺。她不希望哥哥親手了結自己的性命。

無論真相為何，既然警方不信，那就靠他們自己的力量找出來。

哥哥從前送給她的畫，就像〈蓮夏夜〉一樣。如今，哥哥的死恐怕也和真正的〈蓮夏夜〉有關。晨荷相信這個巧合是促成她前進的動力。

※

身體狀況穩定後，梓棠與晨荷立即約定了時間。兩人白天都有工作，能騰出的時間只有夜晚。

原本打算在梓棠家討論，不料被凡尼斯以「周梓棠的住處沒有生活機能」打了回票，兩人一手決定在晨荷家裡集合。所幸彼此的住處相近，節省下不少時間。

埋首在修復室一整天，身體全是顏料與松節油的揮發氣味，渾身關節都在發痛。兩人見面時，梓棠劈頭就說了句「抱歉」，晨荷知道他在說什麼，道了句「沒關係」。她說凡尼斯的房間以前也很常有這種味道，反而懷念。

「周先生，你先請坐吧。不好意思，房間有點亂……」

晨荷和光有一樣，是從老家搬出來自己一個人住的。她的房間小巧而溫馨，區隔成臥房和客廳，整理得乾乾淨淨，說房間亂只是客套話。晨荷請梓棠先到客廳休息。

「謝謝。還有，叫我梓棠就好了。」梓棠拉開客廳的椅子坐下。「我今後也直接稱呼妳晨荷，可以嗎？」

「當、當然沒問題的！就請你這麼叫吧！」

語畢，晨荷像是逃亡似地溜到冰箱附近，梓棠也別過臉不好意思說話。兩人陷入一股尷尬的沉默。

梓棠不想給凡尼斯寫字的機會，他敢打賭這種莫名害臊的情境一定會被凡尼斯狠狠調侃。

「不、不嫌棄的話請用。」

晨荷端上茶水。奇怪的是，她端了兩杯飲料到桌上，一杯是夏天常備的冰茶，另一種卻是把冰涼的市售可樂豪邁地放到桌上。

梓棠不明白她的用意，因此抬頭窺伺她的表情，只見晨荷欲言又止，她也在等待梓棠回應的樣子。

應該是要我選的意思吧……？梓棠右手下意識拿起茶杯——唰！左手卻搶先一步搶過可樂，拉開拉環逼梓棠當場喝下去。

「唔……咳咳咳！」梓棠被唐突灌進嘴裡的碳酸氣泡嗆得連連咳嗽，勉強嚥下去，對著左手掌抱怨：「你不要每次都這麼突然！」

「啊……！」明明是凡尼斯被罵，卻是晨荷發出雀躍的驚呼。「太好了……」

「太好了？」

「不、不是的！那個……呃……」晨荷握緊雙手，紅透了臉，她結結巴巴地坦承：

「哥、哥哥他生前，很喜歡喝可樂。」

「……難怪。」

梓棠雖沒真的和凡尼斯打過照面，但連日相處下來，他早就察覺凡尼斯是個熱愛重口味小吃、垃圾食物和含糖飲料的人。有冰塊、糖加滿的手搖杯可以選的話，他才不會去喝水。

「妳在試探我嗎？」

「對、對不起。」

「不，我不是責怪妳的意思。」梓棠的口氣很溫柔，他充分理解晨荷的擔憂。「我知道上次在醫院發生的事情很像整人節目的效果，由我自己來澄清也很奇怪，但是……凡尼斯寄宿在左手上是千真萬確的，希望妳能相信我。」

「我也不認為梓棠你會騙人，真的。」晨荷摻雜著焦躁的呼吸。「我也多麼希望還能再和哥哥說上話。但、但是……會發生這種幾乎說是靈異現象的事情，一時間就要我相信實在是有點……」

「我知道，妳不要擔心，會這麼想是正常的，妳沒有錯。」

梓棠暗忖，晨荷會邀請他來多半也是為了試探事情的真相吧。既然已經決定和凡尼斯待在同一艘船上了，他也有義務讓晨荷安心。

「怎麼說呢……哥哥生前究竟發生了什麼事情，我很想調查清楚，但實在找不到門路。哥哥過世後爸媽變得很沮喪，我也一直感到很愧疚……我已經不想再這樣後悔了。」

或許是坦承自己的用意了，晨荷不再隱藏內心的頹喪。

「只是在警察不重視我們的狀態下，如果要展開調查的話……我就只能拜託梓棠你了。如此一來，首先就是要確定你和哥哥真的能夠對話。」她吸一口氣，正眼凝視梓棠。「我想確認……哥哥他是真的在你身邊。」

「原來如此，我明白妳的顧慮。」

梓棠認為晨荷既和自己相似，卻又和自己相反。

他們都是懷抱懊悔之人。然而當凡尼斯這個變數闖入他們的世界裡時，梓棠多麼希望這只是他精神錯亂而產生的幻覺，晨荷卻百般想證明凡尼斯是真正存在的事實。

「我這裡完全沒問題，只要可以證明凡尼斯是真正存在，我相信他本人也會很樂意幫忙的。對吧？」梓棠向晨荷再次承諾，為的是要她安心。

——還用　得著問　嗎？

——妹妹的要求　沒有拒絕　的　道理

凡尼斯也熟練地從梓棠的背包裡拿出紙筆，寫出得意洋洋的筆跡。

「……」晨荷看著字，目瞪口呆。

梓棠抱胸思考。「現在問題在於要怎麼樣證明才有可信度，我想想……」

「這方面請交給我吧。」晨荷自告奮勇：「我有一個好方法，也已經準備好了，請稍等一下。」

「嗯？」

她迅速折回臥室，拿了幾張Ａ４大小的紙、鉛筆、橡皮擦等基本文具出來，放到梓棠坐著的客廳桌前。

梓棠低頭一看，紙張第一頁大大寫著幾個字：

趙光有情報試題　一〇九學年度版

「……」再怎麼會替人圓場的梓棠都暫時無話可說了。

「這是我想到最合理的方法了。你、你覺得怎麼樣？」

梓棠在心中深呼吸，勾起微笑。「我覺得不錯，真是個好方法。」

如果不這麼肯定的話，他有股預感會被疼愛妹妹的左手給當場勒緊脖子。

「太好了！上面都是哥哥的個人資料還有我們一起經歷過的事情，我相信哥哥一定能馬上回答出來的！啊，不過沒有牽涉到太過頭的個人隱私，所以給梓棠看到也沒問題的。」

——我做人　坦蕩蕩你想看　就看

兄妹看起來都對這份考卷躍躍欲試，梓棠也無法搖頭說不。

「那我現在要開始計時囉。」晨荷從口袋裡拿出手機計時。

「什麼？」也太快了吧？

「這是考試的一種，所以請把鉛筆和橡皮擦以外的東西收起來吧，手機也不能使用喔。那麼計時一小時，開始！」

妳是監考員嗎！梓棠本來想這麼吐槽，才想起對方既然是高中老師，那當然擔任過監考員。

梓棠低頭確認考題……凡尼斯的本名、身高體重血型、從小到大就讀的學校名稱與班級號碼、擅長與不擅長的科目、喜歡和討厭的食物、家族旅行第一次出國去哪裡、下課回家時會偷買什麼零食來吃……

左手沒搭理他，自個兒答題得行雲流水，果然沒有梓棠出場的必要。

「原來你還因為曠課累犯被記過喔……」看到凡尼斯寫完糗事題，梓棠有種不是很意外的感覺，這傢伙搞不好還是國中時會躲到廁所偷抽菸的叛逆鬼。

凡尼斯懶得回嗆梓棠，繼續安分地寫試題。看來妹妹的請求永遠是最優先順位。

古希臘美術發展史分期為哪四個階段？中西方繪畫主要有哪些差別？哥德式建築的特點、新印象主義的特徵……連這種美術系基本試題都有。看來不是晨荷知道凡尼斯生前有自學過畫，就是怕梓棠閒著太無聊，於是梓棠乾脆又用右手拿另一支鉛筆開始答題，現場登時呈現一齣兩隻手都在寫字的怪異光景。

凡尼斯看來是答題告一段落了，他放下筆，拍拍梓棠肩膀。

「嗯？」梓棠抬起頭，他本來正好要開始寫美術申論題。

——周梓棠　抬頭　瀏覽一下房間

考卷上寫了這幾個字。梓棠不明所以，還是乖乖逡巡了晨荷家的客廳一圈，儘管這舉動有點失禮。

「怎麼了嗎？」晨荷見狀也詢問他。

「不好意思，凡尼斯好像在找東西。」

梓棠回話的同時，左手已經抽回筆記本，潦草寫了幾個字後推給晨荷看。

——晨荷　我送妳　的　畫　不是擺在　矮櫃上嗎？　不見了？

「……咦？」

——蓮花的那幅　深藍色

「……」晨荷怔忡在原地，傻了幾秒後終於回應：「我、我拿去學校辦公室放著了！因為待在學校的時間反而比待在家裡多，放在學校比較安心……所以，那個……呃……」

深藍色的蓮花？蓮夏夜？梓棠在內心盤算。

晨荷走近梓棠，怯生生地看著他的左手。「哥，真的……是你……？」

——早就說過　是我了！

——從小畫畫送妳手　讓妳給捐了考卷　也乖乖寫　了

——筆跡也是我的　妳要我做什麼　我就做　還有必要　懷疑？

——哥哥　很切心　o(`∧´)o#

「他好像在鬧彆扭。」看著筆跡，梓棠苦笑。「常有的事，他話很多的時候特別吵，一直寫個不停。」

——囉　嗦！　你是站在　誰那邊的啊？

「沒關係的！沒關係的……」晨荷抿著嘴脣搖搖頭。「吵一點，比較好……」

以梓棠坐著的角度，他只要抬頭便能窺伺到晨荷的神情，於是晨荷轉身背對他，揉了揉眼角。

「哥哥，梓棠，真的很謝謝你們……真的。」

雖不明白詳情，但凡尼斯送給晨荷的那幅畫看來是一切的正確答案。證明一事算是圓滿解決了，梓棠覺得像這樣也無不妥，晨荷已經安心，他心中某種重擔也卸了下來。

待晨荷情緒穩定後，她坐到梓棠身邊細細閱讀著凡尼斯寫出的試題答案，有時候會噗哧笑出來，時而眼神流露出眷戀。

「我跟你說喔，哥哥小時候啊……」

她向梓棠侃侃聊起昔日美好時光，小時候凡尼斯說了什麼，經歷了什麼，吵架後又怎麼和好，那些圍繞著家人與朋友的靜好歲月，還有許許多多的畫，他們擦身而過又無法彌補的裂痕……

梓棠同樣經歷過破滅，卻幾乎沒有感受過晨荷語句間勾勒出的這種圓融。他心想，所謂的家，或許就是洋溢這種情感的歸屬吧。

隔天下班後的晚上，梓棠再次拜訪晨荷家。完成了證明凡尼斯身分的插曲，這次是真的要談正事了。

「我們的共同目標是一致的，找出殺害凡尼斯的真凶。」梓棠直接切入要題：「除此之外，我也想要找出把〈蓮夏夜〉送來修復室的那個叫做『楊黎』的人。」

他們的目標說簡單很簡單，卻也是天方夜譚級別的難。

——你在我的住處裡　被敲了一記　那肯定是警告吧？要你　別再查了

「嗯，換句話說，偷襲我的人……知道我到你住處的事情？」

——為什麼　會知道？你有跟誰說嗎？

「當然沒有，說出去又有誰會信啊？」

看來哥哥和梓棠處得很好，尤其是梓棠，比她印象中更加健談直率了。晨荷選擇默默當個稱職的觀眾。

他們三人都不打算仰賴警方，一來是警方幾乎已斷定凡尼斯為凶手，殺害李橙川教授後自殺，說是結案狀態也不為過。

何況又能用什麼理由說服警方重新展開調查呢？梓棠瞥了眼左手，什麼理由聽起來都像怪力亂神的詭辯。

「橙川教授的遺體尋獲時，那位沈刑警也有來問我話。」晨荷說。

她提到了負責本案的刑警沈行墨，當初身為凡尼斯的家屬，她也收到了沈行墨的聯絡。

「半年前……我因為哥哥的事情而報警，負責案件的也是沈刑警。我想，可能是出自同個轄區吧。」

又或許是正因為當初是沈行墨經手趙光有的案件，這次李橙川的案情也才交給沈行墨？單純是先後順序的問題。

「當初哥哥的死，警方很快就把案子結了。」

「妳是覺得以沈刑警的作風，這次也一樣嗎？」

「……我知道不能過度責怪警方，可能他們也有他們的壓力吧。」找不到確切證據，何況大事化小小事化無，這番處事態度畢竟落得輕鬆。

「總之，先整理一下目前待釐清的事情吧。」梓棠說道。

晨荷房間裡剛好有小白板，她將事項一一記錄下來。

「比較重要的是這幾項。」

◎趙光有〈凡尼斯〉的死

◎李橙川教授的死

◎〈蓮夏夜〉與委託人楊黎的身分

◎修復中的〈蓮夏夜〉

「凡尼斯過世已經過了半年……要是真有可疑之處，物證當時就被鑑識組帶走了才對。」

儘管晨荷這段時間沒有退租凡尼斯的房間，凶手既然有辦法將他殺偽裝成自殺，不排除凶手也趁人不注意時洗淨了周邊。

梓棠甚至懷疑當時自己潛入凡尼斯住處卻被偷襲，時機巧妙得詭異，這說不定也和凶手脫不了關係。可是凶手是怎麼知道他會過去凡尼斯住處的？

「我有留下這個。」晨荷拿出一本泛黃老舊的記事本。「哥哥留下的筆記本。」

——我留下了　那種東西？

「嗯，天花板。你藏在公寓天花板的夾層裡，可能是因為這樣才沒被警察拿走……你從以前就喜歡把東西藏在奇怪的地方，我是打掃的時候才找到的。」

兄長被認為自殺結案後，家人不太想碰觸這件事，於是晨荷偷偷續租那間屋子，一方面念舊，一方面也想試著找出些蛛絲馬跡。

——我不　記得了　筆　記本

「看來你從生前起就有一堆莫名其妙的怪癖。」梓棠吐槽凡尼斯時絕對不會留情。

——還不是仰賴　我　的怪癖　你才有　辦法查？

「雖然現在說這個有點遲了，但是……」晨荷看著一人一手竟然在鬥嘴，露出驚奇又有點苦笑的微妙表情。「……這種對話方式……真的，很……很奇特呢。」

「這隻手到底是凡尼斯本人，或純粹是科學無法解釋的怪東西，我已經放棄追究了。」梓棠也不想管了，麻木成自然。

——別　這　樣　嘛

「哥哥的筆記本，等等再一起檢查細節吧，下一項是什麼？李橙川教授的死。」

「沈刑警有說過，被分屍的李橙川，手臂沾著凡尼斯的指紋。」梓棠道。

晨荷身為凡尼斯的家屬，當初也有因為屍體尋獲而前往警局和沈行墨對談，單論這方面，他們的情報量相同。

梓棠問凡尼斯：「既然人不是你殺的，那究竟要用什麼手法，才能讓你的指紋轉到屍體上？」

凡尼斯沒有動靜，看他沒有立即握筆回覆這點看來，恐怕陷入了苦思。

一旁的晨荷托住下顎，細眉緊皺。

良久，她聲音稍微拉高，問：「反過來思考呢？」

「什麼意思？」

「我想想……例如說，不是哥哥去碰觸遺體，而是有人拿遺體被分屍的手臂……去沾上哥哥的指紋？」

——妹　妳的想法　非常新穎　並且狠心

「對、對不起。」

「如果真的是這樣，那就代表沾上指紋時，凡尼斯多半已經接近死亡了，會是意識不清的狀態。」梓棠推測。

如果凡尼斯還活著，平白無故被人拿斷臂沾上指紋只會嚇得報警吧。

再者，若凶手分屍遺體的目的是掩人耳目，那麼應該會把屍塊遺棄到不同地方，而不是統一塞進冷凍櫃裡。

肢解遺體的理由，或許一來是為了壓縮體積好讓遺體完全容納在冷凍櫃，再取手臂的部分去沾取凡尼斯的指紋。然而只肢解左手太過明顯，才會用分屍來掩人耳目？

「換句話說就是……一年前，凶手殺害橙川教授後把屍體肢解冷凍起來。過了半年後再將哥哥殺害，把橙川教授的屍體沾上哥哥的指紋……」

「如果是這樣的話，那殺害李橙川與凡尼斯的凶手，很有可能是同一人。」

「在哥哥割腕而意識不清的時候，讓他的指紋……沾上遺體？」

——那　為什麼不　燒掉　屍體？

「我也很困惑這點，既然都已經殺害對方了，為什麼要留著遺體增加被發現的風險？」

屍體有什麼理由不能處理掉嗎……還是單純為了嫁禍？

梓棠與晨荷，或許凡尼斯也是，三人至今為止都過著與凶殺案沾不上邊的平穩日子。目前的判斷是正確的嗎？還是只是瞎子摸象？這種無法辨明方向與對錯的推理不過是兒戲，卻也只能繼續推論下去。

下一項是……梓棠望向白板。

〈蓮夏夜〉與委託人楊黎的身分——幾乎被視為真跡的〈蓮夏夜〉隨著風災浮現而出，名為楊黎的神祕委託客將畫作交給了畫廊，此作品現在由梓棠著手修復。

死去的李橙川教授，遺物中則有著〈蓮夏夜〉的鉛筆臨摹。

「之前有拜託警方調查，但楊黎留給畫廊的資料是假的，住處和手機都聯絡不到人。」梓棠說道。

前陣子引起短暫風波的「四季熱潮」爆發時，楊黎依舊沒有現身。將損毀的〈蓮夏夜〉帶給畫廊的他肯定有蹊蹺。

「〈蓮夏夜〉據說是風災期間在暴漲的出海口附近被撿到的。」被那名為楊黎的神祕客拾獲。「至於是哪個出海口，無法判明。」

目前已經將畫作表面的髒汙清洗完畢，修復進度停在肌理重建，進度極為緩慢，因為梓棠無法完全靜下心來作業。

梓棠從初期就著手〈蓮夏夜〉的修復，他與這幅畫都可謂風災時期受損的殘兵。按照林茜所言，〈蓮夏夜〉當初被送來修復室時，框縫裡還沾著水草碎屑。

……等等，海水？

「〈蓮夏夜〉進行過化學分析……但是搞不好還不夠？」

梓棠心想，說不定有漏網之魚。

「畫作泡過海水，已經做過表面清潔了。我在想，把清潔時刮除下來的髒汙也拿去分析，說不定能查出什麼？」至少可以透過成分縮小海域範圍。

「我聽不太懂，但既然梓棠這麼覺得的話……或許可以試試吧。」

問題在於他們難以用正當理由說服劉緗再次檢測。

這是可能扯上殺人案的畫作，且案件幾乎已了結。重視名聲的劉緗多半不會讓事情節外生枝。交給警方？更不可能。

「何醫生的話說不定能幫上忙。」晨荷說，那位醫生應該有那方面的管道。「但是把這種私下調查的事情外傳出去也不太好……」

「……以前，凡尼斯第一次『現身』的時候，我有把左手的事情告訴過醫生。我原本後悔不該告訴他的，但現在某方面而言或許是個突破口。」

當然，那信奉科學教的庸醫信不信凡尼斯是一回事。
——那個沒醫德的庸醫　真的　沒　問　題　嗎？
「你說得沒錯。」實在太難能可貴了，梓棠的想法竟然和凡尼斯同步。
那庸醫不是有沒有辦法幫忙，而是肯不肯幫的問題。
「但是……曦予醫生看起來喜歡參與有趣的事情，我們要樂觀點。哥哥發生那些事情後我還滿常和醫生聯絡的，由我向他提起吧。」
「那如果可行的話麻煩再聯絡我，我複診的時候一起把樣本交給他。」多虧修復過程得適時留下紀錄，有留下樣本。
那麼接下來就是……梓棠得到允許後，翻開凡尼斯留下的筆記本。
「這是……」
「……嗯。」
晨荷點點頭，當初她還有點懵懂，走過一次美術館後，更篤定了。
「這是『四季』構圖的實景考察筆記。」
正確而言是〈語冬〉以外的三幅畫的實景考察。
楊玄筆下的「四季」系列究竟描繪著現實中的哪片風景？至今為止仍眾說紛紜。這名畫家擅長將水墨筆觸恰如其分地融入西畫裡，這裡所謂的「筆觸」不單指枝葉樹幹，更包含東洋畫的精神，通常為不完全跟隨實物的虛景。
舉例來說，〈蓮夏夜〉的參考實景中，或許現實世界裡確切存在的某個公園，但公園裡不見得真的種植著蓮花。虛裡映實，實中摻虛，這種虛實相伴的繪圖手法一向是楊玄的特徵。

凡尼斯的筆記本裡，按照至今以來各方研究的推論，歸納出〈語冬〉以外三幅畫的可能參考實景。貼著照片或是報章剪影，手寫筆記無疑是凡尼斯的字跡。

「你生前準備了這種東西……」梓棠咋舌，為什麼這麼費工？是因為早在李橙川失蹤時，凡尼斯就猜測這事件和四季系列有關聯了嗎？

——可能　因為我那時候　在找　教授吧

「確實，按照時間推論，李橙川教授那時候已經失蹤了……」

梓棠翻閱了因黏貼著照片而變得厚重的紙頁，接著問：「怎麼樣，有回想起什麼嗎？」

——去　看　看　吧？

——再　走一次　我說不　定　能　想起什麼

梓棠與晨荷面面相覷，看來會是趟波瀾壯闊的藝術之旅。

深夜回到家後，梓棠取了個33×21，標準4P大小的橫幅內框。他費了點心力才找到勉強符合古老年代的基底材與釘子等材料，並用些技巧繃緊畫布。

繃好的畫布先洗淨、去漿、上了幾層兔皮膠，畫布完全乾了以後再打底。他一面老實作工，一面心想：作畫某方面和化妝滿像的，都是打底後一層疊一層。

梓棠好久沒有「從頭開始」處理一幅畫了，部分動作有點生疏，幸虧凡尼斯的手很巧。

等待畫布乾涸的期間，梓棠把某張畫作照片放大好幾倍再影印，一一擺放在大張工作桌上，黏貼起來，形成一張與畫作比率一比一的大紙張。

接著他準備另一張更大的薄薄白紙，塗滿油使之變成半透明，蓋在印好的等比例畫作照片上，並用軟鉛筆描出影印照片的輪廓。

描完以後，在油紙背面輕輕灑上碳粉，把紙輕貼到打底完畢的畫布上，再描一次圖，把原畫作的輪廓透過碳粉轉印到畫布上。

如此謹慎、繁複且枯燥的作業。

這幾天下班後他都在進行這些動作，花費好幾個工作天，速度已經算快了。

如今就算不再著魔似地臨摹〈語冬〉，他的身體依舊輕盈，這令梓棠感到驚喜。

作業期間喉嚨有點乾渴，梓棠繞到廚房倒水，回程經過桌上時，凡尼斯有了反應。

——你　到底　在做什麼？

「作畫。」

——作　畫？　你？

凡尼斯沒有聲音可以說話，但他的筆跡充滿狐疑。

這種複製貼上的行為叫做作畫？

「既然真的要用我們的力量調查，那我不想放過任何可能性。」

——雖然不懂你想做什麼　但　是　有點酷！

凡尼斯並沒有中途打斷他，而是在他休息期間才詢問。這隻手在歷經一段磨合期，多少也學會了溫柔體貼。

確實，梓棠正在複製某幅原作的輪廓。

現今科技發達，電腦繪圖技術先進，他大可以用不費吹灰之力的方法製出複製畫。

但他不想。一來撇開修復室的資源，他私下沒有相關設備，擅自使用引來懷疑也不好；二來是印刷技術再怎麼先進，也無法噴繪出藍山綠水的厚度。

拓印完畢以後，他繼續開始作畫，梓棠一手拿著卡上油壺的調色盤，細心而大膽的將群青色渲染在上半部的畫面上。

「油畫顏料裡，我最不喜歡用的就是群青色。」

畫了會兒，停下畫筆休息時，梓棠這麼說。

——為什麼？

「因為很貴。」

——超　現　實　真的追求美　就　別　說這種話

「說得也是。」

天然群青昂貴，現在多半使用人工的了，而且新的化學顏料層出不窮，若不考慮保存問題，發色同樣鮮麗。

「好吧，其實是以前我還是學生的時候，作畫期間顏料不小心沾上衣服，剛好是群青色。沾了好大一片，就算用油洗也洗不掉。我很喜歡那件衣服的。」

——然後就成　了陰霾？

「是啊，群青色的陰霾。」

凡事或大或小，陰霾的成因通常簡單地令人發笑，糾葛住在心底，通常就是一輩子。

「深藍色的，安安靜靜的。」

〈蓮夏夜〉的夜空是一片藍與黑，梓棠心想，看來到時候他得謹慎點。至少，別穿喜歡的衣服。

《其九》四季巡禮

梓棠與晨荷所居住的臺南，百年前，楊玄同樣也在這裡度過了生涯。這是何其幸運的事。

臺南處處是可以作為絕佳作畫的景點，自古至今都是。按照凡尼斯遺留下的筆記指示，梓棠與晨荷來到第一幅畫〈春斜柳〉的推測實景處：四草。

「就算已經十月了，果然還是很熱啊……」

現今，四草最著名的就是其濕地與紅樹林。

時節已來到十月，不再是盛夏，濕地與湖泊稍微降低了氣溫，無奈走在大太陽底下還是暑氣蒸騰。

四草這一地帶被河流與紅樹林包圍，最有名的無疑是兩邊矮樹林叢生的四草隧道（四草湖），以及湖入口前的四草大眾廟。觀光客必定會經過大眾廟，被廟宇的堂皇給吸引，接著再走近四草隧道的入口搭乘遊船。搭乘小船徜徉紅樹林與湖水的行程深受遊客喜愛，不過梓棠與晨荷都沒有上船，而是在岸邊比對風景與畫作。

透過照片進行比對也可行，不過肉眼總比較可靠。楊玄繪製四季系列時或許刻意統一作品，畫作尺寸均為4P大小。

他們按照順序調查，所謂一年之計在於春，後世普遍將〈春斜柳〉視為四季系列的先鋒。這幅畫譜出春季湖泊與垂柳的景色，水光倒影清澈，有船隻而無人入鏡。整體而言呈現綠與黃的透明色調。

如同凡尼斯的筆記，多數人認為〈春斜柳〉就是參考四草景致，綠色的紅樹林隧道，船隻在翠綠水泊中徐徐前進，不過楊玄將紅樹林改為了楊柳。故也有一說，楊玄參考了柳川之景，那裡的湖泊兩旁植滿了楊柳。

「就是這個角度吧？」兩人比對凡尼斯貼在筆記本上的四草風景照片，和畫作的構圖有幾分神似。

看來是這裡沒錯，他們在自備的地圖位置上畫了個紅圈。

他們也在地點四處拍照，雖然像是無頭蒼蠅一樣摸不著頭緒，但盡可能地留下照片與筆記做紀錄。

「凡尼斯，你有沒有想起什麼？」

——地圖　紅色　圈圈　記得標好

「什麼意思？」

凡尼斯停筆了。感覺像是天氣太熱，私自跑去納涼。

梓棠一臉莫名，晨荷則是有點無奈地笑了，但沒有生氣。

梓棠偏頭思索。「我覺得還是搭一下船好了，比對一下有沒有類似的角度。」

他是不明白楊玄的時代有沒有這種遊船可以搭，但調查仔細點也不是壞事。

「當然好，就當作是和哥哥一起散步吧。」晨荷微笑著同意：「我們好久沒一起出門了。」

於是他們買了船票，剛好趕上即將駛行的遊船。今天有太陽，船上備有斗笠遮陽，晨荷不假思索地戴了上去，然後自顧自笑著說：「好像有點滑稽。」

梓棠在猶豫要不要戴，一來他平常都關在室內裡沒什麼太陽，二來他對於穿戴在身上的公用品有莫名的精神潔癖……結果猶豫的期間他左手突然一伸，凡尼斯搶過斗笠壓到他頭上。

「可能是哥哥也怕熱吧。」晨荷小聲地說。

「……嗯。」好吧，他認命了。

伴隨著引擎震動和導遊的聲音，船開了。船緣的漣漪輕輕撥開水面的樹林倒影，寄居蟹和鳥類在樹蔭隧道下竄動著。景色優美，隧道裡的氣溫也相當宜人，倒是梓棠滿腦子都在專注尋找著楊玄畫作的取景蹤跡。

不久後船隻脫離樹蔭隧道，午後陽光從他們頭頂灑了下來。那個瞬間彷彿晨曦喚醒大地，天空、海面、樹木房子與周遭的人們都甦醒了過來，世界是淡而溫柔的鵝黃色。梓棠感覺自己共鳴到了〈春斜柳〉的意象。

遊船之旅結束後，晨荷走下船，向梓棠坦承：「其實我沒有搭過四草的船呢，這是第一次。」

「我懂，有點當地人反而不會去當地景點的道理。」

「對對，就是這種感覺。」啊，但是我會和哥哥一起去逛街，也會一起去吃東西喔，哥哥有很多好吃的口袋名單，像是……土魠魚羹之類的？」

「……我知道，然後要加很多醋對吧。」

「咦？你怎麼知道？」晨荷驚訝半晌，旋即想到了原因：「原來他帶你去吃過了嗎？

呵呵……都不知道他是貪吃鬼還是單純喜歡吃調味料了。」

「我倒是希望他能夠替我的身體著想一下。」

——我　聽　見　了　喔？

按照季節順序繼續巡禮，下一幅畫作〈蓮夏夜〉的實景位置位於郊區的某座湖畔邊。那座湖既沒有小橋梁連接，湖面上也沒有任何蓮葉，即使按照畫作的時間點「夜晚」來訪，恐怕也對照不出端倪來。

抵達地點後，梓棠和晨荷也拍了幾張與凡尼斯筆記中不同角度的照片，在地圖上標了個紅圈。

接著是秋季的〈秋炎〉，描繪鹽田與黃昏，畫布形成一片宛如野火燃燒的金黃景致。這可謂四季系列中現實色彩最明顯的一幅。

「凡尼斯也寫得很清楚了，這是在井仔腳瓦盤鹽田取景的。」梓棠盯著筆記本的字跡說道。

油畫裡有赤紅色的火燒雲倒映在方格鹽田上，象徵著帶有鹹味的鹽，也是燃燒般的炎，取景處只有可能是這裡。

四草和鹽田的距離太遠了，開車也得花費一小時才會抵達，於是他們決定日落時分再前往鹽田。當中還有一點空閒時間，梓棠將車先駛回靠近市區的地方，因為楊玄的故居就在那裡。

楊玄的故居是間普普通通、毫不起眼的小屋宅，和早期一般古厝沒有分別。

早期有開放部分區域供民眾參觀，後來持有人將其封閉。臺灣多震多濕，故居在九二一大地震時受到損傷，雖沒倒塌但也半毀。

目前，這棟仰賴最基礎維護、無人居住的老舊房屋就沉睡在郊區一處。

據說由於楊玄生前罹患腳疾，房子才會建造在平地處，這種地勢對他的行動而言比較無負擔。

梓棠原本想說碰碰運氣也好，如果能找到些什麼也算幸運。理所當然，破損的故居裡頭找不到任何負責人。這裡與其說是古蹟，不如說像是廢墟。真正有關楊玄的紀錄應該都移到別的地方了。

傳聞楊玄不喜好與人交際，因此畫作以外的紀錄，像是照片或文書之類的文獻本來就比一般人少，若不是安置在美術館或特設文物館，就是由後代子孫保管。文件紀錄分散，且保存狀態不得樂觀。

「哥，你還記得這個地址是什麼嗎？」晨荷指著筆記本上某個潦草寫下的住址。

——仕　紳

「仕紳？」晨荷立即聯想到。「日治時期的？」

「是和楊玄有關的嗎？」有點頭緒了，梓棠接著追問。

——應該吧

楊玄生卒年為一八九〇到一九四七年，橫跨甲午戰爭與二戰結束，在這之前的時期都暫先不考慮。

當時，臺灣總督府多頒發給臺籍的仕紳或商人們「紳章」，視為一種榮譽象徵，目的在於使頂端的菁英人士向政府靠攏。

所謂仕紳，多為具有學識、資本或名望的臺籍人士。生活富裕之餘，也有詩詞畫的雅興。這些人通常也會基於興趣而資助他們認為有價值的學子、研究或買賣。

「……我記得楊玄學畫時曾接受過資金援助，某段學生時期也借住在當地名望王家的屋宅裡，以繪畫報答。」梓棠回想起這名畫家的生平。

梓棠把凡尼斯記錄下來的住址輸入汽車導航，結果顯示不是荒郊野外，是今日內可到達得了的地方。

「離日落還有點時間，不然去那裡看看吧？」梓棠和晨荷異口同聲。

「午安，請問能不能耽誤一點時間呢？」

一位老婦從老屋裡探出頭來，與晨荷對上眼。她立即說明自己的來意。

「抱歉突然打擾您，是這樣的，敝姓邱，我在市內的一所高中任教，是名歷史老師……」

晨荷稍微扯了個謊言，她簡述自己為了尋覓教學材料而走訪市內各地，以日治時期的南臺灣為主題，需要盡可能彙集留存至今的資料。

「我查了一下手邊的資料，得知這裡的王家為當時仕紳之一，他慷慨地幫助了莘莘學子，為當時文化做出許多貢獻。如果您這裡有保存當時的任何文獻紀錄，能不能稍微耽誤點時間，供我們做個閱讀呢？當然，我們不會外借出去。」

她和顏悅色，柔聲柔氣。梓棠待在她身邊，則稱自己是助手。

不知道對方會不會接受這種說詞？這裡現今是隨處可見的一般住宅，他們沒事先取得預約，也不是檢察官或警方那種權威，當場被當成詐騙犯而趕出去了也無可厚非。

佝僂的老婦瞧了晨荷一眼，挑眉問：「……又來？」

「咦？」

「現在年輕人真的是很奇怪，老愛找又舊又破爛的東西。」

「您的意思是……還有其他人來過？」

「是啊，大概半年前左右了吧，說什麼學校用的報告，想要看看資料。他說什麼王家當時資助了某個學畫的，那學畫的也借住過這裡……搞得跟身家調查一樣。」

「婆婆，那個人有告訴您他的名字嗎？」

「早忘了，誰會記得那種事情？」

梓棠下意識看了眼自己的左手，推測：不會這麼巧吧？

老婦發現他戴上手套的左手，又揶揄道：「大熱天的，你不會熱嗎？」

晨荷趕緊搜尋手機裡的某張照片，攤出螢幕。「婆婆，以前來找您的是不是這個人？」

「對，就是他。你們認識？既然這年輕小夥子都找過了，妳幹麼又來一次？」

「……就是這個人叫我過來的，他請我來找您的。」晨荷收起手機，笑著說：「他說有資料沒找齊。我想多教導孩子們一些知識，拜託您了，婆婆。」

老婦瞇起眼，眼角的皺紋更明顯了。她不悅地哼了一聲，走進門裡。

「進來吧。那年輕小夥子整理時飛出一堆灰塵，我嫌麻煩就沒叫他搬回去了。那堆資料現在還放在倉庫裡呢。」

事後，晨荷把給老婦看的照片交給梓棠。手機螢幕裡映照著一名年輕男子，梓棠有印象，在刑警沈行墨把他叫去問話的那次，他有看過。

照片裡，凡尼斯——趙光有的笑容燦爛。

古宅地下室的塵埃滿天飛，弄得梓棠與晨荷屢次咳嗽。表面謊稱搜尋王家仕紳資料的兩人，實際上只打算找出有關楊玄的情報。文書、照片或是畫作草稿，什麼蛛絲馬跡都行。

凡尼斯會留下這裡的住址一定有他的用意在，可惜這隻左手的記憶力總有缺陷，梓棠問不出更深入的細節。

凡尼斯曾經來到這裡調查過，他所翻出的資料堆在倉庫的書櫃旁，形成一個小小書塔。

就如老婦所說，平時沒人會進這倉庫，抽出來的雜物也原封不動放在那兒。梓棠甚至看見地下室的鐵門上黏著陳年蜘蛛網。倉庫內密不通風，地下室也沒有窗戶，不一會兒就汗流浹背。

「直接從哥哥找過的資料開始檢查，會不會更快？」

「……嗯，妳說得沒錯。」

他們最多只有一個下午的時間，如果下次又來拜訪老婦人的話，恐怕會引來不必要的疑心。手腳越快越好。

兩人在凡尼斯經手過的雜物裡找到一個生鏽鐵盒。卡得很緊，硬是扳開後，雙手都沾滿了鐵鏽。

鐵盒裡放著幾張書信、謝辭還有幾張照片。文書上稍微提到楊玄的名字，看來是當年楊玄寫給王家的感謝信，其他信件也類似如此，幾乎都是日文，只能稍微透過漢字推敲內容。

梓棠保險起見，拍了照片做紀錄。

接著是鐵盒裡的舊相片。他們找到一張發脆發黃的兩人合照，上頭摺痕斑駁，拿起相片時差點以為它會支離破碎。

泛黃相片裡有兩個人，其中一個梓棠見過，是楊玄本人。這估計是梓棠首次在教科書以外的地方瞧見這人的相貌。

與楊玄合影的另一名男性，目測年齡比楊玄年輕，是正值壯年的男人。

梓棠拿起照片時，凡尼斯的左手抽搐似地抖動一下。受到驚嚇的梓棠力道一縮，右手握住的照片差點被他抓皺。

「想起來了嗎？」

梓棠盯著照片，他從沒見過合照的另一個人。

「凡尼斯，這個人是誰？」

接下來，凡尼斯寫出了個不只晨荷聽都沒聽過，連梓棠也無比陌生的名字。

——張皓凡

梓棠開始嘗試調查名為「張皓凡」的男性，進而發現這人竟然也是名畫家……更正確而言，該說是「畫畫的人」。

如同合照所顯示的，張皓凡與楊玄為同時代人。

相較於可以輕易在教科書與各展覽找到蹤跡的名家常客，張皓凡幾乎默默無聞。他的名字鮮少暴露於大眾，梓棠花了一番心力，才勉強在文獻裡找出這人的少量資料，最多只有找到畫作名稱，真跡均遺失，一幅也沒留下。

說不定梓棠就學期間有聽過這人的名字，只是隨時間流逝遺忘了。

歷史多半只會讓人記住縱觀局面「重要」的人，重要的真相才是真相。

楊玄和張皓凡的合照，加上凡尼斯提起這位無名畫家的名字，代表兩者必定有關聯性。

那麼，接下來該怎麼找下去？

※

梓棠照慣例前往醫院複診。為了配合複診時間，某天工作日早上他請了半天假前往醫院。

檢查結果良好，他有按時服藥，身體無異狀。

曦予半開玩笑似地問他：「那隻左手妖怪沒再跑出來作亂了吧？」

梓棠呼攏般地笑著說：「是啊，之前可能真的是我在夢遊吧。」其實他猜不出來何醫生究竟信不信這套。他連這醫生「是否真的相信凡尼斯的存在」都猜不透。

「對了，之前你和晨荷小妹拜託我查的東西，我這裡的結果也出來囉。」

今天診療室沒有護理師協同，曦予的態度輕鬆又坦然。他拿出一份檢驗報告，是前陣子私下委託他調查〈蓮夏夜〉表層水垢成分的結果。

「話說回來，小畫家，怎麼會突然要我找人化驗這種東西？這不是歸修復室管嗎？」

「委託修復室的話太慢了，所以才拜託醫生。」

「那你這陣子都在做什麼？」

「嗯——最近在培養畫畫以外的興趣，所以到外面讀書了，還有運動之類的。」

「怎麼不乖乖待在家裡啊？」

「有點待悶了。」

梓棠說謊的時候臉色平常無異狀。基於某些臆測，他暫時想減少待在自家公寓的頻率。

梓棠更不想在住處談及重要情報，因此都往外跑，不然就是去晨荷家進行討論。這對不喜好出門的他而言甚是罕見。

「不過你提供的樣本也真是仔細，竟然連當初黏在畫上的水草碎屑也留著。」

多虧〈蓮夏夜〉的畫框有雕刻裝飾，海水裡的碎屑與汙垢有部分卡在畫框的紋路縫隙裡。梓棠清潔畫作時，將沾有汙漬的樣本留了下來。

「我看看喔——你說這幅畫是被水災波及，從出海口裡打撈上來的對吧？那可就奇怪了。」

曦予將紙本報告翻到其中一頁，攤給他看。

梓棠順著曦予所指的文字閱讀下去，大多成分都如他預料，只是順著看下來卻發現沒見過的字樣：Alisma canaliculatum。

「窄葉澤瀉，澤瀉科澤瀉屬。」曦予說。

「……窄葉澤瀉？」

梓棠生硬地複誦一次這聽都沒聽過的植物名，好像在唸咒語。

「那是什麼？」

「沾在畫上的水草名稱。比較妙的是這水草不是長在海邊的，而且臺灣北部才有生長喔。去年水災再怎麼厲害都沒淹到北臺灣吧。」

曦予手肘貼靠著桌面，笑嘻嘻地拄著頭。他欣賞著梓棠因猜疑而緊皺一起的面容。

「如何，我是不是幫了大忙？」醫生笑著邀功，梓棠沒餘裕搭理他。

※

弔詭的插曲再添一樁。

下午，回到修復室工作的梓棠，發現辦公桌上堆著他沒見過的信封。

「……給我的？」

梓棠看著行政人員分類完，轉交到他辦公桌上的信件。

信件量已經比前陣子〈蓮夏夜〉熱潮時減少很多了，但不時還是有追問畫作訊息的信件。匿名信件的收件人多半是修復室的代表劉絧，有時候也會跑到他這裡來。

光看信封實在難以將這些信與重要信件做區分，只能一封封拆來看。

他撕開特別薄的掛號信封，外觀樸實無華，起初以為是請款單之類的薄紙，或是廣告宣傳單。

仔細一看，的確是封匿名信，哪裡都找不到寄件人姓名。

裡頭信紙用電腦印刷出令他頭皮發麻的字眼：

——停手吧，周梓棠。

——你的所作所為，一輩子也不會獲得原諒。

——憑你那雙手，怎麼可能修復作品？

一陣乾嘔湧上喉嚨，後腦杓彷彿被鋁棒打了一記似的。

梓棠的心跳漏了一拍，意識恍惚又噁心，視野差點扭曲成一片冬雪臘梅，是〈語冬〉的景色。

〈語冬〉逐漸被火炎吞噬，表面蒸騰出高溫燃燒時的坑坑疤疤。

梓棠捏緊信紙，手扶著桌面以免站不穩，他強逼自己脫離記憶的漩渦。

他立刻將信中的指責聯想到被燒毀的〈語冬〉一事，究竟是誰寫的？

梓棠繼續推測，這陣子因為他頻繁外出，鮮少待在自家公寓裡，犯人難以捕捉他的行蹤，心急起來，才會寄這封信給他？這代表犯人果然有管道監視他？

「——梓棠，有空嗎？有事想和你談談。」

梓棠吸口氣，回首一看。「……室長？我知道了，這就過去。」

他點點頭，劉緗先走進了室長辦公室等他。

梓棠看著手中的恐嚇信，思忖半晌，將信紙收回信封，一起帶進辦公室裡。辦公室門上鎖，他們對坐在會客用的茶几前。

「室長，是有關〈蓮夏夜〉的事情嗎？」

「不……其實是之前就想問你的別件事。我收到這個。」

她從抽屜裡拿出紙張，是有簡單對折並且有膠帶黏貼痕跡的A4影印紙，也附著和梓棠手中類似的白信封。

內容都和梓棠收到的匿名恐嚇信一樣。

「從上上個月起……高中生來修復室參訪時，收到了第一封。我在想，可能是有人趁著外部民眾大量湧入CCS時趁亂偷渡進來的。」

劉緗指指有膠帶痕跡的白紙。

「接著之後不是出現了四季熱潮嗎？我收到了很多信，裡面又混著和這一模一樣的恐嚇信。」

梓棠低頭端詳桌上的紙頁，同樣的信累計了好幾封，一回生二回熟這詞在這種情況也適用，他不再像剛才收到恐嚇信那樣顫慄了。

「梓棠，所謂事出必有因。我坦白說吧，在那之後我有偷偷觀察你的動靜，說不懷疑是騙人的，你是不是私底下在進行著什麼？」

「沒這回事，妳誤會了。」

「突然缺席的情況也很頻繁，如果你什麼都沒做，怎麼會收到這種東西？」

「室長，其實我也收到了同樣的信。」

他帶進來的信件正好派上用場。這下也省得多費脣舌。

「而且，說不定……我知道這些紙條是誰寫的。」他蹙眉，撇過視線，懷疑人一向令他的良心受到苛責。

「什麼意思？」

傍晚日落時，梓棠駕駛著汽車，獨自前往〈秋炎〉的取景處「井仔腳瓦盤鹽田」。之前本來預計於黃昏時分和晨荷前來的，只是中途前往民家搜尋資料，耗費了一整個下午直到晚上，意外得知張皓凡這個新線索，卻也無法趕在日落時抵達鹽田。這次算是補償之前的不足。

切割方正的鹽田與赤輪共舞，水面靜靜地燃燒，梓棠的眼鏡鏡片也染上了一點赤橙色。

凡尼斯遺留的筆記隨著頁面往後，筆跡愈發潦草，最後幾頁更是直接將錯字用墨水塗黑，筆跡醜陋又凌亂。極有可能是在某種「狀況」發生前慌亂寫完的。當中所沒記載或不清晰的情報，這次將由梓棠接力完成。

「凡尼斯。」

梓棠在駕駛座打開車窗往外看，能眺望夕陽正沉入遠方的一畝畝田裡。

「如果真相證明你確實是自殺而死的，你會怎麼辦？」

——我會哭吧

「一隻手是要怎麼哭啊。」

——哭完以後　乖乖接受

——畢竟　是　「真相」　嘛

「那……無論真相如何，我都會負責修好那幅畫。」

——周梓棠？

「我會負責修好〈蓮夏夜〉。這是只有我才能做到的事情。」

梓棠對著凡尼斯的字跡說道。他的眼神溫柔，也堅定。

「這是曾經毀了〈語冬〉的我，必須做到的事情。」

※

酒吧裡，林茜放下酒杯。

被她搖晃好一陣的杯中物，裡頭的冰塊早已融化，酒水的琥珀色稀釋淺淡。從頭到尾，她一口酒也沒碰。

她著魔般地反覆心想：書也讀了，考試和進修也準備了，能展現自我的，該做的都做了。但還是比不上，室長從來沒把注意力停在她身上。

林茜滿腦子都是周梓棠。

總是獨自坐在畫架前，不吭聲進行修復作業的周梓棠。

背桿挺直，那副身姿比什麼都來得寂寥。如果寧靜會說話，他肯定能將這些靜默譜出最柔美的樂章。透過他手中的畫筆。

她能察覺出來周梓棠想必是掏空了人生的某些事物，才有辦法讓自己的背影變得那麼輕盈而透明，透明而空虛。

她不想承認都不行，自己贏不了那個人的。

周梓棠靈魂的重量太輕了，所以他肯定能帶著那些畫，比她走得更遠更遠。

※

之後幾天日子可說是風平浪靜。

宛如〈蓮夏夜〉與凡尼斯死亡的事情本身就是夢一場。

梓棠回歸昔日的習慣，下班後也持續作畫。但他換了個方式——他終於承認把租屋處當畫室不太妥當，於是問房東有沒有另外的空房間或車庫可以另外租給他。

梓棠很幸運，房東正好有間車庫充當倉庫使用，願意以便宜的價格租給他作畫。梓棠花了幾天打掃和搬運畫材。準備就緒後他又重回那段上班、修復下班作畫的日子了，只是地點從自家公寓變成了老舊車庫。

至此，租屋處正式淪為「只用來睡覺」的地方，他總是到了深夜才回到家中梳洗就寢。

梓棠嘗試重新開始〈語冬〉的臨摹，那些綻放的臘梅，可惜他依然摹不出原作的神韻。

到了早上，他就和上班族一樣出勤，抵達ＣＣＳ，進行長時間且耗費心神的細微修復作業。

「學長，早安呀！」

「早安，小茜，妳今天也很早來呢。」

「嘿嘿，我好像已經習慣這個時間到了。倒是學長，你臉色好像有點蒼白？是不是身體不舒服？」

「沒事，最近有點睡不好而已……假日我再好好休息。」

梓棠沉澱下心靈，套上深色圍裙，在後面打了一個結，接著捲起襯衫袖子，戴上手套。

前置作業準備完畢，他拿起調色盤與畫筆，坐在一幅全色中的畫作前。

修復室整體而言只有在「四季熱潮」那段期間雞飛狗跳，現在已回歸原本的步調。在這樣的靜謐空間裡作業，梓棠向來能得到可貴的安詳。

林茜今天也在替另一幅畫上色，就坐在他身邊不遠處。有時候覺得工作枯燥了，他們會有一搭沒一搭開始閒聊。

「總覺得最近特別忙耶。」

林茜開啟了話匣子，視線沒動，盯著畫布說：

「但是怎麼說呢，學長，今天真是難得的一天！」

「怎麼這麼突然？」

「沒什麼，只是覺得好久沒有像這樣靜靜坐下來工作了。」

「是啊。」

梓棠可是心有戚戚焉。他從早到晚忙得昏天暗地，時光眨眼間飛逝。

「之前那幅〈蓮夏夜〉要是真的是真跡就好了。」

「如果是真的的話，我真想試著修復看看！修復名畫一直都是我的夢想。」

「這樣啊。」

「但是應該沒辦法啦，我笨手笨腳的，還是交給學長修完比較保險。一有個閃失我承擔不起嘛。」

「沒這回事，我能做得到的事情，小西一定也能辦到的。」

「呃、你太抬舉我了啦……不過，還是有點令人開心。」

說著說著，林茜放下手邊工作，轉向梓棠，端詳著他運筆的動作。

「學長，這陣子觀察下來，你的動作……真的和事故前沒有任何分別。」

她試著使用比較不帶刺激的用字遣詞。

「真的很神奇，這說不定是人類醫療史上一大進步。」

「嗯，多虧有這隻手，我才有辦法像這樣回到工作崗位……啊。」

梓棠忽然發出驚呼，縮了一下手。他盯著擠在調色盤上的顏料，群青色的那一區塊，又瞧著自己圍裙下的衣衫，沉默起來。

「怎麼了嗎？學長。」

「只是突然想到，我今天沒注意，穿了新衣服過來。」

他聳聳肩，其實也沒什麼大不了的，就這樣吧。

「以前不小心讓喜歡的衣服沾到顏料過，洗都洗不掉，從那時候起就養成作畫時絕對不穿新衣的習慣了。」

「我懂我懂，可以弄髒的工作服很重要嘛！如果ＣＣＳ有提供作業服或制服就好啦——不過說實在的，我還是喜歡穿自己喜歡的衣服上班。五顏六色的比較可愛。」

「我那時候弄髒的是件白色的衣服。」

「啊！好可惜，那沾上藍色真的很顯眼。」

「是啊，很顯眼。」

梓棠持續凝視著畫布，卻不再動筆補色。他不擅長一心二用。

「小茜。」

「嗯？」

「我是有提到衣服沾上了顏料。」

他放下筆和調色盤。

「但我沒說是藍色。」

「……學長？」林茜尷尬地搔搔臉。「啊、哈哈！口誤口誤，是我剛好在用藍色啦。」

「我只有在自己的住處裡提過我討厭群青色這件事。公寓裡，一個人。」

他用前所未有，連他自己也不敢置信的冷然神情，正眼凝視林茜。

林茜無法躲避他的目光，笑容愈發僵硬，好像有張面具掛在臉皮上似的。

面具逐漸剝離，她左右張望，唯唯諾諾，最後索性垂下臉。升起的血色使面頰開始脹紅。

室內的空氣開始凍結。溶劑、顏料、畫用油交融在一起的氣息一齊沸騰，從來沒有這麼刺鼻過。

油畫科的工作區域，就單單他們兩個人。

梓棠繞到工作桌後方的個人置物櫃，拿出事先準備好的紙張，共兩張，一張是有著膠帶黏貼痕跡的A4白紙，另一張是從信封裡抽出來對折過的信紙。

上頭的內容相同，均是電腦印刷的字體。

周梓棠，你的所作所為，一輩子也不會獲得原諒。

「〈語冬〉。」梓棠道出成為他心魔的畫作之名。

林茜的肩膀微微一震。

「小茜，這些紙條和信，是妳寫的嗎？」

見她不作聲，梓棠換了個問題。

「信上指的不會獲得原諒的事情，是指〈語冬〉對吧？」

「……」

如果林茜搖頭否認，或繼續裝傻下去，梓棠會立刻對自己的無禮道歉。他從來就不想這樣懷疑人，何況還是長年與他一同嘻笑閒聊，共用同一張工作桌的夥伴。

林茜卻遲遲沒有反駁。

為什麼他前往凡尼斯住處時會被埋伏偷襲？

為什麼認定〈蓮夏夜〉可能為真跡的情報會風聲走漏？

那些不可公開，他與凡尼斯只敢在自家房間討論的祕密，全都像是魚缸破裂的水流般洩漏了出去。

梓棠與凡尼斯導出了結論，不是有人趁他不在時潛入他家裝設竊聽器、否則就是他無意間把什麼「外來物」帶進了房間。連帶異狀發生的時間一起推論，梓棠只能認為十之八九——林茜最初送給他的永生花裝飾，裡頭可能埋著針孔攝影機。

若是如此，林茜過分在意他的左手狀況、他在凡尼斯生前住處遭偷襲、〈蓮夏夜〉可能為真跡的消息外流、曾經沾染過衣服的群青色顏料，一切都將有跡可循。

有關〈語冬〉一事，梓棠只有在公寓內與凡尼斯稍微提及過此事。他在醫院當然也有提過。坦白說，他一度懷疑過在場的晨荷，甚至是搭救他的何曦予醫生。

情理使他糾葛，且那兩人相較之下沒有機會在他住處設下陷阱。晨荷從沒進過他的公寓，醫生在某次突擊拜訪之前，劉絪就已經收到第一封恐嚇信，時間點對不上。

晨荷或曦予如果有意加害他，根本不用大費周章監視，多的是其他方法。曦予甚至當年就能讓他死在手術檯上。

而今，事件真相大白了。非但沒有讓他從被窺視的緊繃感中解脫，甚至酸澀又痛苦。

這段期間內，梓棠沒有刻意挪動永生花的擺設位置，他的疑心會透過針孔全傳送給犯人，這也是他前陣子為何盡量避免待在家裡的主因。既然無法移動擺設，那至少別讓攝影機拍攝到自己。

「小茜，為什麼要做這種事？」

「……」

「可以告訴我理由嗎？如果妳有什麼苦衷，或是我無意中冒犯到妳的話，我很抱歉。」

林茜深深吸口氣，握住畫筆的手在發顫。

「……你總是這樣……」

「小茜？」

「……我明明問了很多次。你的手真的沒事嗎？身體承受得住嗎？我問了很多次。」

崩的一聲，梓棠彷彿聽聞某種繩子斷裂的聲音。

林茜壓抑住甩開調色盤與畫筆的衝動，將畫具粗魯地拋到工作桌上，沾附在筆刷的顏料彈起。

「你是真的聽不出我的意思嗎？還是以為裝傻就可以繼續留在這裡？既然已經是個殘疾，就別回來搶我的工作啊！」

顏料四濺，沾上林茜的圍裙與衣衫，沒有沾上她正在修復的畫作。

「周梓棠，你總是這樣，動不動就壓低身段，裝作一副清清白白的模樣，那樣令你很有優越感吧？現在是，以前在學校的時候也是！你難道不知道你自以為清高聖賢的時候，旁邊的人作何感受嗎！你之所以能夠這麼從容，是因為打從一開始，你和我們的起跑點就不一樣！」

林茜的怒吼聲如煙霧般往高處蔓延，引來了回音。耳鳴嗡嗡作響，梓棠怔在原地，眼前的人已經不再是他所認識的那位開朗樂觀的女孩了。

「說到底，打從以前開始，受到矚目的永遠都是你……」

林茜回想起學生時代的種種過往，無論是術科才能或單論討人喜歡的特質，她永遠都只能走在這個人的背後。

「還敢問我有什麼苦衷……你又多了解我了？你以為這是我願意的嗎？從學生時代起就永遠活在你的影子裡，怎樣也無法追上你的痛苦！你說你有努力過，難道我就沒有嗎？像你這種一帆風順的天才，哪可能理解我們這種凡人的心情？」

「……努力這種事情不是用來和他人比較的。」

「這些我都知道！但是……但是，我只是不想再被你搶走焦點而已……」

林茜像是感受到惡寒般搓著手臂，蹲下來，發出似哀號又像哭泣的呻吟。面容扭曲，憤怒、愧疚、悲傷混合在臉上。

「我想過好幾次了……為什麼總是你受到眷顧，像你這種人要是經歷什麼挫折就好了，最好一蹶不振，再也沒辦法回到業界裡……結果這麼想的時候你就發生了車禍，接到消息的時候，我不知道有多高興。但是我也很害怕！是我的詛咒成真了嗎？我怕到哭了！」

修復學是一門仰賴經驗，勤勉者必能得到回報的職業。然而勤勉的凡人與勤勉的天才，兩者的起跑點本身就差了一大截。

林茜深知自己是凡人。

她再怎麼勤勞努力都永遠無法追趕上資質好的另一群菁英。

天才最令人可恨的地方，就是掌握了一般人所沒有的天賦卻又比一般人更努力。打從一開始，他們的起跑點和路徑就不存在著平等。

「周梓棠，到底是為什麼？為什麼你還有辦法回來？」

「……小茜。」

「明明失去了手卻得到可以繼續工作的異體移植？這是什麼運氣，太可惡了吧？你把我們這些努力付出卻沒有回報的人當白痴耍嗎？」

「——那妳又理解我多少了？妳懂我的人生遭遇過什麼嗎？」

梓棠不帶厲聲的反駁以某種沉靜震懾住她，她當場抽噎一口氣。

「我這隻手，還有妳看見的那些東西……妳以為這些是我想要的？如果可以選擇，我根本不想要這種人生，要是際遇可以轉換的話，妳要多少我全部都可以給妳！耍這種小手段對妳而言沒有任何好處！」

沉澱在胸臆多年的痛苦淤泥被林茜的聲音翻攪了上來，形成一股平靜卻又懾人的怒火。梓棠向來有獨自懷抱所有傷痕的自信，可此刻，他卻不知怎地再也壓不下了。

「……別以為一件事情的成功不用花費任何代價。努力？那是理所當然的吧？這世上誰沒努力過？我倒想問問，妳怎麼還能用得意洋洋的態度炫耀自己努力是件很值得稱讚的事情？」他上前一步連番質問，異常寒冷的眼神狠狠咬住林茜啞口無言的神色。

「什……！」

不只林茜，連梓棠都被自己的話語之凶狠震懾住。他卻沒有辦法阻止自己閉嘴，心中有股聲音慫恿著他：即使能忍，你也沒有必要再忍了。

在這世界，他們哪個人誰不是嘔心瀝血、經歷無數的犧牲與妥協、只為去成全心中目標的完美呢？

努力沒有度量衡或尺標，找不到盡頭，又有誰有資格將人劃分為「努力」和「不努力」的人呢？

「小茜，說實話，我一直都很羨慕妳。」

「事到如今又在說什麼奇怪的話……！」

「我是真的很羨慕妳！」

梓棠知道林茜憧憬著他，可他也同樣羨慕著林茜。他打從心底羨慕得不得了。

那種對畫作投以最純粹情感的熱忱，他老早就沒有了。

早就擁有那麼多平凡的她，事到如今還在向他索求什麼呢？

「小茜，我一直相信……一個人的品性和高度，取決於那個人會以怎樣的心態對待文物。至少，我是以這點作為基準的。只有打從心底想延續文物壽命的人，才有辦法盡可能恢復作品的價值。那樣的人才能修好東西。」

梓棠只能相信自己所謂的「價值」，和過去他的家人與親戚口中的「價值」，是不同的東西。

「我是為了不再重蹈覆轍，為了償還才選擇這份職業的。那麼，妳呢？妳的初衷是什麼？」

「現在說這種事情又有什麼用！你是想用什麼大道理感化我嗎？」

「小茜，妳是自己打算這麼做的嗎？」

「……」

「是誰指使妳的？」

林茜抬頭看了他一眼，眼神充滿寂寥，她乾笑。

「要是我那麼聰明能夠知道對方的身分……打從一開始也用不著嫉妒你。」

那乾笑已不見一縷昔日甜美，不，說是這才是真實樣貌也不為過。她向來只會在酒吧裡顯露的那種神情，總算浮現在臉上。

「對，是我做的！『楊先生』說只要協助他，遲早能夠讓周梓棠滾出修復室。沒了周梓棠，CCS就會更重視我。」

當然，楊先生不會告訴她，失敗了她就會成為棄子。

林茜一面拆下圍裙與手套，看也不看梓棠。

「我自己會和室長提離職的。鬧成這樣我也待不下去。你要報警的話就儘管去吧。就算警察能抓到我，但幕後的指使人會不會乖乖被逮是另一回事。」

「妳說指使你的人自稱是……楊先生？」

「你是想猜那個人就是楊黎嗎？他的真實身分是什麼我才不在乎！」

梓棠能追逐到血液的流動與升溫，情感的最高點集中在左手臂，手腕與胸口都在發燙。苦楚中有背叛，不解，疏忽所造成的愧疚，也帶點憤懣。

起跑點從來就不是公平的，如林茜所說的，梓棠有天賦，有資源，有比起同儕來得傑出的領悟力。但是他所不足的東西呢？他所毀掉的〈語冬〉，他失去的左手，這些該找誰抒發不平？那是他今後再努力十倍百倍也無法贖回的東西。

就某方面而言，我和林茜是一樣的。梓棠定睛在林茜完好無傷的左手臂。

梓棠的脾氣總是溫馴得八面玲瓏，順應他人，維持柔軟如水的身段，待人處事都裝作無關痛癢的豁達，因為那是最為輕鬆的處事方法。

他與林茜的差別就在於林茜再也無法隱忍這種痛了，才會選擇了錯誤的方法。

眼見林茜的背影逐漸遠去，他握緊拳頭，張開乾渴的嘴。

「……等一下，小茜。」

林茜停下腳步，卻沒回頭。

梓棠深呼吸，語調平順。「我有事情想拜託妳。」

「……都撕破臉到這種地步了，還指望我幫你什麼忙？」

「妳和我一樣，都想知道『真相』吧？」

凡尼斯與李橙川的真相，〈蓮夏夜〉的真相，張皓凡的真相，他有無數個謎團想釐清。林茜心裡肯定也有她想追逐的那道光。

「那個叫做楊先生的人……既然他指使妳做這種事，不就代表那人在阻止我們追查下去嗎？而那個被隱瞞的實情很有可能和〈蓮夏夜〉有關。」

「……我從頭到尾的目標都是讓你離開這裡而已。我無法和你在同一個地方工作。」

事實證明她失敗了就是。走遠的林茜總算回首過來。

「學長，透過針孔看到你的模樣……你和你那隻左手的互動，我真的覺得既恐怖又噁心。」

她掩住自己笑著的臉龐，笑容充滿了自嘲，像哭又像笑。

「說出來也不會有人信的，那根本就是怪物，一點邏輯性也沒有！你今後也打算和那種怪物共處嗎？」

「一開始我也這麼認為。可是現在……我已經不會這麼想了。」梓棠不帶躊躇。「ㄗ在變成這副模樣以前，我和他，都是普通人。」

我們直到現在仍是普通人，梓棠也這麼告訴自己。

「指使我的那個人，他似乎知道你的過去，學長。」

「……妳是指〈語冬〉的事情嗎？」

「不然我怎麼會知道得這麼詳細？光透過針孔哪看得出來？你只有在房間裡稍微提過你父親收藏過那幅畫而已。」

她吁出一口氣，稍早激動而飆高的體溫，漸漸冷靜下來。

「楊先生只有叫我把花送給你，之後就沒有任何直接聯繫了，最多也只會透過酒吧的酒保轉達訊息。我自己也明白自己只是被利用的墊腳石，但是無所謂，只要有方法能把你趕出這裡都好，那時候的我是這麼想的。」

「……至少在事情調查完畢以前，我是不會走的。」

「隨你怎麼說吧，我確實趕不走你，但你會不會因為其他理由而消失？等著看吧，未來還很長呢。」

林茜再次走近梓棠，悄聲對他說：

「……別處分掉房間裡的永生花，別移動位置，繼續放在原位。」

「我明白。」

「保持和平日無異的生活作息，對方暫時不會察覺到異狀。」

語畢，林茜轉身離去，再也沒有回頭看一眼。

方才對峙的那段期間，嗅覺好似麻痺了一樣。一旦繃緊的神經獲得解放，顏料與溶劑的氣味再次鑽入鼻腔裡，梓棠皺起眉梢，咳了幾聲。

沒來由的預感告訴梓棠，不可以冒然相信任何人。

※

刑警沈行墨聯絡了梓棠，說是有事情想談談，希望他能夠來警局一趟。

梓棠不疑有他，案情的好與壞他都有必要知情。

這是他第二次來到警局，同樣的房間，同樣的桌椅，同樣的談話人。

沈行墨將門關起來，房內就他們兩個，隔了張桌子。他受到的待遇不差，至少有得到一杯水。

「周先生，照理而言是沒有必要特地告訴你的，不過你也算半個關係人，所以今天這些話我們就低調行事吧。」

「好的。」

「我單刀直入地說，這樣比較快。」

沈行墨開口時，梓棠就明白他會挑重點講，迅速結束這場對話。

「首先，李橙川確定是趙光有所殺。案子我們會就此告一段落。」

「……是找到了什麼關鍵證據嗎？」梓棠有心理準備，但他沒預料到是這麼無法轉圜的結果。

身為凡尼斯的家屬，晨荷已經知道這個消息了嗎？凡尼斯的雙親呢？沈行墨有聯絡他們嗎？

「遺體解剖後，從李橙川的胃裡找到了這個。」沈行墨拿出一張物證照片。是張紙條。被墨水染色、粗魯地摺疊成小塊的紙條呈現在照片裡，攤平開來，有紙張摺疊的痕跡。

上頭寫著幾個字，油性墨水被不明液體暈染，紙張變色，字跡顫抖而醜陋，寫出來的字不完整，但梓棠看得懂。

趙光有。紙條上寫著趙光有的名字。

「經過比對後，確認是李橙川的字跡。推測是凶手不注意時，李橙川做的最後抵抗。」

把證據吞進去就不會被發現了。沈行墨說。

——梓棠藏在桌面下的左手焦躁起來，他按住凡尼斯的手腕，試圖遏止對方的怒氣。

「關於犯案動機，推測是李橙川與趙光有起了爭執後被趙光有殺害，半年後趙光有畏罪自殺。」

「那麼……那個不明委託人，楊黎的行蹤呢？」

沈行墨搖搖頭。「查過了，到處都找不到這個人。」

「沈刑警，你……接下來會怎麼做？」

「什麼都不做。」

「什麼？」
「被害人與加害人的遺屬都表示希望事件就此告一段落。」
沈行墨的語氣不太有抑揚頓挫。
「被害人和加害人都已經死亡，把罪刑冠在死者身上沒有實質意義。雙方遺屬也沒這個意願，調查決定到此為止……上頭是這麼命令我的。」
沈行墨說出最後一句話時，聲音似乎有點苦澀。
但是凡尼斯並不是凶手。梓棠忍住想辯駁的衝動。
「刑警，你真的認為趙光有是自殺嗎？」
「……我之前有向你說過，無論如何都希望你們能修復好〈蓮夏夜〉。」
沈行墨沒有正面回答他的問題，但他說這些話時，梓棠捕捉到他鮮少流露的情緒。
「那幅畫，我想對各方而言，都是種慰藉。」
這位刑警是不是被上頭施加了什麼壓力?所以才無法繼續調查下去?
「今後，如果……」真的只是如果，沈行墨強調。「如果又有其他發展，我會再聯絡你。」
但我想不會有那個機會了。沈行墨說道。

《其十》語冬生

「——〈語冬〉的可能取景處，就是這裡嗎？」

十一月初，再怎麼高濕悶熱的南臺灣也染上秋季涼意，山區更不在話下。

梓棠穿著便於行動的保暖衣物，行走在山間，呼吸吐氣不時形成白煙。今天的調查之旅只有他和凡尼斯，晨荷沒有跟來，基於各種推測，他們決定盡可能分頭調查，並減少碰面的機會。

汽車導航向來會把人帶到奇怪的地方，例如水田或死路。開車老半天，梓棠將車子停在山腳，按照筆記與地圖的指引抵達某座山腰處。

〈語冬〉是四季系列中最後一幅，也是最難推敲出確切取景處的作品，其實景處眾說紛紜，凡尼斯生前在筆記本裡記錄出了最有可能的地點。

「這個角度，不對……這樣看也不像……傷腦筋。」

梓棠在定點待了老半天，綜觀全場，透過各種方位觀察，都無法確切找出和〈語冬〉吻合的角度。這裡的樹林雖與畫作相似，但既沒有種植臘梅，這季節也沒有雪，幾乎無從比照。

「你真的認為是這裡嗎？」

——這個作品最難　幾乎沒人找得出　來

梓棠對〈語冬〉憶舊傷懷，在遇見凡尼斯以前，他當然也對取景處抱持各種臆測。

心中的期待與糾葛，在他白跑一趟後帶來更大的失落。

他拍攝各種角度的照片，也試圖爬到較矮的樹上提高視野。經過一番波折後依然沒有收穫，他才決定下山。

走回山腳處，他坐回駕駛座，本打算服藥的，動作卻突然停了。

——怎麼啦？

「只是想到一件事。」梓棠停止握住礦泉水的手。「服用抑制劑是為了讓身體和移植過來的異體更契合，減少排斥反應。如果我繼續服藥下去……」

凡尼斯，你是不是會漸漸消失？

他話語未落，左手就迅雷不及掩耳地抓過藥錠塞到梓棠嘴裡，轉開瓶蓋，又把水灌到他口中。「你做什——咕嚕咕嚕！」梓棠差點沒被嗆死，只能把藥吞下去。

這根本是灌食吧！他被嗆出了眼淚，一連咳了好幾聲。

——別想那種有的沒的

「你到底……是什麼東西呢。」

——死人的執著吧

——願望成了　執著　遲早會消失

「……」梓棠無法回話，這種氣氛說什麼都不對。

他轉換心情，拿出凡尼斯生前的筆記本和地圖。

如此一來，單論國內，四季系列的四個取景處都走遍了。凡尼斯的筆記越到後期越凌亂潦草，也有跳行或疏漏，左手「本人」呈現記憶曖昧狀態，梓棠只能盡可能讓找到的資料補足凡尼斯的筆記不足。

他攤開紙本地圖，將〈語冬〉取景處畫上圓圈。現在，地圖上有四個紅點。

啪沙！握住地圖紙一角的左手忽然鬆手。

「凡尼斯，你做——」你又怎麼了？梓棠來不及抗議，左手就被無形的力量牽引過去。

凡尼斯搶走紅筆，將他們拜訪過的四個地點，也就是推測為四季系列取景參考處的四個紅圈，對角處與對角處連線，共畫出兩條直線。

這兩條線有交疊處，在地圖上形成一個叉叉。

凡尼斯扔開筆，用左手食指點了下叉叉，兩條線的交叉點。梓棠不明所以「啊？」了一聲。地圖上，兩直線交叉點的位置顏色和平地不同，是山區或森林那類海拔比較高的地方。

——去

「什麼？」

——去　那　裡

凡尼斯丟下這幾個字，就消失了氣息。

另一方面，下山之後手機終於恢復了訊號，梓棠手機螢幕跑出一排未接來電與訊息，全部都來自邱晨荷。

晨荷給人乖巧嫻靜的印象，怎樣也不會做這種奪命連環 Call 的人，會不會發生了什麼事情？梓棠連忙回電。

『我找到張皓凡的資料了。』晨荷接通後，馬上說出重點。
「上面寫著什麼？」
『張皓凡當年被懷疑參與武力抗日「西來庵事件」而被處以有期徒刑。釋放不久後，在其山中住所找到了遺體。』
「……被懷疑？意思是他其實沒做？」
『沒錯，很有可能是清白的。本來處以無期徒刑，洗清嫌疑後才出獄。』
西來庵事件為日治期間規模數一數二的武裝抗日活動，當時政局混亂，多人被處以死刑，當中也包括未參與抗日卻被獨斷懷疑的無辜民眾。此審判引起社會巨大反動，日本政府因此重新審理，後來多改為無罪釋放或無期徒刑。否則張皓凡的刑責可能更重。
『有人向警察告發他是武裝抗日的成員。張皓凡在獄中提到他是被誣賴的。』
「被誰？」
『王家。』
王家？
「……啊。」
在王家老宅裡發現的，楊玄與張皓凡的合照。

※

又耗費了一個假日重新整頓，梓棠與凡尼斯終於抵達地圖上的新目的地。

梓棠透過電腦軟體準確標出四季系列可能取景處的四個點，連成兩條交叉線，再將中間的匯集點按照明確的經緯度與路徑，定位出確切位置。

根據海拔與地勢推敲，又是個偏鄉的某座山林了。

秋季的山區霧氣氤氳，山嵐模糊視野，疏密不一的樹幹遙掛在霧氣另一端，猶如水墨畫的枝幹。沿路山壁的綠葉結滿蜘蛛網，落雨或過重的溼氣將蜘蛛網融化，形成一粒粒水滴般的半透明結晶。梓棠每次呼吸換氣，都覺得冰涼空氣沁透了心脾。

他踩著濕潤落葉與略帶苔蘚的泥土地，明知凡尼斯不會說話，還是忍不住問道。

「就是這裡了吧？」

凡尼斯輕輕拍拍他的左肩，比了ＯＫ的手勢。

步行良久，地勢變得更為平緩，約莫到達山腰處左右。梓棠看見遠方平地有團近乎黑色的深褐、形狀不規則的大型物體。霧氣使他視野不清。

他走近，才意會到那是一棟垂朽腐壞的木製建築殘骸。

曾用來封鎖的黃布條斷裂，一截一截落在地面，被落葉掩埋，上頭還有蟲嚙般的大小坑洞。

木頭建築不只地基腐爛，且有燒焦痕跡。

「……燒焦？是失火嗎？」

遇火後萎縮變形的木材呈現不規則狀，剝落下來的碎屑令梓棠想起修復畫作時的顏料色粉。建築並沒有完全焦黑，部分木頭仍成潮濕的深褐色，表面長著雜草與青苔。

山裡溼氣重，說不定當時火勢不大，燒個半毀的木屋失去平衡後倒榻，變成現在的模樣。從外觀看來，有點類似被海浪沖刷底部而垮臺的沙堡。但是杳無人煙的深山裡怎麼會平白無故有燒焦痕跡？而且只局限這一塊，其他山林部分安然無恙。

——爬上去

「什麼？」

——爬得　高　越高　越好

剛寫完，不給梓棠喘息機會，凡尼斯就扔開筆記本與鉛筆，把他整個人扯到廢棄建築前。

梓棠被迫爬上半燒毀的腐朽建築殘骸。「我會爬、你不要一下子攀那麼高！很危險！」越爬越高，踏過的木片不時發出「嘰呀——」的哀號聲。他體重偏瘦，再怎麼說還是個成年男性，一個不小心就會超過木板負重。

喀啦。

「唔……嗚嗚哇啊！」

木材被踩破，梓棠腳底一空，身體失重傾斜。

情急下，求生本能使他往另一邊撲過去，半毀建築附近長了棵樹，若木屋還完好，估計透過二樓窗口就能瞧見這棵木幹生長在這。

梓棠相當幸運，他沒摔回泥土地，身體飛撲出去時，就捕捉到這棵樹的樹幹——用他的右手。

於是梓棠身體像是聖誕樹的裝飾玩具一樣懸掛在樹幹一側。

他心悸地吸口氣，扭頭往下一看，高度不高。

若毀壞的木屋高度保守估計為二樓，他攀住的樹幹位置也所差不遠。這樣跳下去就算會有皮肉傷，也不至於有生命危險。

「等等，凡尼斯、你做什——」

梓棠想鬆手往下跳，左手臂卻像是要他「繼續往上爬」一樣逕自伸長攀住樹幹。契合度再怎麼高，那仍舊不是自己的手，梓棠害怕過度拉扯或重力會傷及手臂，進退兩難，只好改用右手攀爬。得逞的凡尼斯收回了力道。

手腳並用外加毅力，花了點時間，他總算有辦法跨坐到高高的樹幹上。

「差點沒摔下去……」

十一月初的山區冷颼颼，梓棠反而渾身發熱。冷風吹拂過來時，汗水接觸到冷空氣，帶來更大的寒冷。

「……這是……」

朝遠方眺望的景致，使他一時間忘卻了所有寒氣。

梓棠無法自拔地瞠目結舌，冷霧濕潤他的眼瞳。

腦海逕自編織起烙印在心底的景色。冬雪，臘梅。被潔白所染色的木幹枝節。意識裡的片段，此時此刻所見的光景，交錯，重疊成同一幅畫。

「這是……語……冬？」

——梓棠目睹的，正是〈語冬〉的構圖角度。

他無法計算自己恍惚了多久，目光無法離開眼前那片無臘梅、無雪也無冬，和畫作截然不同卻又如出一轍的樹景。

楊玄的筆觸虛中帶實，實中帶虛。現實與幻想透過油與色粉交融著。

「……凡尼斯，你知道嗎？楊玄他生前的最後一幅作品叫做……〈償還〉。」

囁嚅聲鑽出梓棠的嘴唇。

那是一幅由葡萄黑色調組成，漆黑得嚇人的畫作，充滿死亡與絕望的抑鬱。

作畫期間時值二戰結束前後，那時候物資匱乏，各項文藝活動受到限制，楊玄的生命燭火也開始倒數。在這種各方面瀕臨終焉的狀態下，他繪成了絕筆之作〈償還〉。

畫布粗魯地剪裁，繃緊上釘，上膠與打底粗糙，打底顏料層可說是將調色盤上現有顏料混合後塗抹上去的「出清式打底」，顯現物質不足與畫家的焦慮。

〈償還〉的畫面一團漆黑，主旨超現實，樣貌極似某位被黑紅火勢燃燒到扭曲、最後悽慘死去的人影。

這幅畫被後世普遍認為譴責戰爭的蠻橫無理。不久後，楊玄死去。

「凡尼斯，看到現在這個景色，又想起楊玄的那幅畫，我好像……知道些什麼了。」

梓棠心中的既定印象徹底翻轉。

他首次認為〈償還〉描述的並非戰爭紛亂，而是某種更為個人、更消磨人們心中善性與良知的，一種深陷泥沼的糾葛。

「這就是你想告訴我的真相，對吧？」

梓棠發覺他的左手，凡尼斯同樣在顫抖。他們流著同樣的血液，血液在發燙。

〈償還〉映照的漆黑燭火，恐怕就是楊玄死前所看見的景象。

但是〈語冬〉的冬雪臘梅，那獨特的視角，生前患有腳疾的楊玄想必不可能目睹。

拍攝了幾張照片作為物證以後，梓棠跳下樹幹。

他拾起稍早被凡尼斯棄置的紙筆，山間霧氣沾濕了筆記本，紙頁稍微軟化。凡尼斯翻到比較乾燥的頁面後又拿起筆開始書寫：

——我想起來了　樹下　我在樹下埋了東西

「……哪棵樹？」

——挖

梓棠在粗大的樹幹周圍逡巡一圈。落葉形成一層絨毯，他屈身撥開枯葉，露出土壤。

樹幹底部外圍某處還真有點不自然的起伏，雖然多半被水氣弄濕了。

梓棠左手戴著手套，右手空空如也，既然凡尼斯說挖，那就挖吧。

他把雙手當作耙子，開始挖開泥土地。土壤意外的鬆軟，隨著手指撥弄而漸漸挖出一個坑，指甲縫裡塞滿了溼黏的土質碎屑。

若凡尼斯是在生前「埋了什麼東西」在這裡，那推估至少是半年前。是某種埋藏半年也不會腐壞的東西？

——指尖傳來異物感。「咚」的一聲。

「……挖到了。」

習慣泥土冰涼的手指感受到一股無機物的堅實。

梓棠揮開鬆動的塵土，是一個圓筒狀的塑膠管，埋得不深，但管身較長，只能沿著管身陸續把土壤挖開。

良久，終於能拿出埋在土裡的東西，土壤出現一個好似被拓印出來的小型壕溝。

「畫筒？」把這種東西埋在土裡做什麼？他先拍掉手和手套的泥土，用濕紙巾擦拭指甲縫。雙手清潔完畢，梓棠打開畫筒。

裡頭捲著幾張畫紙，紙質相當脆弱，有些部分甚至發黃發脆，邊緣起了裂痕。他小心翼翼地抽出來。

「這是什麼？」

——橙川教授　房間裡找到的　在　他失蹤後我去　找

「……所以警方懷疑你入侵李橙川住處，是真有其事。」

你活著的時候為什麼要淨做一些被懷疑的舉動啊……梓棠本想這麼吐槽，但私闖凡尼斯住處還被不明人士敲暈的自己也沒有資格取笑對方。

長期間放在畫筒裡的紙張像是被收納的海報般捲曲起來，紙張邊緣的纖維分岔。目測有三張紙，均為同樣尺寸。

梓棠抽起一張，深怕弄傷畫紙，他動作謹慎地攤開來看。

「這不可能……」他又愣住了。

梓棠感受到前所未有的挫折與震驚，同時也有失落，腦袋宛如被鈍器重擊。

畫筒裡放著草稿，炭筆的筆觸強勁有力，豪放不拘小節，卻也同樣保有細膩的細節處理。草稿描繪著春季的楊柳與河川。

那是張與四季系列〈春斜柳〉別無二致的草稿構圖。

畫紙一角有著落款：張皓凡　春斜柳　一九一五
——同個剎那，前所未有的異樣感襲向梓棠。

※

——黑市
——教授　黑市　草稿　滅火器　鑰匙　浴缸　警察
有聲音直接灌入梓棠的腦門。
梓棠首次聽見凡尼斯並非透過筆談，而是以「聲音」的形式自腦袋深處呼喚著他。
「凡……尼斯？」
——周梓棠　我看見了　我想起來了！
「你到底——唔……」
頭痛欲裂。
梓棠前一刻還處在四季草稿帶來的衝擊，下一秒，頭殼卻像是從腦髓內部膨脹炸裂開來般，竄出劇烈疼痛。
而後梓棠看見了。用他的眼睛，目睹著不屬於他的過去。
處於「現在」的梓棠，活在「過去」的凡尼斯，兩人的視界開始重疊。
他又成為了凡尼斯——成為了趙光有。這次並非夢境，而是千真萬確的現實。
——在那泛黃斑駁的記憶裡，趙光有正在和某人對談。

「你說橙川教授失蹤了？所以這陣子才聯絡不上他……」

「你覺得李橙川會去哪？」

「我不清楚……」

「上級告訴我別把時間浪費在沒著落的失蹤人口上，但是畢竟是一條人命，我想試著找出來。李橙川以前有向你說些什麼，或是有任何怪異的行為舉止嗎？」

「……雖然只有一次，教授他有說溜嘴過……黑市。」

「黑市？」

「嗯……畫作交易的黑市。還有……一幅畫的名字。」

畫面像極了損毀的膠捲帶，梓棠看不清楚與趙光有對談的是誰，對方是一團黑色剪影，聲音被模糊化，他只聽得出來是成年男性的聲音。

畫面搖身一變，黑影消失了。

趙光有接下來出現在一團亂的房間裡翻找著雜物。他解開某個笨重鐵箱的密碼鎖，裡頭正是四季系列的畫作草稿，僅僅三張。沒有〈蓮夏夜〉的草圖。

「上面的簽名是……張皓凡……？」

時間軸再度轉換。

趙光有埋首撰寫著筆記，他已經四處奔走，將拍攝下來的四季系列取景照一一貼在紙頁上，地圖標滿了紅圈。他也拜訪了王家，在地下倉庫裡找到了張皓凡與楊玄的合影。

物換星移，日夜交錯，梓棠無法捕捉時間流逝的速度。

趙光有刪除了晨荷的聯絡資訊，幾乎不與她聯繫。自從那天大雨後，他們之間築了道輕薄卻打不破的牆。

黑影又出現了。趙光有邀黑影進自己的住處，兩人對談。

「……我想教授他……恐怕已經死了。」

「為什麼這麼認為？」黑影問。

「因為他發現了不該發現的真相。所以請你不用再找下去了。」

「真相……那你為什麼要特地告訴我這件事？」

「因為你是唯一一個，主動告訴我你想幫助橙川教授的人。」

黑影停頓片刻，低聲問：

「趙光有先生，你會公開真相嗎？」

「當然。我不能讓教授的死白費。」

記憶畫面像是煙火一樣不斷湧升破裂，梓棠隨時都有可能暈眩過去。那道黑影正踐踏著凡尼斯的過往，逐步侵略他心靈。

——周梓棠

梓棠因為記憶幻影而頭痛得幾乎跪倒在地。凡尼斯已經放棄了筆談，直接用聲音轟炸他的腦殼。

——周梓棠　我　我

梓棠接著看見——他深信，這肯定是記憶畫面的最後一個片段。

趙光有躺倒在浸滿熱水的浴缸裡，鮮血自手腕汩汩流出。

視野失焦的前一刻，他又撞見了某個人。是那名黑影。

——我想起來了　我看見凶手是誰了

梓棠忍不住乾嘔起來。

他們仍待在埋藏著四季草稿的深山裡，火紅晚霞成就不了溫暖，樹葉沙沙作響。梓棠跪倒在落葉鋪成的土壤，胸口寒冷又疼痛，右手謀求著庇護，什麼也尋不到的他，抓緊了地面的泥土。

「咳、咳咳……」難以呼吸，他接著掐住自己的咽喉，試圖把卡在心肺裡的毒瘤給吐出來。那道黑影，他必須吐出來才行。

趙光有，他是被信任的人給殺死的。

「凡、尼斯……」

暈眩感開始消退，他從記憶的洪流裡回歸現實了。

「……那個、黑影……」

——周梓棠　我看見了！　殺了我的人!!

凡尼斯在他腦袋深處的咆哮聲滿是怒意，梓棠的心臟隨之發抖。聽著那令人血液沸騰的控訴，他竟然感到眼窩一陣熱。

「……可是我們沒有證據。」

——你是要我坐視不管嗎？

——殺害我的凶手就在身邊　還活著　我卻什麼也不能做？

「你生前是知道自己有可能會被殺，所以才事先把草稿藏起來的吧？藏在凶手意想不到的地方！」

他吼了回去。獨自一人的聲音迴盪在山腰裡。

如果凶手想抹滅楊玄生前的所作所為，對張皓凡的真相有所抗拒，凶手通常不可能回到〈語冬〉的取景處觸景傷情。

——周梓棠　你怎麼可以放任他？　他殺了我和教授！

——我不能放過他！　我知道他在哪！

趙光有不能把草稿交給晨荷，不能讓身邊的任何人遭遇危險。所以才把草稿埋在這裡。

「你會藏起草稿，會來向我求救，就表示你還有良知！無關是死是活，因為你不想和凶手做出一樣的事，所以才會要我協助你！而不是要我直接殺了對方！」

——我都已經　死了　死了！　殺了凶手　也無法活回來！

「凡尼斯，你如果真的打算去殺了對方，我們就功虧一簣了！你，我，還有晨荷，我們至今為止的努力都會白費。」

——但是對方現在也還活著！　裝做什麼事也沒發生　活著

——這不公平！

「你忍心讓你的家人……忍心讓晨荷真的變成殺人犯的遺屬嗎？」

凡尼斯轟炸他的怒吼聲停止了。可左手拳頭仍緊緊握著，力道強大到指甲卡進了掌心裡。

左手停筆了，不寫字，仍緊緊握住筆不放。

「……冷靜下來，凡尼斯。」

梓棠按壓左手，手指掐住移植手術的縫線疤痕。

「這是你的手，但是，這也是我的身體。我不會同意你這麼做。」

——我沒有殺人！　但是　我沒有證據……

——我已經死了　我的記憶　我寫下的字　沒辦法讓凶手定罪

——我說了　又有誰會相信我？

「我相信你。」

梓棠沒有遲疑。

「我會和你一起活著，我相信你。」

寒冷的秋風襲來。左手彷彿落淚般抽搐了一下，鬆開了拳頭。

——周梓棠　我真的很害怕

——我想要揭發真相　但是　想起來後　我不想拖累你和晨荷

——但是　我只能求助於你……

「我知道，我都知道。」

梓棠坐靠在道路一隅的山壁上，不顧衣衫沾滿泥巴。畫筒與四季草稿擱置在他身旁。天空漸暗，夜晚就要來臨了。

那道黑影，奪走趙光有性命的人——先殺了李橙川，又嫁禍給趙光有的人。

他們已經知道凶手是誰了，卻沒有任何可信證據足以重啟調查。

難道真的只能束手無策了嗎？

※

撇除美術史與一般史料之別，身為教師的晨荷所握有的資源與搜尋管道想必比梓棠更為豐富。她循線尋找下去，連連推敲，發現張皓凡離群索居的住處可能在某座山上。根據殘破零碎的文獻紀錄，那座山極為可能就是梓棠與凡尼斯捕捉到〈語冬〉的那座。

可惜幾年前那座山發生過小型火災，無法辨明自然或人為起火。火勢不大，一會兒就熄了。梓棠攀爬的那棟半毀建築就是殘骸。那棟燒毀的山中小屋很可能就是張皓凡的故居。

回到美術史的範疇，四季系列的春夏秋三幅畫，其取景直到現今都眾說紛紜。

「但是只有〈語冬〉這幅不同。那是只有張皓凡才能看見的景致。」

在地圖上勾選出四季系列最有可能的取景地點，連成兩條線交叉後，唯一交叉點正是最後一幅〈語冬〉的風景。如此大膽而巧妙的安排，只有原作者才辦得到。

梓棠這裡也有收穫。

他無法擅自銷毀永生花藏有的針孔驚動凶手，也不能讓凶手察覺他找到了草稿，於是梓棠來到晨荷的公寓進行後續處理。

油畫打上第一層底時，乾涸速度會隨顏料成分有異，吸油性過強的顏料不易乾，反之則快乾，因此作畫有時必須與時間決勝負。故部分畫家在正式繪製油畫畫作前會先擬出草稿。每個畫家習性不同，有些人會直接用炭筆打在畫布上，有些則擬在畫紙上，之後再看圖作畫，或是描印上去。
凡尼斯埋藏起來的三張草稿推測為四季系列的草稿，上頭均有張皓凡的簽名。
儘管畫筒內部有防潮處置，畢竟是埋在濕潤土壤裡，梓棠原本很擔心草稿狀態。所幸紙張沒有完全脆化或腐朽。
歷經凡尼斯死後半年——倘若這是真跡，這些草稿就是更早以前，張皓凡落筆百年後直到現在了。草稿直到現在竟然仍保存得宜，必定有經過特殊處理。
梓棠將三張草稿分別仔細拍照，印出影本。之後就決定以照片的影像為準，以免反覆收拿導致原稿損傷。
「但是只有三張……」春、秋、冬。「〈蓮夏夜〉的草稿在哪？」
——我找到時　就　只　有三張
「哥，如果李橙川教授是發覺四季系列的真相才會被滅口，剩下一張草稿會不會在教授本人手上？」
——他住處裡沒有
「……如果是帶在身上呢？」
——為什麼　要特地帶在身上？如果　在身上　那應該已經被凶手毀了
「你說得沒錯，凶手是不希望四季系列的真相被揭發的人……」
一方面，梓棠對張皓凡的炭筆草稿仍懷有一絲絲疑心。他冒著之後被責罵的風險，刮除一小部分草稿上的炭備用。
之後工作日上班時，油畫版本的〈蓮夏夜〉顏料層剝落，裸露出肌理層，梓棠又探透最裡層取了些樣本。如果這幅油畫打底時有用炭筆粗略描繪，幸運的話，或許能驗出成分。

他將草稿與油畫的樣本再度拜託主治醫生何曦予幫忙，經由私人管道進行化學分析。

「真是的，你們再這樣，下次就要加收服務費了喔？」複診時，曦予鬧彆扭似地抗議，倒也沒拒絕。

「我也希望不要再有下次了。」梓棠說。

幾天後結果出爐，兩者均含有炭。不同品牌的炭筆會有微妙的成分差異，加上草稿與油畫保存狀態不同、想必有更多不可抗力的變化。所幸兩種樣本的成分數值相當接近。

儘管這是預料內的結果，梓棠還是多少減輕了忐忑。

李橙川，凡尼斯，以及他與晨荷，一行人所追尋的或許是極為醜陋且顛覆既定事實的真相。然而他無退縮之意，已經走到這個地步了，得繼續調查下去才行，否則他們的努力將會前功盡棄。李橙川與凡尼斯的死亡也將無以回報。

——所以，接下來就繼續作畫吧。梓棠心想。

為了更深層的探究，他必須再次提筆，以臨摹的角度完成那幅染上群青色的畫作。

梓棠按照參考用照片大規模地刷上顏料，群青顏料沾上衣袖時他已不在乎。他並沒有塗上畫面保護油，為求效率，反而使用大量的催乾劑。

直到畫作完稿並完全乾透後，他裝上特地挑選過的畫框，然後——竟然將那幅4P

大小的油畫直接泡到調製過的溶劑裡。

盡可能讓畫損壞，盡可能讓畫斑駁。

現在的「臨摹作業」必須背著修復室偷偷進行，也不能老是打擾晨荷，最適合作業的就是他另外租借的作畫用車庫。在車庫作業時，梓棠從不說話。

休息時間他則會與凡尼斯閒聊，用筆談的方式，以免自言自語的聲音從車庫傳出去。

——我想，我得見我爸一面。

——你說　周　檀？　怎　麼說？

——我想問他有關〈語冬〉的情報，他應該多少聽說過當年祖先買下〈語冬〉時的事情。說不定，那是直接從楊玄手裡買來的。

——但是你　沒關係　嗎？

梓棠不太懂凡尼斯的「沒關係」是指什麼。

每提到〈語冬〉時，他胸口某處總不免一陣抽痛。畫裡的臘梅對梓棠而言反倒更像玫瑰，當年他因為太過靠近這朵華豔之花才被刺得遍體鱗傷，永無痊癒之道。

——沒　關　係嗎？

——嗯，沒關係。

梓棠握筆寫下一句句話語。與凡尼斯筆談時，他獲得可貴的寧靜。

——那是我終究得面對的事，是只有我才能辦到的事。

向來他試圖用繪畫與修復作為贖罪，其實有一部分只是在謀求畫作的庇護。

他心知肚明，逃得了一時，逃不過一輩子。

梓棠上一次與父親接觸是在〈語冬〉燒毀後，從此之後可說音訊全無。那時梓棠不到十二歲，距今已超過整整十六年。

〈語冬〉的損毀使家族關係降至冰點，父親決定定居國外，母親與其他家人留在臺灣生活，曾經試圖撈點油水或覬覦名畫的親戚們則一哄而散。事發後的梓棠雖和母親住在一起，也明白自己與家人的關係從此急轉直下。

物質方面他同樣是生活無缺，享有衣食溫飽，家人之間卻不再有情感與溫度了，向他投射的視線徒有譴責與嘲諷。「都是你害的」、「要不是因為你」、「為什麼要做這種事？」「你讓我們白白損失了一大筆錢」這類話，梓棠聽過了無數次，他就此練成一番單透過眼神，或嘴角微乎其微的牽動，就能讀懂對方心思的絕活。

與人相處時，梓棠總評估著「這樣做才討人喜歡」，做出他人期望的反應。

生活能夠自理後，他早早搬出老家。父親提供的生活費得以應付學費與各項支出。高中畢業後他決定前往義大利進修，家人回答他說：「你想去哪就去吧。」無人贊成，無人反對，無人關心。

無妨，這些都是梓棠自己親手釀下的罪果，他無意埋怨。

在外生活要錢，學畫要錢，國外進修更是所費不貲。梓棠將家裡提供的錢財視為「借款」，下定決心有朝一日用自己賺來的錢還清——直到遭遇事故、左手截肢前，他儲蓄的進度都很順利。

甚至在一年前遭遇事故而截肢時，當下沒有親屬前來醫院，他聯絡不上任何人。若是沒有晨荷和凡尼斯的搭救，他十之八九會橫死在下著暴雨的街道。

家人們是不是已經忘了我？梓棠總這麼想著。或許忘了吧。忘了對彼此都好。只是若真能遺忘，梓棠多麼希望他們也能一同遺忘〈語冬〉。

梓棠嘗試與父親周檀取得聯繫。

周檀是畫商，至今仍然在進行買賣，輾轉於國內外。

就連當年左手截肢且受贈異體時他都沒有與父親見過面，這是他多年來第一次聯繫自己的父親。

信件該用怎樣的開頭才好？父親真的會回信嗎？會不會適得其反？如果父親舊事重提，我有辦法承受苛責嗎？這幾天梓棠的腦中無限運轉著這些疑問。

試著寄了幾封信件都石沉大海，他一度以為父親換了聯絡方式。經營買賣的周檀想必也有對外公開業務用的聯繫手段，梓棠透過那些窗口聯絡卻同樣束手無策。

若是一般親子關係，情意未免也斷絕得太過殘酷。

然而他們之間的關係早就不再是「一般」了，梓棠沒有資格埋怨對方的無情。

以前的梓棠恐怕會就此打住，他身心都已遍體鱗傷，無法再承受來自家人這折騰自己精神的冷漠處理。

只是現在處境不同，都調查到這種地步了，豈有放棄的理由？

梓棠換了進攻手段，削減無意義的序文或開場白，嘗試在信件主題上，開門見山地寫出最能捕捉周檀眼球的重點：

——我找到四季系列不為人知的真相。

……不，不對，應該更加縮小面積，將所有壓力賭注在一個點上。

他修增了語句。

——我找到〈語冬〉未曾被公開的真相，希望你能幫助我。

一個工作天後，周檀回信了。

※

周檀近期剛好會回國辦理事務，梓棠迅速與他敲定碰面時間。

當年地震後，周家老家震毀了，周檀轉居國外，梓棠則和家人住在搬遷後的新房子。他們決定在「新的老家」碰面。「回家」不會引來懷疑，沒有比那更隱密的地方了。

新家不比地震前的舊房子來得熟稔，何況梓棠留學後就從家裡搬了出去，已經有許多年沒有歸來。

母親直到現在仍住在這裡，兄姐似乎時而會回來。梓棠的臥室在二樓的最邊間，那是最能掩人耳目的位置。

一回到「家」後，他沒有上二樓確認自己的臥室，那房間當初幾乎已被清空，事到如今沒什麼東西好整理的，何況包含他自己在內，根本不會有家人想靠近。

母親事先收到他將「回家」的消息，讓他入門。

「梓棠，回來了嗎？」

「嗯，有事情過來一下。」

母親沒多大反應，隨意寒暄了幾句。

「我聽說了，你的手沒事吧？」母親說這句話時，沒瞧他一眼。

梓棠按照心中擬定好的臺詞，回答說：「沒事，復原狀態很好，謝謝妳的關心。」

「受了這樣的傷，還是可以工作嗎？」

「可以的，完全沒有問題。」心中揚起一股小小的叛逆，他這麼回覆母親：「我能修好畫作。」

母親沒再搭理他，帶他進來後就逕自上樓了。

這天正好是平日上午，氣氛既安靜又和平，也用不著擔心兄姐會回來。或許周檀就是看準這點，才特別選了這天碰面。

家中就只有一樓客廳最適合談話，梓棠坐在客廳的沙發上等待——不，也稱不上等待，他坐定位沒多久，周檀也到了。

梓棠心想，父親或許是想盡快了結這樁鬧劇，不打算讓他在此多留一秒鐘。

「說吧，你發現了〈語冬〉的什麼？」周檀坐在他正對面，沉聲問道。

周檀的舉手投足以及聲音落下時的空氣振動，都能讓練就一身觀察入微功夫的梓棠察覺到言外之意：一幅早就被燒成灰燼的油畫，你還能找出什麼？你只是用這幅畫當魚餌把我釣上鉤的吧？

「……我因為某些原因在調查楊玄的四季系列。〈語冬〉也在調查範圍內。」

「和之前的〈蓮夏夜〉有關？」

周檀有看到當時的新聞，幾日間鬧得沸沸揚揚，隨即被其他報導給擠壓下去。

梓棠點點頭，誠實以告：「那是真跡。」

「是嗎。」

周檀眼神飄揚到別處。

「當年的〈語冬〉也是真跡，那種名畫，凡人哪可能輕易模仿出來。」

滋滋，尖酸刻薄的詞語讓梓棠胸口一陣疼痛。

他意識到左手有異常，凡尼斯像是想要按住他胸口的疼痛般蠢蠢欲動。梓棠握緊拳頭，告訴自己「沒事，沒問題的」。

「……我開始調查有可能為四季系列取景處的場所。」

「那多半都是虛構的風景吧。」

「沒錯，但有一部分是真的。然後我找到了推測是〈語冬〉的取景地點。」

梓棠稍微提及他在深山中尋覓到的景色。他擔心觸怒周檀，只敢點到為止。

那個位於山中高處、存在於虛實之間的景致，畫家楊玄幾乎不可能一睹風韻的境外之地。光是這點，就讓他心中長年間不容質疑的「信仰」開始鬆動。

「我希望你能將有關〈語冬〉的情報告訴我。當年老一輩的人購買這幅畫時流傳下來的事蹟，他們或許和楊玄有過直接交流，或是其他訊息，這些情報一定會有一部分以各種形式留下紀錄。只要是你知情的什麼都好，拜託你了。」

梓棠彎腰鞠躬，向父親致上最深切的懇求。
「真正的〈語冬〉——真正的四季，很有可能和我們想像中的截然不同。」
他視線緊盯著地面，自己的雙腳，以及略略顫抖的左手。
「知道了以後，你想做什麼？」
時光流逝漫長，讓梓棠以為自己呼吸要停了，他才聽見周檀緩緩說道。
周檀語氣聽來含有不容置喙的威嚴，他改口：「你能做什麼？」
「……查明真相，是我現在唯一能辦到的事。」
作嘔的燒灼感噴湧而上。
梓棠的嗅覺失靈了，地震的動搖，朱紅色的熾烈大火，融化變質的畫布與纖維燃燒的臭味反噬著他的鼻腔。
「……拜託了。」
當他發現自己又浸淫於無從彌補的記憶時，身心彷彿做錯事乞求原諒的孩童般，恨不得蜷縮起來。胸口劇烈疼痛，他嘶啞著嗓子：
「……請你給我……贖罪的機會……」
「梓棠，你所犯下的錯，或許一輩子也無法獲得原諒。」
梓棠心中住了個魔鬼，總對他耳語：「你的所作所為一輩子也不會獲得原諒。」他現在才意識到，原來魔鬼的聲音和父親像極了。
「你現在還在修畫對吧？一幅畫破了個洞，你們有辦法修好，但就算填補好了，洞還是在。你們只是想辦法把那個坑洞遮掩住而已，誰也沒辦法改變坑洞存在過的事實。」

他沒有勇氣抬起頭來凝視周檀，父親的話語已然蓋過他的心跳聲。

「就算我原諒你，這世上知情的其他人也不一定會原諒你。人們所犯下的過錯就和畫一樣，會以各種形式留下痕跡。」

記憶會淡化，但傷疤不可能化為無。周檀說道。

「那你為什麼還會希望我原諒你呢？你是單純想讓自己心裡好受點嗎？」

梓棠緩緩抬起頭來，視野已經模糊不清。

他無法判斷那是奪眶而出的淚水，還是懾服於過往所造成的迷茫。

「就算我口頭說出『我原諒你了』，你就會心安理得嗎？你要的只是形式上的原諒嗎？死纏爛打求對方原諒你就心滿意足了？你再怎麼向我表示懊悔，但真正的受害者是〈語冬〉的持有者，是我。」

他看見周檀身體向前傾斜，似乎本想觸碰他的手，卻途中作罷。

「你的手。」

周檀隔空指著他的手，並沒有呼喚他的名字，那對彼此而言都太過生澀。

「你可以修復東西。」

「……」

「但早已被破壞到不留痕跡的記憶，即使是你，也無法修復。」

「……我……我沒有，打算、忘記。」

梓棠心想，他怎麼可能會忘記這種事？

試著抗衡吧，以不可思議的意志力背負著錯誤前進。一旦在這裡認輸，他恐怕將再也沒有勇氣逼使自己振作起來。

「當年發生的事，我一輩子也不可能遺忘。我忘不了的。」

地震引燃的大火直到現在仍不時在心中竄起火苗，熱騰騰的塵霧裡搖曳著冬雪與花蕾的鬼魅。

「我來拜訪你不是為了求得原諒，已經不是了。」

梓棠昂起臉來，正眼對著周檀有著歲月刻痕的瞳眸。

「我不會忘，也不會試圖掩蓋事實。我會背負自己釀下的過錯繼續活著。」

當年都是因為父親你的冷漠和盲信，我才會失手燒掉畫作。我本來是這樣欺騙自己的，但我已經不想再這樣推卸責任了。

「〈語冬〉是我的信仰。」周檀沒有心軟。「周梓棠，那時候，你毀了我的信仰。」

「……你從小就不斷告訴我，你那麼執著〈語冬〉，是因為那幅畫有價值。你所謂的價值，是指錢嗎？」

「每個人心中的信仰都不同，怎樣的形式都是我的自由。」

「那麼，就和你一樣……我也有自己的信仰。我必須為這個信仰付諸行動。」

即使這信仰，又該說是心魔，足以顛覆他至今為止奠定的所有常規與良知。

「我們所堅信的任何人事物，即使面臨了任何困境或變數，我們也能接納這些變化，虛心包容……我相信只有那時候，信仰才能稱之為信仰。否則就只是盲信而已。」

被蒙在鼓裡的活著，梓棠不認為那是幸福，只是僥倖而已。

「爸。」

梓棠喚出這稱呼時，彷彿學習外語的異地人，抽離了自我。他有多久沒有喊出父親這詞彙了？

「我想理解我們深信不移的東西……我們各自的『信仰』的真相。我希望你能幫助我。」

那是梓棠記憶中的第一次。

父親第一次像這樣正視著他，神情比欣賞任何收藏畫作都來得聚精會神。

同時也是父親在與他對峙時，第一次不敵他眼瞳裡的兩團火簇，別過了視線。

他們倆之間又沉寂了一會兒。客廳裡還擺著老舊時鐘，秒針擺動的聲音清清楚楚。

「……祖先買下〈語冬〉，已經是很久以前的事情。幾乎有一百年這麼久了。」

周檀說道。他掩著臉眉頭深鎖的模樣，和梓棠有幾分神似。

「這也是我聽老一輩的人轉述的，可能沒有參考價值，你聽聽就好。」

周檀對〈語冬〉的情感可用「執著」來表示，愈是執著，任何有關〈語冬〉的訊息，有形或無形，都會烙印在他腦海裡。他還記得當年得到這幅名畫時，長輩一併告訴他的故事，長輩也是透過持有畫作的上一代得知的，口耳相傳，一代傳一代，可信度有待商榷。

——當年，畫家楊玄靈感泉湧，平時作畫都有先打鉛筆草稿習慣的他，四季系列卻沒打草稿一氣呵成，周家的人賞識其磅礡之氣而買下了一幅畫。那是當時的話題之作，畫作名稱正是〈語冬〉。

楊玄還留有其他畫，周家人本想一同買下〈蓮夏夜〉湊成對，楊玄本人卻聲稱只有該幅作品為非賣品。四季系列因此難以齊聚一堂。

梓棠靜靜地聆聽這始末。

幾乎沒有任何書面紀錄與文獻得以佐證，大多文書都在那年的地震大火中付之一炬了。為此，他更不能忘記周檀道出的每一句話。

楊玄筆下的四季系列，沒有草稿。

張皓凡留下的，炭筆點綴而出的四季之景。

※

與父親睽違多年的見面在一片頹然與空虛下落幕。

梓棠擅長忍耐。他一路上忍住刺傷喉嚨的酸意，直到回到租屋處後，終於跪倒在盥洗室的馬桶前。

他開始嘔吐。

眼眶流出淚水，嘔吐出來的液體攀升到鼻腔。那些憤懣、懊悔、以及所有信仰都被顛覆，諸多情緒連帶胃液被吐了出來。他吐咳到無以傾訴，不行，還不夠，仍然有著某種阻礙他向前的雜質藏匿在胸口內部，囤積在比臟器更深更深的某個地方。

他將手伸進咽喉，挖刮著稠膩的口腔黏膜，著魔地將剩餘的東西傾吐而出。他的背影好似啜泣的無依孩童。

那是周梓棠長年未曾有過的反動。

梓棠時而會感到左手臂傳來發麻發癢的異樣，凡尼斯似乎想順順他的背，但辦不到，於是輕拍他胸脯讓他呼吸順暢點。梓棠只感覺好似接縫處有千百隻蟲在蠕動，他恨不得把手指掐入皮肉裡、當場把異體給拔除掉。

如果把這隻手給拆了，他和凡尼斯是不是就能解脫了？

完全復原的傷口時不時會產生幻覺般的疼痛，他回想起手臂截斷的那雨夜。

※

是時候了。梓棠、凡尼斯、晨荷，三人開始將手邊調查到的資料進行統整。

首先，楊玄在照片裡的合影人「張皓凡」為日治時代的同期畫家，不具名望，相關資料甚少。

張皓凡生前被誣賴參與過抗日流血衝突西來庵事件而入獄，出獄不久後，被發現死於離群索居的深山。其冤獄期間，楊玄對外公開四季系列。四季系列的賣出引來熱烈名聲與錢財，楊玄終於得以前往日本留學。

署名張皓凡的四季草稿年代標示著「一九一五」，正是西來庵事件爆發的年份。這些草稿本可以作為未參與抗日運動的不在場證明，張皓凡之所以無法及時替自己脫身，可能是因為入獄時原稿已遺失因此無從替自己辯駁。或說那時代太過動盪，平民老百姓的辯駁也沒多大用處。

這些情報多半都是傳聞，而且是歷經幾百年光靠口頭傳下去的言論所奠定的假設，並不具備法律效力，但是梓棠深信這些證詞有一定的可信度。

「小茜有說過，她是聽從一位叫做『楊先生』的命令監視我。但和楊先生沒有過任何直接接觸。」梓棠說：「一開始委託修復〈蓮夏夜〉的人則叫做楊黎，行蹤不明。」

凶手十之八九就是用「楊黎」這個名字布局了。

——那是假名吧？

「真名假名都好。」

梓棠現在的疑問是：為什麼偏偏是〈蓮夏夜〉？

為什麼楊玄當年要把那幅畫視為非賣品？

〈蓮夏夜〉又是出自什麼原因，睽違百年浮出水面？

「……我先說說我的想法。」

梓棠將線索一一記錄在紙上，開始推測。

「〈蓮夏夜〉遺失了百年，死者李橙川則提到了……黑市。」

然後，〈蓮夏夜〉的草稿可能放在李橙川自己身上。

「李橙川教授為什麼要特地帶著草稿去黑市？」晨荷問。

「為了確定黑市販售的〈蓮夏夜〉是不是真跡……不，應該這麼說吧：如果是假貨那就算了，反之，就算是真的〈蓮夏夜〉，那也不會是楊玄所畫的作品。因為持有草稿的李橙川已經知道楊玄不是四季的作者了。」

李橙川被殺害的理由就更明朗了，因為黑市裡的是真跡。

——泡水的〈蓮夏夜〉不是水災　是　北部的　水

凡尼斯接著補充。

「所以……水災期間，〈蓮夏夜〉遭遇了什麼破損，凶手才會佯裝成畫作被水災給毀了？」晨荷害怕自己猜測錯方向，聲音有點遲疑。

梓棠點點頭，這樣推敲很合理。「但是他自己沒辦法修好畫，所以才匿名送到CCS來。」

「破損的話，畫上是不是會殘留什麼？」

「〈蓮夏夜〉表面被水泡得很嚴重。」梓棠遺憾地搖搖頭。「再說如果有東西殘留的話，我會最先發現。」

而且即使牽扯到命案，那幅畫也沒有被警方鑑識組收走……警方從來就沒有討過那幅畫。

梓棠像是會意到什麼般，喃喃低語：「等等，警方……不想要那幅畫？」

——周梓棠？

泡水的〈蓮夏夜〉有驗出微量的鐵和銅。

該不會……梓棠記錄下這個線索，繼續開啟新論點：

「沈刑警說過，李橙川的腹部裡有紙條，他在死前把紙條吞了進去。紙條上寫著趙光有的名字，因此判斷為趙光有犯案的鐵證。」

但是這不合理。

如果他們知道趙光有並非凶手，就絕對不合理。

——換作是我　死前

「死前會寫的除了『救命』或線索以外，只有可能是凶手的名字。」

——但我不是凶手

「換句話說有兩種可能：『李橙川肚子裡根本沒東西』或『李橙川肚子裡藏的不是紙條』。」

第一項不太可能，李橙川腹部裡如果沒東西，警方沒必要多此一舉。

「但、但是……警察如果要結案，就不能隱瞞證據……不是嗎？」

「對外扭曲既定事實的話，就可以。」梓棠說：「反正凶手的目的只是要我放棄調查，乖乖修好畫。其他不重要。」

他們與警方的聯繫窗口從頭到尾都只有一人。那人說的話就是全部。

——教授肚子裡可能有其他東西？　但寫的　不是我的名字

晨荷握緊雙拳，她垂下頭，肩膀微微發抖。

「知道殺害哥哥的凶手身分了，卻沒有辦法定罪，甚至可能連報警都行不通……都已經走到這步了，我好不甘心。」

梓棠看著她的神情有些悲傷。

「晨荷，我認為正攻法沒用。」他說：「但不代表抓不到。」

「什麼意思？」

「妳是趙光有的家屬，直接去追問警方案件，他們也只會當作妳是不服案情結果的鬧場民眾而已。但是要抓到凶手，不能沒有警方的協助。」

「那該怎麼辦？」

梓棠拿出裝有「四季系列」三張草稿的畫筒。並非影本，他把真跡交給了晨荷。

「我會直接去找凶手。引出來後妳再去報警，記得把草稿一起帶去。」

然後就據實奉告吧，梓棠說。

「妳說妳找到四季系列的真正草稿了，但是因為這張稿子太值錢被人盯上，妳和妳的同伴因此被追殺。妳先逃了出來，請警察救救妳的同伴。」

晨荷一時間以為他在說笑，可惜梓棠眼裡沒有笑意。

「如果警方一笑置之，或是不相信這些草稿有多值錢，妳就把我的名片給他們，說被追殺的就是這個修復師。市內沒有人不知道我們美術館的，修復師是政府培育計畫下的人，加上前陣子〈蓮夏夜〉引起的四季熱潮引發過媒體騷動。警察多少會有點印象。要是真的不信，就把手臂移植和修復的新聞拿給他們看。」

「……梓棠。」

「我去見凶手的時候手機會保持通話，妳和警察就可以聽見我們的對談內容，這樣警察不信也得信。」

「梓棠，你這樣太魯莽了。」

「不會有事的。」

梓棠說。

「凶手並沒有占到優勢，他出自某些原因沒辦法殺了我……不，應該這麼說吧，既然都已經調查到這些真相了，他只是要我早死或晚死的問題而已。」

除了命一條，他也沒什麼好失去的了。若說橫豎都得死，那他不如死前對社會有點貢獻。

——你真的　很亂來

凡尼斯也抗議著。

「全世界就你最沒有資格說我。」梓棠嫌棄地瞇起眼。

梓棠接著推測，如果李橙川是發覺〈蓮夏夜〉的真相而死，那行蹤不明的最後一張四季草稿將會是最有力的證據。那張稿子在哪？

他做出最壞的預測，假設凶手已經銷毀了〈蓮夏夜〉的草稿，但是多虧凡尼斯，剩下三張草稿已經脫離險境。凶手一定還在尋找其他草稿的下落。

明知凶手是誰卻無法定罪，要論不甘心，梓棠心中的憤慨不會輸人。若是能打破局面，要他鋌而走險也行。

梓棠想起被他臨摹複製、再用溶劑泡爛的畫作。漫天的群青色。當初做出那幅畫，就是為了應對如今的局面。

——他只剩一種辦法能讓凶手露出馬腳。

※

「請問是沈刑警嗎？我是周梓棠。」

夜色漸濃，梓棠打了通電話給沈行墨。

「沈刑警，我發現某件事很奇怪……原本是想直接報警的，但果然還是覺得就這樣魯莽公開的話各方面都沒有好處。而且這樣一來，〈蓮夏夜〉就太可憐了。所以在這之前想先徵求一下你的意見。」

梓棠表示修復期間發現〈蓮夏夜〉有所異狀，可能與案情有關，希望沈行墨能私下前來一探究竟。

「畫就放在CCS，我不想驚動各方，可以請你晚上來修復室一趟嗎？」

沈行墨本想拒絕，畢竟事件早已結案，但一方面他也好奇這幅垂死的畫作究竟還能查出什麼端倪。

『我明白了，你約個時間，我過去。』他答應赴約前往。

因〈蓮夏夜〉而連結起的人物們初識時還是夏季，現在季節已經來到十一月的秋夜了。

沈行墨從外頭看見CCS的某處窗戶裡滲出白光，自動門的電源沒關，他走進室內。

穿越充當櫃檯的小空間後就是各科的工作室，裡頭只開了幾盞燈，油與溶劑與顏料、噴槍使用時的焦味、各種化學成分混合的淡薄味道沉澱在昏暗裡。小型儀器、畫具、合成樹脂與尚未溶水稀釋的片狀膠，瓶瓶罐罐散亂在工作桌上。

沈行墨越走向深處，隱約察覺到隨著工作區域有異，那些他唸不出詳細名字的成分氣味也不盡相同。

工作室深處是一面寬長適中的牆，上頭有黏著劑與顏料痕跡、以及掛鉤等等固定用具，看來有些時候會把待修復作品掛在上頭。

梓棠就站在牆邊等待他。牆的前方立有畫架，一幅畫作安置在畫架上。

「周梓棠先生。」

「沈刑警，晚安。」梓棠向他點頭問好。「很感謝你願意過來。」

沈行墨走上前，室內光線薄弱，有一幅油畫顯示在他前方。刮除表面髒汙的畫作拆了外框，徒留內框，畫面黯淡失色，起伏著不規則狀的龜裂裂痕，有些顏料碎片已剝落，露出打底層。

沈行墨知道那幅畫無疑就是〈蓮夏夜〉。這位年輕修復師請他過來，沒道理會把〈蓮夏夜〉以外的畫攤在他面前。

「有關〈蓮夏夜〉的檢測和修復，我發現幾個疑點……我想說私底下也好，至少先來問問沈刑警的意見。」

「好，你說吧。」

沈行墨拿出口袋裡的攜帶型錄音裝置。

「你提供的情報今後說不定能派上用場，當作是做個紀錄也好，方便我錄音嗎？」

「當然可以。」

梓棠開始粗略說明〈蓮夏夜〉的狀態。

「首先，這幅畫的畫面保護油層特別薄，表面上有多處刮傷痕跡。」

〈蓮夏夜〉泡過水，他們推測是畫面保護油本身狀態就不佳，加上因為海水流動而被小石子或沙礫割傷，保護層出現了破洞，水氣滲進顏料層，汙染狀態因此更為嚴重了。

進一步私下調查後，他們發現當中的不對勁。

畫作泡過海水，但可能「不只」泡過海水。

「〈蓮夏夜〉畫面裡的橋梁部分，顏料採用朱砂，朱砂的主要成分為硫化汞。因為沒有油層保護，橋梁的部分已經發黑了。經過檢測，發現畫面殘留著微量的鐵和銅。」

「原來如此。」

硫與鉛、鐵、銅接觸的話會形成硫化鉛或硫化銅，日子久了就會變黑。畫作泡水後送來修復室排程修復已超過一年，橋梁部分早就已經呈現黑色龜裂狀。

「然而事實有部分相左，請你仔細看看，畫面裡只有橋梁部分損毀的最嚴重，海裡砂石造成的擦傷軌跡也有不自然處。」

「什麼意思？」

「我猜想……造成朱砂發黑的原因，可能不是因為海水或其他成分氧化。」

梓棠將凝視〈蓮夏夜〉的目光轉到沈行墨身上。

「是血。」

「什麼？」

「死去的李橙川教授，他的血濺上了〈蓮夏夜〉。血液讓顏料氧化了。」

沈行墨那張撲克臉沒有變化，他輕嘆一口氣。

「……周先生，我以為你特地要我過來一趟，是掌握了更有根據性的說詞。」

「我推測凶手當時在這幅畫前攻擊，或是殺害了李橙川。」

「有誰會選在油畫前切割人體？被害人是死於分屍。」

「李橙川是死於分屍，或是死後被分屍都不影響這個假設。因為重點在於他和凶手爭執期間產生了流血衝突。」

「你是指李橙川在死前和趙光有起衝突時流血過，血沾上了這幅畫？如果真的是如你所說的，那你們在進行畫作檢驗時一樣能驗出來才對。」

「被洗掉了。」

梓棠回答。

「使用強酸或強鹼都可以破壞血液裡ＤＮＡ鍵結，輕易就能抹消血液的主人情報。凶手清洗掉血，為了故布疑陣，才將畫面其他部分也進行了輕微損害。」

「你這種假設不就是自圓其說嗎？」

「我一開始也認為事情太支離破碎了。但一方面，我也覺得奇怪，如果〈蓮夏夜〉上面真的有李橙川死亡的線索，那警方應該不是叫我快點修好，而是把畫拿去給鑑識小組檢驗才對。」

「檢驗畫作不是我們的專門，何況損毀的畫很脆弱，一不小心弄壞，沒人有辦法賠償。要鑑識，也是等你們ＣＣＳ讓它堅固點後再動手。」

「如果是等修復完畢才進行鑑識的話，殘留在上面的成分……很多，都會變成新的。」

畫面的龜裂處，底層的肌理，表面的保護層，甚至是畫布背面的托裱，全都會注入新的物質來維持畫作的狀態。

「由我的立場來說或許不妥，但是……修復過後的畫作可以完好如初，但不可能回歸原始。」

即便使用同樣的畫布與顏料、盡可能重疊原作者的筆觸與習慣，煥然一新的〈蓮夏夜〉也不可能會是從前的〈蓮夏夜〉。

「難道不是因為畫作上留著『什麼』，你們才不方便做細部調查嗎？」

「一幅被水泡壞的油畫能有什麼？」

「李橙川因為發現了〈蓮夏夜〉的某個真相而被凶手殺害。」

左手有股悸動，梓棠握緊拳頭。

「兩人衝突期間，他的鮮血濺到畫作上。凶手洗清畫作上的血而造成畫面損害，那時候正好是八九水災期間，凶手乾脆把畫作偽裝成被水災沖走的模樣。」

畫作受損至今超過一年了，已經無法明確指出當時的事發狀況。但最能佐證此推論的證據就在於刮痕與龜裂痕跡不規則、橋梁的黑化，以及水草──何曦予醫生所提到的，〈蓮夏夜〉畫框縫隙裡藏著的水草碎屑，是只有北部才有生長的植物。那時候的臺灣北部沒有水災。

「趙光有是李橙川的學生，在這之後他開始尋找失蹤的教授，進而發現相同的真相……然後，同樣也被滅口了。」

沈行墨安靜了一會兒，他深知怎樣嗤之以鼻也無法阻止梓棠進行假設，索性雙手交抱問道：

「我聽說這幅畫作失蹤了近百年，死者李橙川當初又是怎麼找出這幅畫的？」

「黑市。〈蓮夏夜〉本來打算在黑市進行買賣的，對吧？」

「你這麼反問我，我也不可能有答案。然後呢？」

「我一直在想，我明明知道了真相，但為什麼凶手不殺了我。」

進一步的假說造成心跳加快，體溫上升，梓棠按捺住自己不受影響。

「凶手擔心畫作的某個真相被發現而殺了李橙川，也在趙光有私下展開調查後鎖定他。換句話說，凶手的行動範圍非常廣，他同樣能在背地裡觀察我的一舉一動。」

凶手監視梓棠的理由也相當簡單。一來是因為他是接手〈蓮夏夜〉的修復師，二來是——他是凡尼斯手臂的受贈者。他和趙光有有所聯繫。

「李橙川和趙光有是因為察覺楊玄的真相而被滅口，那我為什麼會沒事？這只是我的猜測，但是……我想，凶手『目前』不能讓我死掉。」

在他替凶手完成某件事以前，凶手再怎麼有本事，都不能輕率了結他的性命。

「一旦我死了，〈蓮夏夜〉的修復作業就會延遲。包含小茜在內，修復室裡的人無法完全修復那幅作品，也無法輕易轉交出去。正確而言，那是只有我才能修復的作品。」

梓棠明白凶手肯定知道他們試圖調查的動靜，即使他在中途就拆穿永生花的針孔並做了不少障眼法，導致凶手無法即時偵測，凶手依舊能推斷出他們已經察覺真相的事實。

然而凶手一定也有某種理由不能「輕舉妄動」。凶手的特殊身分有優勢也有劣勢，這點彼此算是扯平了。

「那是只有毀了〈語冬〉的我……只能由我修復後，才能讓名氣更加高漲的作品。」

梓棠說。他公開表示自己毀了那幅冬雪臘梅時，沈行墨細長的眼眸若有似無地微跳一下。

「我說得沒錯吧？」

梓棠忌憚著眼前的刑警，道出他堅信不已的假名：

「楊黎先生。」

沈行墨沒回答。

經過短暫的沉默，他按住肌肉牽動的嘴角與眼尾，失聲笑了出來。

《其零》墨色潛行

楊黎是打算透過黑市將〈蓮夏夜〉轉手出去，進而得知李橙川這名買主的。

這類交易通常會隱藏彼此的真實身分，楊黎當時也不清楚對方是位退休的大學教授。總之只要有足以帶走〈蓮夏夜〉的巨富怎樣都好。他只需要金錢價值，畫與錢的價值來源？次之。

那次，李橙川問他為何會有遺失百年的〈蓮夏夜〉？

他回答：「我是楊玄的後代。那是老祖宗留下來的作品，畫作流傳給後代，合情合理。」

這是千真萬確，他流著那位畫家的血，儘管稀薄。

所謂眼見為憑，李橙川要求正式交易前想再一睹那幅畫確認是否為真跡。

真跡哪有什麼禁不起考驗的地方？當然可以，楊黎答應了。

然而他萬萬沒想到——李橙川在安置畫作的小房間裡當場揭發了他早已埋葬、連他自己也險些遺忘的真相。

「那真的是楊玄的作品嗎？」

李橙川質問。

「經過我調查後，我合理推測四季系列並不是楊玄作品，而是同期畫家張皓凡所做的構圖。楊玄他……誣賴張皓凡以後奪走草稿，再宣稱四季系列是自己的作品。」

四季的價碼連年攀升，美術館館內的兩幅〈春斜柳〉、〈秋炎〉，收購者絡繹不絕。〈語冬〉現今已失蹤，剩餘的〈蓮夏夜〉將產生多大價值，明眼人都曉得。

而今，李橙川竟然將這幅價值連城的名畫一口咬定為剽竊與抄襲，甚至是偽畫的一種。

「身為楊玄的後代，你是知情的吧？就算過了百年，這也是不能被原諒的事情。」

「那你想怎麼做？」楊黎蹙眉。「是誰告訴你這些事的？」

「你隱瞞了真相，然後任憑外界炒作畫作的價格，這種行為對藝術是種褻瀆。」

楊黎聽聞，不禁反問自己：什麼是藝術？什麼是褻瀆？

「這和偷竊沒兩樣……就像是偽畫一樣！」李橙川咆哮。

楊黎不懂，也沒打算懂。

他只知道就算這世界上再出現一千幅這種畫，市場還是會照單全收。因為那群人看的不是藝術，而是藝術創造出來的數字。

何況四季系列不是偽畫，就算草稿和點子是別人的，真正下筆的是楊玄。筆觸、顏料用色、畫布的去漿上膠打底，都是出自楊玄之手。

怎麼看都是真跡，何來偽畫之有？

「這是必須公諸於世的真相！楊玄的其他作品，說不定也——」

一旦昭告天下，楊玄與其作品的聲望將從高峰跌落，狠摔到深淵裡，永無翻身的一天。

他放在倉庫裡的楊玄其他作品也將沐浴在審視與質疑的眼光下，多數淪為垃圾。倘若十年、百年後又有新的真相將其翻供，又有多少人會願意洗刷記憶？頭條新聞與藝術品一樣，第一個跳出來的最聳動，最沸沸揚揚的最具價值。

「我不能讓你這麼做。」楊黎說：「這個真相，你就帶進棺材裡吧。」

當楊黎回過神時，他已重傷了李橙川。

隨手拿來敲擊李橙川的鈍器染紅，楊黎盯著自己沾滿鮮血的手，即使身體開始發抖，心裡卻冷靜得連他自己也感到發毛。

楊黎不明白這股心境，他究竟是原本就打算將知道真相的人一一抹殺，抑或純粹失去理智而動手？

楊黎安置〈蓮夏夜〉的環境良好可避免作品變質，地處掩人耳目之勢，但面積太過狹窄，這恐怕是最大的失策。

「啊……啊……」李橙川竟然還留有最後一口氣掙扎，他撐起扭曲的身體，伸出手想捉住什麼，濺起的血，指尖的濃稠液體，觸碰到畫框與畫布之間的縫隙，還有畫面裡的橋梁，整張畫都沾了血。

「你竟敢——」怒氣再度衝上了楊黎的腦門，他把李橙川的身體扯回地上。這老人竟然讓血玷汙〈蓮夏夜〉？還有比這更不可原諒的事嗎？

不行，還不能讓這傢伙死。楊黎說服自己。

還有事情得問這個人，他是怎麼查到真相的？他還掌握著其他什麼樣的情報與耳目？得一五一十地逼他說出來，否則難保第二個、第三個嗅到實情的好事者出現。逼供完，才能把李橙川處理掉。

於是他忍下殺意，將李橙川擊昏後帶離私人倉庫。

〈蓮夏夜〉畫面上的橋梁原本就呈現紅色調，濺上李橙川的血後，益發赤紅奪目。

二〇一九年八月八日，暴雨滂沱。

聽說有颱風以驚人之勢逼近，短時間內積水量已高達鞋板處。楊黎厭惡在這種惡劣天氣下運畫，遂將染血的〈蓮夏夜〉擱置在私人倉庫。

別緊張，他告訴自己，那些畫已經安置在這好幾年了，不差這幾天。雨停了再想辦法。

他把李橙川笨重的身體扔進休旅車車廂裡，行駛離去。

大雨漸強，楊黎忍不住加快車速，得趕在雨勢大到無法動彈前把事情做個了結。

這場雨估計會持續好幾天，他要把李橙川藏到哪去才好？該怎麼逼他吐出話來再處理掉？

雨刷以最大的頻率來回震動，咚咚、咚咚地來回擺動身子，被甩出去的雨水如浪花般朝車窗兩旁濺出，旋即又有新的雨勢傾盆而下。

車速，雨霧，風聲，楊黎幾乎看不清前方了。

一個閃神，楊黎切換車道時，轉角竟然迎來另一輛車，他緊急運轉方向盤扭了過去，擦過別輛車。

車輛劇烈搖晃，差點失速打滑，車輪運轉的水花滿濺地面。

——嘰——……碰!!

楊黎聽見後方傳來「碰！碰！」的連續重音，可能是緊急剎車轉彎時，後座的李橙川打滾了幾圈，跌到地板。

車輛剎車與輪胎摩擦聲響接二連三竄出來，混合雨點，他的行為造成交通混亂。他尚未握緊方向盤，又是「碰」一聲，不，是更激烈的「轟隆」巨響。後方——不是李橙川——是更遠更遠的後方，有碎裂聲使他震耳欲聾。

沒有那個閒暇停下車，被盤問就糟了，楊黎立刻換檔，以更快的速度駛離現場。劇烈雨勢是場煙幕，掩護他消失在灰色帷幕中。

事後楊黎得知他間接引起的交通事故，使一輛大貨車打滑翻倒，引起連續追撞。事故造成多起車輛駕駛與行人受傷，當中有位精神狀況不穩而蹣跚行走的路人，左手被翻倒的貨車壓碎，以截肢收尾。

※

李橙川死了，沒問出話來。

恐怕當時重擊他頭部，以及長時間的運送過程磨光了他的性命，老人總是比較脆弱。

楊黎盤思著該如何善後，最後將李橙川的肢體切割成數塊，冰入冷凍櫃裡。倘若將來有人發現不對勁來尋找李橙川，視情況能「以備不時之需」。

駕駛的休旅車沾滿了砂石泥土，烤漆被塵土碎屑刮傷，車廂裡恐怕也沾著李橙川的血跡與毛髮。

楊黎將車子駛到深山，推進山裡的湖中。

他重新審視〈蓮夏夜〉的狀態，幸虧血液沒完全滲進畫布裡。他用強力溶劑盡可能擦去表層血跡，不料保護油層太薄脆，這舉動勢必會傷及畫面。

「怎樣都會毀了這幅畫……」

楊黎看著窗外毫不歇止的大雨，靈機一動，決定用工具輕輕刮除縫隙的血跡。為避免刮除痕太明顯，除了血跡處以外，夏季夜景的天空、蓮葉、小河上架起的拱橋，他都稍微用工具浮掠了過去以混淆視聽。

接著，他將〈蓮夏夜〉泡入水裡。

〈蓮夏夜〉是被水災給沖刷，水災結束後在出海口打撈上來的。楊黎盤算著，再次將畫布連帶內外框一同泡進海水。

這片汪洋大海裡，溶入了微乎其微的，李橙川的血。

楊黎沒有修復畫作的能力，故將損毀的〈蓮夏夜〉送給畫廊，委託其轉交給CCS的修復師修復。畫作修復因人手不足而延長排程，楊黎得知CCS其中一位修復師因事故而截肢，恰巧是專攻油畫的，令他稍微感到時運不濟，因為那名修復師據說技術了得。

李橙川退休前任職於美術大學，教授學子外，也能在期刊與論文上找到李橙川的名字。教學之餘，喜好收藏與評論畫作。這人對藝術有熱忱，為人就是乖僻了點，無妻小，獨來獨往，有時能在拍賣會與展覽會找到他的行蹤；但埋首於研究時，則像人間蒸發一樣不知去向。

李橙川生前離群索居的習性幫了大忙，事件發生後好一陣子也無人察覺。幾個月後他的親屬總算報了失蹤，搜尋未果。

——楊黎就是在那之後遇上了趙光有。

「沈刑警，你說橙川教授失蹤了？所以這陣子才聯絡不上他……」

趙光有是李橙川的學生，為尋找教授的信息而奔走，楊黎暗自將他稱呼為「第二個李橙川」，試圖追尋真相的第二隻羔羊。

「上級告訴我別把時間浪費在沒著落的失蹤人口上，但是畢竟是一條人命，我想試著找出來。」

楊黎保持鎮靜，盼能套出更多情報。趙光有知情多少，將決定他日後的行動方針。

「趙先生，李橙川以前有向你說些什麼，或是有任何怪異的行為舉止嗎？」

「……雖然只有一次，教授他有說溜嘴過……黑市。」

「黑市？」

「嗯……畫作交易的黑市。還有……一幅畫的名字。」

趙光有單靠第六感嗅到了蹊蹺，或是李橙川留下了什麼死亡信息都不重要了，楊黎只明白自己又惹上了一件麻煩事。

不知該說喜還是悲，但冷凍起來的李橙川屍體或許能派上用場了。

在那之後，他以調查為由取得趙光有的信任，私下與其保持聯絡。

趙光有竟然循線找到了張皓凡曾經離群索居的住所，睽違百年，那已是間殘破老舊的山間小屋。

裡頭幾乎沒有東西，早在很久以前就清空了，因此楊黎才無法想通李橙川是怎麼察覺到事情真相的。

於是楊黎趁著趙光有潛入小屋裡時縱火，試圖燒掉張皓凡遺留的老屋。這場火可以燒掉不少證據，同時也是種警告。

趙光有若仍執意調查下去，楊黎就只能照劇本行事——李橙川是被趙光有殺死的。因為李橙川持有失蹤多年的〈蓮夏夜〉真跡，卻被趙光有察覺且不慎損毀畫作，此事被李橙川知情並被勒索，故痛下殺意。之後，趙光有將李橙川分屍，半年後畏罪自殺，浮出水面的〈蓮夏夜〉畫面表層若殘留血跡，也是李橙川當年被害時濺出的血。

楊黎非得在劇本裡留下所有保全自己的退路。

——不久，他編寫的劇本只能成真了。

「沈刑警……我想教授他……恐怕已經死了。」

「為什麼這麼認為？」楊黎問。

「因為他發現了不該發現的真相。所以請你不用再找下去了。」

楊黎停頓片刻，低聲問：

「趙光有先生，你會公開真相嗎？」

「當然。我不能讓教授的死白費。」

追求真相的趙光有太過耿直，且不懂得進退。

他除了痛下殺手外別無選擇。

趙光有信任他，楊黎也多的是辦法能將藥錠混入趙光有的飲用水裡。隨後，他將昏迷的趙光有拖進浴缸，在他手腕割了道缺口。

之後將準備好的藥罐與收據安置在趙光有住處，抹除有關自己造訪的一切痕跡。不要緊的，以他的職業立場，多的是辦法可以善後。

殺害趙光有後，楊黎按照計畫將其偽裝成割腕自殺。

或說刀口不夠深，或是趙光有本人幸運，留有一口氣的他被家屬發現後立即送醫，不過最終撒手人寰。

——據說，家屬將趙光有的器官與手臂捐了出去。

經由家屬報警，楊黎得以再度進入趙光有的房子調查，藉機將不利於自己的物證掩埋掉。「就是這樣，請你節哀」，自殺事件大多會用這種安撫馬兒的字句請家屬認命，就此不了了之。

二度行凶的楊黎並非完全沒有受到良心苛責，他希望這圍繞在畫作真相的螺旋能有個結束。至少，自己寫的劇本不要全數成真。

無奈凡事總事與願違。

半年後，事件以出乎預料的走向再度揚起波瀾——當初那斷了手臂的油畫修復師竟然獲得異體捐贈，復職CCS。

周梓棠得到的，是趙光有的手。

究竟是何等能耐，才有辦法在這種狀態下復職？

楊黎利用各種管道調查對方的底細，該修復師周梓棠於一年前的水災前夕失去手臂，其父周檀極有可能持有過〈語冬〉。如今〈語冬〉已不知去向。

——被視為自殺的趙光有，遺屬捐贈了器官。修復師周梓棠得到了他的左手。

冥冥之中，或許真有註定。

一般修復師不會發現〈蓮夏夜〉的真相，四季系列並非偽畫，是楊玄一筆筆鑿在畫布上的親筆作品。楊玄不過是改造了張皓凡的草稿而已。

然而楊黎不免起了非邏輯的揣測：一般修復師不會察覺，但握有趙光有手臂的周梓棠會不會察覺？

見識過〈語冬〉——楊玄筆觸的周梓棠，會不會察覺？

那兼具才華與努力、卻異常自卑的年輕修復師，儘管際運顛簸仍奇蹟似地重返前線，他想必無意間引來了同行的嫉妒。

事實上也如此，楊黎不過稍稍打探風聲，同個工作室的職員就乖乖上鉤，成為他的眼線。

只可惜那名叫林茜的職員一心只想取代周梓棠，妄想著自己有本事能修復那幅畫，除了混淆視聽、占點功績外沒什麼用處。

楊黎透過針孔攝影機裡窺視到周梓棠的住處，裡頭擺滿了〈語冬〉的臨摹油彩，這名修復師對該畫作有著異常執著。

楊黎光根據這點，就明白周梓棠對四季系列的敏銳度不容小覷。

留下這名修復師必定引來後患，可是一旦排除周梓棠，〈蓮夏夜〉的修復將遙遙無期。他等不到那個時候，時間一久，他將無法確切預測〈蓮夏夜〉的結局。

透過竊聽，楊黎甚至發現另一個真相：周梓棠極有可能就是當年燒毀〈語冬〉的凶手。

於是楊黎試著再次改寫劇本：經手修復〈蓮夏夜〉的修復師周梓棠，實為當年損毀〈語冬〉的凶手，歷經長年間的良心苛責、自卑感與心魔，以及修復〈蓮夏夜〉所帶來的極大壓力，令周梓棠在修復完成後自我了斷。

——就讓周梓棠修復這幅畫吧，由熟悉〈語冬〉的他碰觸〈蓮夏夜〉。

周梓棠的修復將會引起日後〈蓮夏夜〉更大的話題性——親手破壞名作的修復師，睽違多年後再次與四季系列相逢，終究無法抵抗心中的罪惡感而結束自己的性命——還有比這更舉世矚目的舞臺嗎？

悽慘，悲歌，世間最愛的不就是消費他人的悲慘作為娛樂？

這就是為什麼悲劇引人落淚的同時也能獲得讚揚，旁觀者追求刺激，期待當事人遭遇更淒慘的結果，好用來滿足自己的瘋狂。

身世越可歌可泣的畫家，死後的作品價值越是高不可攀。這也是為什麼生平淒慘潦倒的楊玄，他的作品能夠搖身一變成為曠世巨作。

既然你們喜好嗜血，我就讓你們嗜血。

這世道追求的從來就不是藝術，而是操弄扭曲藝術後所翻騰出來的價碼。多少慾望藉藝術之名而滋生？社會喜好腥羶色，追求血淋淋的悲慘。那楊黎就利用這股風氣再次吹高〈蓮夏夜〉的價碼與聲望。

——然而，楊黎卻透過針孔窺視，屢次目睹到他不敢置信的景象。

周梓棠用接合的左手靈巧地書寫文字。

周梓棠與他的左手——趙光有的左手，進行著筆談。

《其十一》違論善惡美醜

「所謂懷疑，是指有充分立場或證據下才得以做出的指證。周梓棠先生，你為什麼會認為我就是楊黎？」

不，沈行墨搖搖頭，他改口問：

「你為什麼認為那個名叫楊黎的神祕委託客，就是本次案件的嫌疑犯？」

「那自稱楊黎的人，和楊玄有關係。極有可能是親屬。」

「單憑姓氏決定血緣，全世界說不定都是一家親了。」

遭到懷疑的沈行墨，語氣明顯針鋒相對起來。任誰都不想無緣無故被視為殺人凶手，他的反應合情合理。

梓棠沒有正面回應對方的諷刺，他稍微離開掛著〈蓮夏夜〉的畫架，來到工作桌前，抽出安置在桌上的畫筒裡的紙。

共有三張上了薄蠟的發黃紙張，尺寸相同，他小心翼翼拉開捲起的舊紙張。

「這是四季系列的草稿。」正確而言，是春、秋、冬的草稿。「是趙光有留下來的。只有三張，沒有〈蓮夏夜〉的草稿。」

「趙光有留下來的？」

「沒錯。已死之人生前留下的最後證據。」

梓棠無懼地望回去。

「草稿上記錄著四季系列的真正作者。這四幅畫並非楊玄，而是張皓凡所繪製而成。草稿上的炭筆成分與楊玄的他幅作品有些微差異，卻和油畫版本〈蓮夏夜〉打底層的成分極為類似。另一方面，楊玄當年是在短時間內一口氣公開四季的，據說，他沒擬定鉛筆草稿，而是直接將底稿繪製在油畫布的打底層上。」

這只是他的推論，梓棠藉由理性且鎮靜的論述，重整自己的信心。

「換句話說，當年楊玄極有可能偷竊了張皓凡的四季草稿，搶在被張皓凡發現以前迅速繪成油畫版本再公開。當中的〈蓮夏夜〉油畫打底碳粉痕跡和草稿成分相同，是因為那是唯一一幅張皓凡繪製到一半的作品——楊玄為節省時間，直接把張皓凡剛打底完的油畫〈蓮夏夜〉給完成了。以他自己的筆觸。」

「楊玄如果真的這麼做，原作者張皓凡不可能眼睜睜看著他剽竊自己的作品。」

「辦得到。如果那時候張皓凡被關進牢裡，社會時局動盪的話，就辦得到。」

梓棠反駁他。

「西來庵事件。當年張皓凡被誣賴為參與的一份子而被送進了牢裡。當他洗清罪嫌出獄後，四季早已公開了好一段時間。」

西來庵事件發生於一九一五年。梓棠指著四季草稿角落處的，是張皓凡的落款與年份。

「張皓凡所畫的四季草稿年代同樣標記著一九一五年。油畫版本四季公開的年代雖無法確切考證，但最快也是一九一七年後。」

梓棠同時推論，張皓凡被迫入獄時，之所以無法即時證明自己的清白，就是因為四季系列已經被竊。那是與抗日事件爆發期間他所繪製的草稿，即使證據薄弱，繪畫中的他仍有間接不在場證明。草稿被竊的他，再也無力替自己辯白。

「年代的順序我懂了，但是有什麼能證明那是真正的四季草稿？」

沈行墨仍紋風不動，好似剛才一剎那露出的嗤笑聲都是假象一樣。

「作品年代、畫家簽名、紙質、筆觸，只要有心，這世界上什麼都能夠複製或造假。你是修復師，應該比誰都清楚這件事才對。」

「另一個證據同樣在〈蓮夏夜〉裡。」

正確而言，是在見識過〈蓮夏夜〉的李橙川身上。

「唯一遺失的〈蓮夏夜〉草稿一定在李橙川手上，否則他不會知道四季系列的祕密。凶手一定也極力在尋找這些草稿，草稿不是被凶手找到後銷毀，就是被李橙川藏了起來。」

李橙川生前持有的草稿，有三張被凡尼斯搶救回來，一張則遺失。

「沈刑警，你曾告訴過我，李橙川的胃部裡找出了紙條，上面寫著趙光有的名字……這也被認為是趙光有犯下凶案的關鍵證據。」

李橙川留下的死亡訊息，以及屍體殘留的指紋，全都指出凶手就是凡尼斯。

「但是……刑警，那是你刻意混淆我們的假情報吧？」

「怎麼說？」

「趙光有絕非殺人凶手，身為李橙川的學生，他反而極有可能是李橙川死前最後一刻寄託的對象。李橙川不可能會在紙條上寫出趙光有的名字，這會引來不必要的麻煩。」

這個假證據反而帶給了梓棠靈感。

倘若李橙川死前無處可逃，他必須將證據藏匿在不會被凶手發現的地方。草稿是極為脆弱的物質，不可能扔出窗外或藏在室內，於是他死前，把某樣重要證據給「藏」進了胃裡。

「李橙川真正吞進肚子裡的，是這個吧？」

梓棠從畫筒抽出最後一張紙——上過蠟的，四季的最後一張草稿圖〈蓮夏夜〉。

草稿被粗暴撕開了一大塊，那塊缺角面積若經過搓揉擠壓，目測和從李橙川胃裡撈出的「趙光有紙條」面積類似，是可以吞嚥到喉嚨口裡的大小。

「沈刑警，四季的草稿，這是你一直在找的東西吧？」

「……已經夠了，周梓棠先生。錄音我會銷毀，今晚的事情我會當作沒發生過，這場鬧劇就到此為止。」

「請正面回答我的問題，沈刑警。」

「你像這樣私下調查案件的目的，為的就是強詞奪理，讓死者再被消費一次嗎？鬧劇已經夠了。」

沈行墨緊皺的眉頭下方，一對眼瞳噴出冷靜而狠毒的漆黑火焰。

「聽好了，我從頭到尾都沒有義務奉陪你的謬論。四季草稿也好，那個叫做張皓凡的人也罷，或是李橙川的紙條，那些都是你輕易就能偽造出來的東西吧？」

「是不是真的，進行比對不就知道了？」

梓棠的語氣也強勢起來，他高聲說：

「李橙川死後屍體被冷凍起來了對吧？就算胃部裡的紙張被唾液和胃液沾染，也不會完全被侵蝕掉。草稿本體以及李橙川胃部裡的紙類碎片，兩者之間的撕裂痕是否吻合，或是碎片上繪製的炭筆軌跡有沒有辦法連結到草稿本體，就像拼圖那樣。我提出的假說有沒有效力，比對一下就知道了。」

這名刑警當初顯示給我們看的紙條，李橙川胃部裡寫著「趙光有」姓名的紙，絕對不是真的——梓棠堅信著。

「不然就請你當場聯絡警方鑑識組吧？告訴我屍體解剖後取出的紙張碎片，和刑警你給我們看的究竟是不是同一張。若紙張相同，我會為我的蠻橫無理道歉，並且發誓不會再干涉這樁案子。」

「無論證據是否吻合，你本來就沒有資格介入案情，周梓棠先生。一開始竟然還想著要聯繫你……完全是我的失職。」

「請聯絡鑑識組。」向來身段柔和似水的梓棠，此刻氣勢堅定，不容置喙，他又說了一次：「沈刑警。」

夜深人靜，兩人的對峙聲敲響了小而密閉的修復空間。

若沈行墨有這個意思，梓棠隨時都有可能遭受攻擊。訓練有素的刑警多的是辦法將他處理得不留痕跡。

「能夠像這樣處處阻撓我們調查，又能用職權掩蓋嫌疑的……就只有你，沈刑警。」

沈行墨沒有說話。

「沈刑警，為什麼要這麼做？」

沈行墨深黑的眸子盯著他，反問：「為什麼你會這麼認為？」

語聲落下，沈行墨隨即搖搖頭，他輕嘆口氣，換了個問題：

「為什麼要處心積慮地調查下去？」

「……我只是想知道而已，我想知道你這麼做的理由。」

為什麼李橙川和趙光有非死不可？

梓棠看向沈行墨，看向沈行墨身後那撐在畫架上的〈蓮夏夜〉油畫。一盞小小的白燈光芒自牆頂落下，薄弱光線呈扇形散開，點亮〈蓮夏夜〉氧化漆黑的橋梁。

他對〈蓮夏夜〉以及記錄著四季軌跡的油畫群莫名感到痛心。會發生這種醜聞，明明與作品無干係，這四幅畫卻得負責背負起作者的罪刑與遭遇。

「……凶手是那個叫做楊黎的人。」

梓棠盯著沈行墨的眼神滿是悲哀。遑論楊黎是否為假名。

「而你就是……楊黎。」

只要沈行墨不承認，他就無計可施。

他該怎麼抗衡一位無從定罪的凶手？

「——沈行墨，你為了隱瞞真相而奪走兩條人命，然後蓄意繼續炒作畫作的價格，這種行為對藝術無疑是種褻瀆……不只是藝術，對死去的李橙川和趙光有而言，都是無法饒恕的事。」

這時的梓棠無意識，或是蓄意揣摩李橙川生前的情緒，忽然道出了這句話。

聞言，沈行墨睜大眼睛，怔忡不動。

「四季不是屬於楊玄的東西，是搶來的，和偷竊沒兩樣……就像是偽畫一樣。不對，這種剽竊比偽畫更不如。我不能讓這種東西留下來。」

梓棠與他擦身而過，再度走向修復室深處的那面牆。

「這幅畫不是楊玄的作品……這種抄襲又剽竊的贓物，不配稱作名畫。」

梓棠停留在修復中的〈蓮夏夜〉前方，表情冷酷，那才是他捨棄所有虛假外殼後的真正神貌。猶如冰霜，單是一道目光就逸散出無人能接近的凜寒。

梓棠明確感受到自己在發抖，害怕得牙齒打顫。

他要演，得演下去才行。

他即將做出最違背良心，必定帶給自己心靈重創的惡行。而為顧全大局，他非做不可。

「關於息事寧人這方面，刑警，我和你的觀點相同，我也有義務在公諸於世前埋葬真相——用別種方法。」

語音落下，梓棠原本空無一物的手，不知何時，多了把手術刀。

多半是他在工作桌攤開草稿時順手拿回的工具，又或是從一開始就留在身上自保用的。修復用的手術刀為防止刀鋒發鈍，刀片可替換。他反握住的手術刀，刀刃正反射著天花板照下的白光，銳利得森冷。

「什——」

沈行墨會意過來的當下，為時已晚。

「住……住手！」

他發出絕不像是從他口裡吐出的驚吼，朝畫作的方向奔跑。

唰啦！

梓棠充耳不聞，舉高手，將刀鋒刺進〈蓮夏夜〉的畫布裡，狠狠往斜邊一扯。

又一聲唰啦！撕——梓棠曾為了修復而剪裁過亞麻布材料，但從沒聽過如此爽快清脆的撕裂聲。

高舉的手術刀往下劈，接著撞擊到畫框，發出咚的一聲，畫框同樣被劃出一道裂痕，刀刃卡在裡頭。

「你——」

遲了一步，沈行墨呼吸急促，他扳住梓棠的肩膀，逼迫他轉身過來。

「周梓棠！你這傢伙竟敢……你竟敢！」

天旋地轉，後腦杓與背脊傳來撞擊地面的疼痛，天花板的燈光直射瞳孔。短短的間隙，梓棠已被沈行墨壓制在地板上。

沈行墨已不見冷靜之姿，如同隨時失控也不稀奇的野獸般扼住他的咽喉，居高臨下怒視著他，眼瞳裡聚滿憤怒集結而成的混濁岩漿。

咽喉遭受壓迫的緊縮，梓棠痛苦地抽咳起來，沈行墨仍沒鬆手，就這樣跨坐在他身上，使他四肢難以動彈。梓棠割毀畫布的手術刀老早就被踢到角落去。

「你要……殺了我嗎？」

聲音因為逐漸缺氧而氣若游絲，梓棠嘶啞地吼著：

「像是殺了李橙川和趙光有那樣……把知道真相的人都排除掉！」

要是提早殺了我，你所編排的劇本將出現無法彌補的疏漏，即使如此你仍打算這麼做？他是這個意思。

「沈刑警……你追求的東西究竟是什麼？這幅畫難道真的比人命還重要嗎？」

透過壓迫頸項的力量，渺小卻緩慢流入呼吸道的氧氣，他能推論出沈行墨尚留有理智，否則這人多的是辦法扭斷他的脖子。

「果然、是你做的……是你把趙光有他們給……」

「……」

「我既然、有本事毀了這幅畫，同樣也有本事把這幅畫……修好。〈蓮夏夜〉會以怎麼樣的姿態回歸，全取決於、你的回答。確定打算就這樣、殺了我？」

他感覺到沈行墨的手微微發抖，緊扣住他脖子的指節，稍微收了力道。

「——周梓棠，我問你，你認為這世界上是『畫作』重要，還是『畫家』重要？」

呼吸與心跳都清晰可聞的靜寂之間，沈行墨開口了。

「四季系列若是掛上了張皓凡的名字入世，有辦法得到今天這種名聲嗎？」

他臉上已沒有游刃有餘的表情，不帶嘲諷或冷峻，褪下所有情感的軀殼。

那副模樣，有幾分類似梓棠所追求的「靜」。

是領悟了某種道理後，明知理念並非唯一或絕對，也無意辨明善惡對錯，徒有一意孤行的精神。

不受任何外物干涉，執著地，潛行在墨色黑暗裡的「靜」。

「楊玄的畫可以賣上很好的價錢，光是一幅〈蓮夏夜〉就能夠讓人這輩子不愁吃穿。

掛上他的名字，怎樣的垃圾都能搖身一變成珍品。這就是這個世界對藝術的觀點。」

沈行墨告訴他，人生來就不曾平等過。

「聽說你是因為毀掉〈語冬〉才被打入地獄的吧？告訴你，我的處境和你類似，差別在於我是從地獄爬上來的。以前我就像是垃圾一樣被對待，某天家裡挖出楊玄的畫作後卻馬上被社會吹捧上天，以前背叛我們的親族全都重新貼上來想分杯羹，我自然明白人間冷暖是怎麼回事！」

說話的分量，藝術的美醜，舉手投足所影射的意涵，所有附加物均會隨著身分地位而升值貶值。這些都是這個社會長年來構築而出的成規與價值。

「人是這樣，那畫不也是這樣？你們口口聲聲追求藝術的價值，但這價值不就是我們人類自己奠定出來的？用歷史、用時間、用作者的名氣，用任何自認為高潔的視角去衡量一幅作品。說穿了，這些價值不都是錢和名聲嗎？我就直說吧，就算這世界上再出現一千幅這種畫，市場還是會照單全收。因為那群人看的不是藝術，而是藝術創造出來的數字！」

沈行墨敢篤定，倘若今天泡進水裡的並非名畫家楊玄的作品，只會被後人視為吸飽海水的破爛畫布。

「你們耗費生命用眼淚與血一筆一劃修復出來的東西，不也是為了繼續延續那些名利所做的？捫心自問吧，一幅畫作修復完成後，又有多少人能真正理解它們的價值？被你們用不同物料拼拼湊湊完成的作品，那還能稱作原本的畫嗎？」

世人的美醜基準，不過也是用金錢與名聲堆砌而成。單論四季這系列，沈行墨就不信有多少人真心認為它美。

所謂的「美」是什麼？怎樣的度量衡有資格將「藝術」分門別類？

「周梓棠，你敢說你不是如此嗎？」

他收緊勒住梓棠頸項的力道，把對方往地上扣撞。「唔、咳！」梓棠咳出一口唾沫，頭昏腦脹。

沈行墨一直都明白，那些自稱畫商、學者或藝術評論家的上流階級人眼裡，美麗的只有楊玄的輝煌高峰期，以及戲劇性的潦倒身世。作者有多卑屈，畫就有多高貴。

「今天如果只是一幅默默無名的破爛畫作，誰會想修復？不只是你，CCS的那位室長也一樣吧？你們追求的不過是這張塗滿顏料的畫布，上頭的附帶價值罷了。修復了四季後CCS也能聲名大噪，哈！多麼方便的宣傳管道。」

他嗤之以鼻的高笑聲短而尖銳，繚繞上空，融合在空氣裡。

「……你的推測沒錯，周梓棠，我不會殺了你。現在不會。」

沈行墨老早就知道這名修復師將他叫來修復室的用意，早在接獲電話時就料到一二了。不，早在更早以前，周梓棠刻意避開針孔的角度時，他就嗅到了不對勁。

獨自與殺人凶嫌共處一室？再笨的傢伙都不會幹這種愚蠢勾當。周梓棠有不會被滅口的自信，才敢如此大膽行事。

他深知自己還差一步，他確實還需要仰賴這名修復師的技術。

「要死也是等你修復完〈蓮夏夜〉再死。要是你現在就丟了性命，CCS裡也沒其他人夠格勝任〈蓮夏夜〉的修復，這樣作品得在倉庫裡躺多久？由你修好畫，你再因為曾經毀了〈語冬〉的愧疚而死，沒有比這讓楊玄作品更水漲船高的舞臺了吧？」

梓棠咳出近乎窒息的悶哼。「……你是為了要更加提高畫的價值……才要我把畫修好。」

「對。那又怎樣？誰不是這麼做的？別裝作可憐兮兮的模樣了，你跟我都是這幅畫的既得利益者！」

就算〈蓮夏夜〉的畫面真的檢測出血液又如何？那只會更加證實是持有畫作的李橙川被趙光有殺害，失血倒在畫前而已。

楊玄一手構築成的高峰不能磨滅。即使用盡任何手段，他也不得讓這高塔傾圮崩毀。

「和你說的完全一樣。是我沒錯。」

他俯視著梓棠，神態倨傲。

「一聽到有讓你精神崩潰自行離開ＣＣＳ的方法，那個叫林茜的女人就自動上鉤了。」

沈行墨暗忖，他怎麼可能會輕易讓周梓棠離開這場布局？要走或死，也是等修完畫以後。

「……最初看到攝影機的影像時，我還以為自己眼花了。」

沈行墨聲音帶著嘲諷。

「但是說到底，我是不相信那隻手能搞出什麼名堂。反正怪力亂神，寧可信其有，我不會當作它不存在。倒是那隻手當初安分點就好了，否則你今天也用不著淪落到這種地步。你可能得好好和那隻手求償了，前提是能活著走完這趟路的話。」

梓棠將永生花擺放在角落，他無法窺視到全景，只能透過聲音來推敲。沈行墨經常聽見這名修復師在獨居的公寓裡自言自語，時而伴隨鉛筆心磨損消耗的聲音。

「你那隻手真的是個怪物。不，能恢復到這種程度，你本身也是個怪物。明明是個肢體殘缺的次級品，就這麼想繼續活著？」

他彎下身，以極近的距離在梓棠耳邊細語：

「你就算再怎麼苟延殘喘下去——被你親手毀掉的〈語冬〉也不可能會回來。」

每個字句，牙齒相互敲擊的聲音，換氣的吐息。令人顫慄悚然。

「周梓棠，你潛意識裡想揭發四季真相的理由絕對比你所認為的更加黑暗。醜聞被揭露後，四季與楊玄的名氣就會跌入谷底，如此一來你毀掉的〈語冬〉充其量也只是個偽畫，不，比偽畫更不如的剽竊作。透過公眾輿論來減輕自己的罪惡感，這不正是你費心調查的最大動力嗎？」

「不、是……」

「不是？那為什麼要查？為什麼不安安分分過日子就好？」

「我是因為、不想、白費……」

竭力永遠掩埋事實的沈行墨。

義無反顧追求真相的周梓棠。

違論理由與動機，他們之間的執著是平行線，唯有一方得以倖存。

「……我有個該死的垃圾父親，從小欠下一屁股債落跑了。全家被那垃圾害得三餐不繼，你有餓到暈倒的經驗嗎？還是害怕還不出錢而被挖走內臟的經驗？差不多就是那樣。鄰居都只把我們當成害蟲，要我們能滾多遠就滾多遠。」

你想知道真相，我就全部告訴你。沈行墨說道。

「……直到某年發生了地震，聽說老家的破爛房子被震倒了。我和家人一起過去善後，地下室裡卻盡是找到些沒能當飯吃的破爛油畫，不過把畫賣出去的話至少能養活我這種社會底層的蟲子吧？然後，我是在那個時候一起找到楊玄的日記的。」

他指的是二〇〇二年發生的三三一大地震。

地震。梓棠的身子不免震顫，他記憶猶新，親手埋葬的〈語冬〉，其殘骸也被迫消失在那場惡夢裡。

「楊玄那與其說是日記，不如說像是自白書或懺悔錄，中日文混在一起，幾乎什麼也讀不懂，裡頭倒是寫了不少『對不起』。直覺告訴我那不是能輕易示人的東西，我把它藏起來，直到長大後終於稍微讀懂了，才明白那本日記裡提到的正是『四季』。」

楊玄把事件始末全都記錄在那本自白書上。

「楊玄說他很後悔。為了畫作、為了成名而偷走他人的心血，最後還害對方死去，他做了不可饒恕的事情。但是你想清楚，楊玄的所作所為是種罪惡，可是他的懺悔與自白難道真的能夠博得大眾的原諒嗎？」

睽違百年，沈行墨感受到提筆人楊玄的筆跡顫抖，懊悔與糾葛滲入泛黃紙頁。紙張發黃發脆，某種無法言喻的戒慎恐懼從裂縫裡蔓延了出來。

梓棠瞇起眼瞳，他的喉嚨仍未從勒緊中獲得解放。「那本、日記……」

「當然是毀了，我還能有其他選擇嗎？」

沈行墨嗤之以鼻咧嘴的笑容看來猙獰，不知怎麼卻也悲哀。

「那是負有盛名的楊玄最不能被反轉的真相，你覺得我會有其他選擇？你認為我還有其他路可走嗎？」

對不起，我錯了，這些才是我隱瞞的真實。光是含糊著淚水寫下懺悔錄，犯下的愚行就能一筆勾消？這世界要是真有這麼冠冕堂皇，沈行墨當年也用不著差點橫死在路邊。

「你當真以為坦承是這麼輕鬆簡單的事？坦承了以後呢？有誰會原諒楊玄？」

四季系列若被判為剽竊作，那楊玄的其他作品是否也會遭到池魚之殃？何以分辨真假？世俗大眾只得透過品行和輿論這種膚淺管道來作為評判他人的籌碼。

楊玄這座碉堡將會被洪水吞盡，而他的血脈，以及血脈所擁有的遺物與聲望，等待著他們的將只有毀滅。

「周梓棠，你追求真實……但你有沒有想過，這些真實對我們當事人而言是另一種悲劇？」

翻案，人們總稱世事難料之事為翻案，並且樂此不疲。

世人總追求刺激與娛樂，絕大的悲劇，其影響力與餘韻絕對勝過喜劇。越悲慘潦倒的戲碼，越能博得同情與掌聲。

「你有沒有想過，那群追求悲劇的嗜血之人得知真相後，會為了追求更多刺激，進而扭曲其他真相？」

沈行墨又壓緊梓棠的咽喉，踩著他的腳，壓迫力道之大甚至想壓碎他的骨頭。

「就算腳廢了……你應該還有手可以修畫才是。」

沈行墨盡可能將楊玄與四季有關聯的文獻都處理掉了，多虧那場地震毀了不少東西，早年的動盪政局也助了一臂之力，相關物證都已不復存在。抹消真相後再賣出楊玄的幾幅畫作，他那發臭窮酸的低賤人生終於重獲一絲氧氣。

懊惱的是，楊玄生前晚年因愧疚而歸還張皓凡親屬的四季草稿哪裡也找不到，恐怕也在年歲中付之一炬了。

接著問題來了，如今半路還殺出了一個程咬金——四季草稿竟然還存在著。

李橙川究竟是從哪裡找到草稿的？

「答應我。周梓棠，告訴我你會修復好〈蓮夏夜〉。」

沈行墨並未鬆手，他改扯住梓棠的衣領，將他提離開地面。

「這不是在談判。你當真以為我非要你來修畫不可的話就大錯特錯了。確實讓你經手〈蓮夏夜〉能帶出更多附加價值，但如果只能繞遠路的話，我不介意找別人修復，頂多就是被賣家砍一點價碼、少一點話題性罷了。」

「我、不會……咳啊！」

「我可是在尋找我們『共存』的方法。對你而言，不算壞事。」

梓棠死命抵抗，渾身骨頭發疼，終究輸給了沈行墨的力氣，他像是破抹布一樣被拖曳到畫架前。

試圖反擊的雙手被沈行墨察覺到了，沈行墨又重重朝他腹部踹了一腳。「嗚！」梓棠咳出一聲悶哼。

沈行墨抵著梓棠的頭，逼他正眼瞧視被割破的〈蓮夏夜〉油畫。

「那隻手……是你讓趙光有的某部分重新活過來的吧？如果你不想讓趙光有的手臂再次淪為普通的肉塊，就承諾我會修好畫作，並且會把這個真相帶進棺材裡。只要答應我，我也會讓你這個殘疾活久一點。」

眼前忽明，忽暗。

貧血似的腫脹使梓棠發昏，聲帶發啞，喉嚨傳來被強酸侵蝕般的疼痛。

「告訴我你會修好這幅畫，周梓棠。」

沈行墨的聲音沉而狠厲。

「你不想讓李橙川和趙光有的死白費吧？」

梓棠的視線渙散無力，難以聚焦。

他望著那幅親手毀掉的畫。

他親手葬送掉的，第二幅四季。

——有股電流竄過梓棠的身體。

能量不知從何滋生，左手指尖、掌心紋路的溝壑、手腕，蚓結著神經的血脈，電流自梓棠的左手流淌至肩胛，導入更深的心臟所在位置。左手逕自舞動起來，這種荒謬感與他的意識連結在一起。

「你做什——」

左手湧現出梓棠從未有過，也無法控制住的怪異力量，非但掙脫了沈行墨的束縛，反倒箝制住對方，扯住對方的衣襟。

梓棠被左手給操控，旋轉身體重新正對沈行墨，用渾身的力量衝撞對方，將對方推向牆面。立場瞬間對調，這次換背骨受到重擊的沈行墨悶哼一聲。

他逼迫沈行墨摔跌在地，背脊緊貼在牆壁上。

咚，梓棠聽見腦殼撞擊堅硬牆面的沉響，這次遭受衝擊的不是他，而是前一刻要脅他性命的刑警。

「……沒有、白費。」

梓棠低吼著。他發覺自己眼頭酸澀，口裡嘗到一片腥甜。不知是剛才被打的傷口，或是咬傷了嘴。

「怎麼可能……會白費。」

沈行墨才意識到，梓棠指的是趙光有的死。

心靈的某塊區域，最無法判明的領域在苦苦哀嚎，在咆哮。

梓棠感覺到了，心中傳來的黑暗漩渦是殺意。那肯定是凡尼斯面對殺害自己仇人的憤怒。

「沈刑警……趙光有是救了我一命的人。他救了我兩次。」

梓棠開口時，淌下的淚水滑進嘴脣，嘗起來鹹澀。他並沒有打算哭泣的悲傷，淚水卻早已奪眶而出，有股無法控制的情緒支配著自己。

左手持續使力，將沈行墨壓制在地板上。

凡尼斯握緊拳頭，指甲嵌入掌心，破皮流血的痛楚接連而出，讓他躊躇了一下。

沈行墨沒有放過這稍縱即逝的躊躇，抄出藏在懷裡的刀，朝梓棠揮舞過去。刀尖割裂空氣，再度傳來布料扯破的聲響——鮮血湧上梓棠的左手腕，濺上梓棠與沈行墨的臉。

不屬於自己的殺意與憤恨令梓棠血液奔騰，自傷口湧溢而出的血好似在冒泡。凡尼斯卻無所畏懼，無視傷口，仍緊緊掐住沈行墨持刀的手腕，將他的手腕抵回牆上。動與靜，生與死的分水嶺，集中在沈行墨反擊的刀鋒逆光上。

或許就和沈行墨說的一樣，這隻左手真的是個怪物。梓棠猶如被玻璃罩隔離的旁觀者，無力轉圜，無法轉圜，只得駐足於加害者與被害者之間。

「那天……一年前我遭遇車禍的那天，下著大雨。」

梓棠淤塞著聲音。

他永遠記得，那是即將發出水災警報的前夕。

暴雨潰堤，大雨一桶一桶從天空倒灌下來，雨點落在肌膚，髮上，如針扎般刺痛。雨聲，喧譁聲，臥倒在柏油路的濕冷與疼痛，他都忘不了。

就如他永遠無法遺忘破壞〈語冬〉的觸感一般，失去左手的虛無早已和雨勢一同淹沒他的回憶。

「我原本想尋死。那時候，那場車禍算是間接實現了我的願望。」

雖然只實現一半而已，他沒死透，現在還好端端地與一名殺人犯互相牽制。

「背負著毀掉〈語冬〉的罪惡感，家人的疏離，讓我活得好痛苦。我想贖罪，但是這雙手……這燒掉畫布的手怎麼還有辦法修好東西？要是我又重蹈覆轍該怎麼辦？就算修了……修復好的畫也沒辦法完全恢復到從前的模樣。」

恐懼是座永無逃生之道的迷宮。

陰霾始終深深扎根在梓棠的心裡，即使修復千百幅畫作，待燈盡油枯，他仍無法逆轉過去。

「我只能透過繪畫與修復贖罪。我沒有特別的創作天賦，也就只能模仿著別人的畫，一開始我是這麼想的……但是，那場車禍反而讓我重新意識到，我不繼續畫下去是不行的。」

那恐怕是他存活的意義。梓棠試圖擁抱左手傳遞到胸臆的熾熱。畫作帶給他毀滅，卻也在荒蕪中讓他找尋到另一片救贖。微乎其微的希望就此萌芽。

「……我必須、好好記著。」

滑落下顎的淚水，有幾滴落在處於下方的沈行墨臉上。

「事情的好壞、美醜、善惡，所有真相的明暗兩面，那些無法用二元論分辨的糾葛，我都想記錄下來。這是活在當下的我們，必須傳承下去的責任。」

楊玄的〈償還〉。

濃稠混濁、猶如黑洞般的陰暗畫作，梓棠忽然想起那幅畫。

楊玄死前所創造的那個黑洞裡，找不到任何指引人向前行的星點。

「我一直在、思考……所謂的修復……究竟是什麼。」

修復並非單指復原或修補，傷口即使癒合，新生成的皮膚也不會和原本的組織細胞相同，破損的東西再怎麼經過巧手填補也不可能回歸原貌了。

多的是形容兩者相似的成語：如出一轍、別無二致、完好如初……但形容「完全相同」的詞語幾乎找不到。這世界上本來就不存在那種東西。

所有人事物都是獨一無二的，即使是輸送帶大量生產的零件，工廠統一調配的顏料，電腦自動噴印的複製畫。萬物經由人們的碰觸、所有者的異同、季節風雨侵蝕、綿延歲月橫亙……這些物品最終都會被注入無從替代的回憶與情感。

唯有這個瞬間，物品、畫作都會被灌注靈魂。這些靈魂刻劃著歷史，歷史隱藏著真實。

而負責修復文物的修復師，將以另一種形式，讓與物品共存的真實趨近永恆。

「……楊玄的絕筆之作〈償還〉，不也透露出他本人渴望贖罪的心聲嗎？」

梓棠的愁緒觸動了淚腺，那想必是凡尼斯的眼淚。凡尼斯正在替他哭泣。

他捫心自問，拾起畫筆的初衷在於罪惡感，有好幾次他都差點被這團負面情緒的黑色泥漿給逼迫窒息。那麼楊玄呢？

楊玄是抱著怎樣的心情，與繪畫一同走向生命的盡頭？

創作從來就不是平緩的散步道，稱作荊棘之路都太過含蓄。前方永無止盡的蜿蜒道路長滿荊棘，後方的退路也有毒刺與尖石破土生長。任何志向一旦牽扯到現實層面都不再美好，逐夢與堅持向來只會將人推往斷垣殘壁。

「沈刑警，你有說過，你是為了畫作的價值而隱瞞真相。」梓棠說道。

他感受到拉扯自己的力量正在退潮。微乎其微地。

「但是，或許有那麼一部分……就算只有一點點也好，你也是為了楊玄而這麼做的吧？」

無關沈行墨是否為楊黎，無關他與楊玄究竟是否流著同樣的血。

「你心中一定有一部分深愛著楊玄的作品，打從心底尊敬著這個人。」

心中的信仰，必須保持最美好的形象。

為了楊玄，也為了其他對楊玄之作抱持憧憬的人，必須粉飾所有動搖信仰的不穩定因子，使其堅不可摧。

「我答應你，無論〈蓮夏夜〉的真相如何，我都會嘗試修好它。」

但是我和你的理由不同，梓棠說。

「我必須修好這幅畫，因為我有義務……記錄這份真相。」

左手臂的鮮血持續汩汩流出，凡尼斯沒有放鬆壓制沈行墨的力量，梓棠卻感覺沈行墨持刀的手斷了根弦，他不禁胸口緊縮。

「你當初之所以無法立刻殺害李橙川和趙光有，難道不是你心裡的某處……產生了動搖嗎？」

「……」

沉甸甸的，又似雲朵飄忽。

梓棠有股奢望，他與沈行墨的針鋒相對，正緩慢地沒入深海。

「……趙……光有……」

沈行墨的聲音，頹喪地如同即將融化的薄冰。

沈行墨依舊想反抗，他是有辦法壓制回去的。時間流逝緩慢地出奇。一分，一秒，再將每秒鐘切割成更細微的時間指標。

他卻不再掙扎。沈行墨過了好久，好久好久以後才張開乾澀的嘴脣。

「……趙光有死前時……有和我見過面。」

他抵抗的力量逐漸自持刀的手退潮。

「他和你……說了類似的話。」

沈行墨回憶起當初，那時候的趙光有並不知情他正是凶手。當然不可能知道。

「遑論歷史的善惡或美醜……身為後人，都有義務透過任何形式記住這短暫過往。」

沈行墨試圖扼殺自己的情緒般，擠壓著聲音說道：

「……畫作則是……歷史的證物之一。」

如絲線般交纏的惡意迎刃而解，最後一道反抗自沈行墨體內蒸發，裊裊散去。

喀噹。刀鋒落至地面，落聲清脆。

沈行墨鬆開了持刀的手。

「——警察，別動！」

同時間，又有一批人馬闖入修復室，舉槍對準他們。當埋伏在外部的員警衝入修復室壓制時，沈行墨已經放棄抵抗。

梓棠按住被割傷的左手傷口，他跪倒在〈蓮夏夜〉所在的牆邊，眼中淚水不知何時已乾涸。

凡尼斯的怒火與熱氣開始降溫，他倚靠到牆上，仰視著〈蓮夏夜〉不復存在的夜色與橋梁，緩緩闔上雙眼。

※

警車的車燈點亮深濃的鈷藍色天空。

幾輛警車聚集在CCS門口前，沒有響笛，不至於驚動夜深人靜。

梓棠從建築物內走出來時，嘴角與身體幾處都沾著血。咽喉有瘀青，擦傷遍布，左手有明顯傷口，他要按住傷口，血液才不會持續流出。所幸整體傷勢無大礙。

他的身姿既輕盈又縹緲，好像一段深夜冷風就能吹走他似的。

凶嫌已在稍早被架入警車裡，其中一輛警車內部隱約搖曳著人影。

梓棠走下修復室門口的階梯，有幾位警察詢問他的狀況，他輕聲表示自己沒事。

「對了，修復室裡的那幅畫……」梓棠打算開口解釋，罷了，現在說也沒意義，中途搖搖頭。「不，沒什麼。」

——梓棠割毀的〈蓮夏夜〉是他提前準備好的偽畫。

當時的梓棠是這麼盤算的：下下策就是當著凶手的面前把畫割破，凶手必定會動搖。

這對梓棠而言是個賭注，業界人或許能察覺出那並非原作，不保證凶手的判斷力如何。夜間修復室光源薄弱，替賭局提升了點勝率。

這是梓棠第一次進行「損毀畫作」的複製，他由衷希望也是最後一次。

至於畫筒裡的四季草稿也是梓棠準備好的假貨。真正的〈蓮夏夜〉草稿恐怕早就被李橙川給銷毀了。草稿紙太過龐大，李橙川死前或許用最後一絲意志撕下草稿的關鍵部分，碎片留在他的胃部，剩餘部分則不知去向。

「但是最一開始，教授又是怎麼拿到草稿的呢……」梓棠不禁盯著夜空茫然自語。

梓棠下意識按壓裹住左手傷口的手帕，血已經止住了。來日方長，這些剩下的謎團，擇日再想吧。

晨荷也趕到現場，不如說正是她報的警——她與梓棠事先策劃好，進展很順利，處境危險的梓棠意外只受點皮肉傷。

夜晚很冷，他接受晨荷遞來的毛毯。晨荷看見他身上的傷口時，眉頭緊皺，她果然還是無法釋懷梓棠獨自與凶手對峙的計畫，這過於魯莽。

「請問是周梓棠先生嗎？」

抵達現場的其中一位便衣走向他，拿出警證，自我介紹。

「您好，敝姓柳，柳灰澤。」

梓棠看著他的警證，點頭致謝。「柳刑警，謝謝您願意相信我們。」

「您平安無事真是太好了，非常感謝合作。」名為柳灰澤的刑警慎重敬禮，向他致謝，也致歉。「……本次的事件，實在令人痛心。」

梓棠稍早進行了傷口的應急處理，這種傷勢用不到救護車。

「本次案件的嫌疑犯身分特殊，會經過上級討論後再決定後續方針。」刑警柳灰澤指的是媒體公開消息這件事，必要的話，他們會先行壓下風浪。「我想在這之前，畫作的情報將會盡可能不外傳。希望這樣能幫上各位的忙。」

「謝謝，確實幫了大忙。」

他們按照指示搭乘警車，警方表示會先帶他們去醫院，之後再去警局。

移動期間，他有一搭沒一搭地閒聊，柳灰澤說：「您的職業是修復師呢，真特別。」

梓棠微笑，回了句：「好像真的比較少見。」

他能感覺出這名刑警擅長與人交際，距離恰到好處，有種八面玲瓏的得心應手。光是聽說話的聲音，梓棠就能想像出對方正露出從容不迫的笑容。

梓棠明白自己也善於偽裝，但骨子裡的那股憂鬱和排外感終究存在。他因此有點羨慕，也沒來由害怕起柳灰澤這種類型的人。

「修復師這職業，我覺得很有意思。」駕駛座的柳灰澤沒回頭，又說了一次這職業的名字。「很令人尊敬，聽起來就像是在修復回憶一樣。」

「修復回憶？」

「是的。無論是好是壞，任何物品都帶有人們留下的記憶不是嗎？修復師修復物品時，也是以另一種形式讓那些記憶延續下去，我是這麼認為的。」

這名才初次見面的刑警，梓棠卻因對方的話而有股奇妙的感受。內心某塊淤塞的區域暢通了點，湧入些暖意。

他一時無言以對，只好望向和他一起坐在警車裡的晨荷。

晨荷也看著梓棠，微笑著向他頷首，好像在告訴他「是呀」一樣。

「以前……很久以前，我會想忘掉不開心的事情。我會想著如果能徹底忘掉，不知道該有多好。」於是，梓棠這麼回答。

他說話時也看著晨荷，像是與她一同篤信什麼似地點點頭。

「但是現在，至少是接觸這份工作以後，我的心態也有點改變了。」

這些話不僅是說給他人聽的，也是說給他自己聽的。

「我們經手的東西都存在著記憶，修復時，我們自己的記憶與精神也會融入畫作裡，所以，我想嘗試記住。」

「我也這麼認為。」

柳灰澤笑著回應。

「我這工作也遇見形形色色的人嘛。以前啊，我會覺得人只要記得美好的事情就行了，如果能夠把痛苦的回憶忘得一乾二淨，那再好不過，只是……」柳灰澤想了一下，接著說：「現在我覺得，無論事情的好壞，我們都必須記在心底才行，對吧？」

「是的。」

唯有銘記在心，擁有正視痛苦與喜悅的勇氣，人們才能更堅強，更無所畏懼地向前進。

世上每個人都有屬於自己的課題，這名叫做柳灰澤的刑警或許也有著他自己的故事吧。梓棠心想。

左手臂有了動靜，梓棠和晨荷都已經見怪不怪，為了不讓正在開車的刑警發覺異狀，晨荷默默遞出紙筆。

梓棠低聲說了句謝謝，用左手握住鉛筆。

——維護與修復文化紀念物之目的　是要保護它們　同時作為藝術傑作　與　歷史證物

凡尼斯寫下這段話。他的字跡很端正，不再徬徨了。

梓棠、凡尼斯、晨荷、許許多多的人……至今為止，他們都走在迷霧裡。

或許只有一點點，就算只有一點點也好，梓棠開始嘗試相信……黎明會吹散迷霧，他們會慢慢尋覓到出口的。

《其十二》待蓮葉再度綻放

林茜瀏覽著居住數年的租屋處，她稍早將裡頭打掃得一塵不染，除了基本家具外空無一物。

為了回歸心之所嚮的原點，她決定捨棄長年膠著在身體與心靈的既定形象。染回黑髮，服裝簡樸，妝容淡雅，不帶著任何矯飾任性的碎片。兩抹汪泉的瞳眸裡沉穩而平靜。從前掛在身上的那些不甘，扼腕、好強、迎合他人所做的虛偽，一點也沒有了。

林茜的心境出奇地寧謐。

若要形容，就似冬雪落止後，一望無際的白色絨毯。厚雪無人踩踏或觸摸過，柔軟平緩的化為一道雪白地平線。

林茜在心中許願，希望在遙遠的某日裡，她心中的白雪能夠綻放一朵成長的花朵。

確認住處沒有留下任何物品後，林茜鎖上大門，拖曳著登機箱離去。

她仰頭遙望天空，內心和藍天一樣格外輕盈。

這天，她搭上飛機，就此離開這共事多年的小城市。

※

離奇案件總算告一段落，梓棠與晨荷的生活終於能回歸原本步調了。

前陣子，〈蓮夏夜〉經歷了新的畫作托裱。梓棠將原本的托裱給撕除，換上一層新的襯底畫布。

托裱有點像是畫布背後一層單薄又脆弱的皮膚。更換托裱則是身為修復師不想面對卻終究得經歷的過程，做個譬喻的話就好比修復業界的心臟手術，任何細微差錯都可能導致無法挽回的過失。可能一個不小心，油畫的皮骨肉就毀光了。

「那就開始吧。」梓棠深深吸口氣，聽來像自言自語，其實是在向凡尼斯搭話。

首先，先拆下油畫的內框，進行畫作的暫時性加固處理。梓棠將薄薄一層日本紙用兔皮膠沾濕，黏在畫作表面等乾，暫時固定住顏料層以免其剝落。

加固後將畫作翻面，用小型透明壓克力板壓住一部分畫布，一條一條撕下背面的老舊托裱。

「很像在撕舊報紙對吧。」梓棠苦笑，他一個人作業太無聊，於是和凡尼斯搭話。對方忙著幫他撐住壓克力板，當然沒空回覆他。

〈蓮夏夜〉曾經吸過水，畫布膨脹，乾涸後又收縮，形成凹凸不平的起伏，這些起伏使畫面顏料狀態有點扭曲。

凡尼斯以前說過，撕下來的托裱看起來很像果皮。

有時候托裱畫布上會留下作者的簽名等歷史痕跡，〈蓮夏夜〉的土黃色托裱則無特別異狀，梓棠將撕下來的襯底收了起來做紀錄。

他一條、一條慢慢撕，光是撕除舊托裱，就耗費了不少個工作天。是費神費眼力，也費盡耐心的工作。

撕果皮的工作總算結束了。接下來要進行新的托裱，也就是將新的畫布貼附上畫作背面，穩固住油畫。

「通常這種時候會先找些跟原本托裱類似的材料黏上去，有時候去倉庫或市集說不定會意外挖到寶喔。我以前就找到一幅很適合的素材……」梓棠繼續說話，他記得凡尼斯很喜歡聽他分享一些工作趣事。

關於要找到與原作畫布材質紋理近乎相同的材料，比起動輒數百年起跳的西方畫作，東洋油畫相對而言是種優勢，材料比較能到手。梓棠將托裱用的畫布剪裁成適合大小，塗上熱塑性黏著劑，把新畫布托裱到畫作上。

這無疑是最困難的工作。

經由托裱而黏起的兩張畫布，這之間一點氣泡或空隙都不得留，否則就會像沒貼好的手機保護貼一樣有氣泡卡在裡頭。一旦失敗，畫面構圖將會再次扭曲，受擠壓的顏料層也不再牢固。

修復室裡備有加熱桌，能製造出局部真空的環境，讓兩張畫布緊實密合。梓棠不敢冒險，比起完全仰賴自己的經驗與手感，他寧可委身利於作業的現代修復手法。

說來不誇張，這或許是梓棠人生中數一數二難以忘懷的一刻。

工作到一半，梓棠忽然放下手邊作業，走到修復室的後院。他坐靠在圍牆旁，掩住臉嘆氣。

凡尼斯輕輕拍拍他的肩膀當作打招呼。口袋裡已經習慣放著小小筆記本和筆，凡尼斯將它拿出來，寫下文字。

——怎麼了？

梓棠這下只剩右手能遮住臉了，他按按發疼的側腦，眉間緊皺。

「托裱機會只有一次，我怕失敗。」

——都走到這裡了　怕什麼！

凡尼斯用筆點了幾下紙面，槓掉這行字，改寫道：

——緊張也沒關係　我會幫你　扶好

「你以前不是說過想成為修復師？這陣子有什麼感想？」

——胃　好　痛

「一隻手哪有什麼胃。」梓棠苦笑。

——周梓棠　你沒問題的

——你會緊張　就代表　你非常重視這個工作　非常重視這幅畫

——所以不會有問題的

梓棠沉澱心靈，翹首望著後院種植的綠葉綠林。靜謐的午後。

「……好了，我們回去吧。」

——良久，他重整士氣，回到〈蓮夏夜〉面前，再度開始托裱更換作業。

托裱一旦失敗就幾乎不可逆，不得重來。過程中，他甚至可說忘了怎麼呼吸。

梓棠再三確認畫布是否緊合，時而用專用熨斗加熱畫布調整。他謹慎地控制熨斗溫度，學生時代他曾聽過無數次同行托裱時發生的慘劇，最常發生的就是熨斗溫度太高、或是施力過重、同一個畫面加熱得太久，導致顏料層脫落，黏在桌面上。

所幸這場「修復長跑馬拉松」到目前為止都很順利，沒出現莫大劫數。

——托裱作業就這樣耗費了近幾個星期，中途梓棠也得去經手其他畫作的修復。

林茜離開後，油畫科的人手寥寥無幾，這對梓棠而言有好有壞，他得適度轉移注意力與重心，長期面臨〈蓮夏夜〉修復時的繁重壓力，難保手腕失常。有時轉而修復其他油畫，反而能取得平衡。

「……總算……總算完成了。」

梓棠放下熨斗，嘆了好大一口氣。凡尼斯拍拍他差點站不直的腰間當作勉勵。

托裱成功了，接著要慢慢等畫布完全乾。

梓棠暗自決定接下來幾天都不去看〈蓮夏夜〉了，當作是彈性疲乏的復原期。

——過了這個坎　接下來就輕鬆點了吧？

「也不能這麼說，還有另一個坎。」他莫名感覺脖子好痠痛。「不過確實輕鬆點了。」

——我就說嘛　你　沒問題的

修復即將邁向下一道程序，肌理重建和全色作業要開始了。

梓棠將與凡尼斯一起繼續朝著寧靜前進。

※

季節入冬了。

梓棠不喜歡手忙腳亂，因此上班日他總會提早起床。下床時好冷，「臺南也來到會冷的季節了啊」，他打了個哆嗦。

低血壓與昏沉嘔吐感經常在清醒時伴隨著他，他搖晃著身體走進盥洗室梳洗，清醒了，就打開冰箱開始準備簡易早餐。

冰箱裡不再只有最低限度的能量果凍或能量棒，而是確實存在著食物。環視房間一圈，梓棠向來維持最低生活水準的住處裡添了不少生活用品。

他的住所開始出現溫暖與熱量，前陣子，他買了一個室內小盆栽放在臥室裡，代替永生花擺放的位置。植物的種類繁多，猶豫之餘，凡尼斯建議他選仙人掌，因為不太需要澆水。

——要是連仙人掌都能養死　你　就　去養　水晶寶寶　吧

「……我不喜歡那種會默默膨脹的東西，很恐怖。」

——會默默膨脹的東西　很多　例如　體重

凡尼斯老愛說這些沒意義的玩笑，梓棠還是笑了聲回答：「什麼跟什麼。」

梓棠向房東停租了之前畫畫用的車庫，一連串的〈語冬〉臨摹作收進了他充當儲藏室的邊間，暫時用不到了。冬雪黃花的景色照舊會不時闖入夢裡，悄悄地來，靜靜地離去，梓棠已不再感到焦慮。

幻夢，清醒夢，有意識或無意識，夢境裡已經鮮少出現業火叢燒。

梓棠替自己沖了杯咖啡醒腦，隨手抽了白吐司塞進嘴裡。嘗起來有點像是紙黏土，不過能遏止低血糖造成的暈眩，是好事。

飯後他吞了藥錠，按時吃飯和服藥已經成為他日常生活的一部分。

除此之外還有另一個好消息：醫生減少了他的藥量。

「凡尼斯，繼續服藥的話……你會不會消失？」

——再說吧

梓棠總將筆談用的小型記事本帶在身邊。

室內只有他一個人，餐桌的對面空無一物，連張椅子也沒有，他低著頭，盯著筆記本紙頁說道：

「晨荷說她這週末要搬家，我會過去幫忙。」

——搬　家？　她要搬　家？

「搬你的家。事件告一段落，你生前住的地方，她要退租了。」

——終　於　那凶宅　是　該　退　了

「你有什麼東西想留著嗎？先告訴我，我會收起來。」

——書　畫架　顏　料　畫筆　電腦　衣服

「好。我知道了，我會留著。」

——都　丟　掉　用　不　到

「……拜託一次把話說完好嗎？」

——晨荷想留的東西　都留著

——周　梓　棠　你想要的東西　也留著　這樣　就好

「嗯，我知道了。」

——要　好好　收著喔

手錶的佩帶會影響工作，梓棠沒有戴錶的習慣。他看了眼時鐘，該出門上班了。他闔上筆記本，穿上外套，離開了住處。

臨走前，他像是想起什麼接著問：

「對了，凡尼斯，有關四季的那三張草稿，調查結束後會歸還回來，你打算怎麼——」

你打算怎麼處置？話說到一半，他閉上嘴。

左手像是陷入沉睡般沒有提筆的動靜。

梓棠聳聳肩，這現象總是斷斷續續，已見怪不怪了。等哪天凡尼斯「清醒」時再問吧。

最近，凡尼斯出現的頻率越來越短暫。

外頭的濕冷空氣滲入鼻腔，冬季天空陰雲一片，處於落雨與放晴之間。

昂望灰鼠色天際，梓棠已經不會再聯想到磅礡大雨的夏季某日了。

※

「放這裡可以嗎？」

晨荷搬家當天，梓棠舉起封裝好的紙箱，打算先放置到大門旁。

「啊，那、那個很重，我來搬就行了！」

遠方的晨荷一看到他拿著紙箱，連忙跑過來接手。她看起來有點小題大作。

「梓棠，你搬一些比較輕的東西吧。」
「其實我沒什麼大問題……」
晨荷應該是怕他傷到手，梓棠不好意思戳破。
「那個……哥哥留下來的畫具，如果你不介意的話願意收下嗎？雖然有些顏料已經乾了，我不確定還可不可以用……」
「沒問題，我就收下吧。」雖然凡尼斯本人說丟掉，不過，留著也好。
晨荷以前就有定期來打掃，因此搬家裝箱作業輕鬆很多。他們也找到了凡尼斯工作上的筆記、教科書等等。
「然後，我在哥哥房間裡找到一些畫……」
晨荷拿出一個相框，是在櫃子深處找到的。上頭原本沾滿灰塵，她擦拭乾淨，裡頭鑲著的不是照片，而是小幅畫作。目測是水彩和色鉛筆畫成的。
梓棠端詳著畫，歪歪頭。「怎麼有點像〈蓮夏夜〉？」
是幅以荷花與月夜為主題的作品。畫風很溫柔，年久的緣故，再怎麼保養得宜仍有些泛黃。
「嗯，應該是巧合，而且我想這是第二張。」晨荷說：「哥哥很小很小的時候畫了同樣的畫給我，裡頭有荷花和月亮，深藍色的天空像是大海。」
「還真是有夠湊巧……」
「有一種，嗯……『命運』的感覺？」晨荷說出命運兩個字時，語氣聽來堅定，又有點笨拙的可愛。

是啊，確實是命運，看來〈蓮夏夜〉將他們彼此的命運都串聯起來了，從很久很久以前就開始。

「所以，梓棠，這幅畫我希望你能收著。」

「當然。」梓棠毫不猶豫答應了。

他決定將這幅畫擺放在自己的住處，如此一來，房間想必會更有生氣。

晨荷瞧向他的左手，接著問：「哥哥他現在不在，對吧？」

「應該是這樣。」

「……終於能像現在這樣，兩人獨處了。」

搬家前置作業告一段落，他們在等待搬運業者過來。

「你聽我說喔，有些事情我想告訴哥哥，但又不敢當著哥哥的面講。」

晨荷稍早把地上的灰塵擦乾淨了。他們坐在地板上，倚靠著客廳的白牆。

「……梓棠，我以前在想……有時候謊言和隱瞞真相是必須的。」

晨荷說，若不是當年哥哥自己發現了養子的真相，他們一家人恐怕也不會主動提及。父母不會提及，卻也無法打從心底接納哥哥，疙瘩永遠存在。

「我一直都明白是我害哥哥無法畫下去的，但我就是不敢說出口。關係一旦出現裂痕就很難修復。那天大雨，哥哥說的話……我忘不了。」

但是現在，晨荷多少有點理解光有的感受了。

「我們總認為隱瞞真相是為了當事人著想，但是對哥哥而言，對當事人而言，果然還是想要知情的吧？」

美好的謊言，殘酷的真實，即使後者會使人顛躓不起，她仍想選擇。

「所以我認為……人，或許沒有我們想像中那麼脆弱。」

「……嗯。」梓棠頷首表示同意，瞧著自己的左手。

而後，他拿出筆記本，開始書寫。

——晨荷

凡尼斯清醒著嗎？究竟是左手牽引著他，或是他引導著左手？已經不重要了。

——對不起　那時候我不應該說那種話的

「……哥？」

——我不應該把自己無法學畫的事情怪罪到家庭　這明明不是妳的錯

——我只是　只有這樣想　我才能比較輕鬆

晨荷定睛在這些字句上，久久無法回話。

「不好意思，我也沒發現凡尼斯還醒著。」

梓棠刻意沒有看向晨荷，他認為現在別過視線比較好，於是盯向天花板。

氣氛很祥和。他憶起剛才相框裡的那幅水彩畫，就像裡頭的夜空一樣，他們所處的空氣是深藍色的，安安靜靜。

「……梓棠，謝謝你，真的很謝謝。」花了點時間平復，晨荷再度開口。

「別這麼說。」

「我曾經……為自己的決定感到不安。哥哥明明都那麼痛苦地死去了，我卻還打算把他的手捐給一個我不熟悉的人，這樣真的是正確的嗎？會不會只是我一廂情願想贖罪而已？哥哥是不是根本不願意這麼做？這種念頭我有過無數次……」

她講話不知不覺急促起來，為了安定心中的激動，晨荷拍拍胸脯，深呼吸幾次，接著說：

「但是……梓棠，認識你本人以後……我就不再後悔了。應該說，我不想後悔了。」

「……是因為我喚醒了凡尼斯的意識嗎？」

「不是的。」

她失聲笑著搖搖頭，那笑容有點像是在吐槽梓棠「怎麼直到現在你都這麼悲觀呢？」一樣。

「你還記得我們第一次正式碰面的時候嗎？高中生校外教學的那次。」

「……我記得。」

「那次你被學生問了敏感的問題，你卻毫不掩飾地說出自己的狀況，還鼓勵學生們無論如何都有追求理想的權利。你也要我別自責，從來沒有把學生發問的責任歸咎到我身上。」

「那是因為——」梓棠想辯解，卻又找不到適當的詞，於是聲音變小了。「……我想妳是因為凡尼斯的緣故而把一些憧憬投射到我身上了。我不是妳想像中的……那麼有偉大情操的人。」

「你或許只是個普通人，但是……大家都是普通人啊。」晨荷接著說：「梓棠，你同時也是一個……遠比你自己所認為更加勇敢，更加溫柔的人。」

相處久了，她明白梓棠並沒有他擅長偽裝得那般堅強，可人不都是如此嗎？一旦感到孤獨，他們終歸都是脆弱的。

「你從來不怪罪或懲罰人，那是因為你比誰都知道犯下錯誤的痛苦……你會原諒他人，但是你卻永遠不打算原諒自己，不是嗎？可是另一方面，像你這樣溫柔到幾乎讓人心疼的人，一定也在無形中帶給了許多人力量……我也是，你修過的那些畫也是，重新有機會欣賞那些畫作的觀眾也是……哥哥他也一樣，我們都因為遇見你而得到了救贖。」

「……」

「所以拜託你，不要再貶低自己了。你的手……你所能修復的人事物，都是只有你才能辦到的事情。」

——你的那雙手不只能夠救贖人，說不定也能救贖你自己。

不只是晨荷的鼓勵，梓棠似乎也聽見了凡尼斯的聲音。他不由得感到一股酸楚，這次換他躲避晨荷的視線，嚥下幾乎要衝出喉嚨的激昂。

晨荷明白他的心情，只是盯著前方白色的牆，輕輕詢問：「所以……可以拜託你再答應我一個請求嗎？」

「……」梓棠吐出一口發顫的呼吸，終於頷首。「……如果我能幫上忙的話。」

「我希望今後你就算遭遇了困難，也一定要好好活下去。」

「連凡尼斯的份一起？」

「不。已經不是了。」

晨荷搖搖頭，幾滴淚光沾濕了她的睫毛。

「無關四季，也無關哥哥，你要為了你自己而活著。」

窗外的陰雲悄悄地散了，微風穿越窗口吹拂而入，他們已經不再感到寒冷。

梓棠曾經埋怨過，倘若這世上真有神明，老天為什麼盡是讓他遭遇各種壞事呢？現在的話……起因和緣由，或許已經沒有必要這麼執著了。風雨過後綠草會萌芽，橫渡黑夜即是晨曦升起之時，管他有意無意，因何而起，遇上了，總會轉好。

「……謝謝。」他也向晨荷道謝了，由衷地。

※

〈蓮夏夜〉的修復即將進入最終程序。

CCS保存藝術品的修復室維持攝氏二十度，相對溼度五十%的絕佳環境，舒適得宜。

梓棠套上近黑的深藍色圍裙，把後腰的綁帶俐落地打了個結。他幾乎每天都得換上圍裙，卻總感覺今天打的結是最強韌、最俐落的。

他抵達工作崗位，闔眸，深深吸口氣，像是儀式一樣，將心神、性情調整到絕佳位置。

梓棠睜開雙眼，漆黑瞳孔的水面下已經蘊藏著生命的晶光。

「——那麼，開始吧。」他向自己以及凡尼斯喊話。

他將再次轉動〈蓮夏夜〉凍結的時間，與凡尼斯一起。

心中產生一股樹葉被冬風動搖的騷動聲，他無以名狀地有股預感——這恐怕是最後一次了。

這恐怕是他與凡尼斯最後一次的共同作業。

梓棠審視著重新托裱後、綳緊在內框上的畫作。〈蓮夏夜〉這幅斑駁油彩靜置在畫架上，拆掉了暫時性加固用的薄紙。他無數次地用肉眼觀察畫面的每個角落，顏料層龜裂的縱橫、顯露而出的畫布織紋、雜亂折射光源的表面，一吋一毫都不可放過。

拉起窗簾，關掉光源，用測光照射畫作，就能看見畫家作畫的筆觸化為斜斜長長的陰影，盤踞在畫布上。

那是楊玄的筆觸，是楊玄遵循張皓凡草稿所踏出的足跡。

如今，梓棠將追隨這兩人的背影，盡可能踩著他們留下的足印，不偏頗，不歪斜，踏出同樣的道路。

每個畫家都有自己慣用的筆觸與刷痕，顏料與畫布的編織結點交會時則會微微隆起，他耗費不少時間才能記憶起油畫肌理的輪廓。修復作業再怎麼接近原作，他終究並非作者。原作透露給他的蛛絲馬跡，使他能得到詳盡的正確資訊，將修復師對畫作的臆測減輕到最低。

這一分，這一秒，楊玄與張皓凡在梓棠心中就只是個創作者，無關加害者與受害者，也超脫了憎恨。

左手很平靜，梓棠能感受到血液溫潤地回流體內，找不到憤怒。

凡尼斯想必也和他同調，這個瞬間，他們都不願將生死遭遇究責〈蓮夏夜〉。畫作何其無辜？

梓棠將調配好的漿料填補到畫作的顏料剝落處，彷彿細小雨水填滿地面坑洞。沾取漿料，填補隙縫，勾勒出藝術的枝葉。梓棠渴望自己漫步於森林裡。心靈將濾淨所有雜質，引領他走向「靜」。

梓棠相信寧靜是種語言，寧靜會鏤刻著分分秒秒，昇華成生命的一部分。再慢一點吧，慢慢的，靜靜的，讓精神持續醞釀，幻化成更美的景色。

緩慢與寂靜將成為擁抱梓棠的溫柔鄉。

梓棠忽地想起了學生時代的教誨，修復理論與精神各有千秋，他終究面臨了另一項抉擇：該將〈蓮夏夜〉復原得宛如新品嗎？還是必須留下歲月痕跡？哪些龜裂痕是必要的，哪些必須填平？

前往寧靜的道路上雖有畫家的足跡，梓棠卻看不見確切路標，只有他能為自己做出決定。

他該留下什麼？又該隱藏什麼？

每落一筆，記憶裡的各種聲音就回溯到耳際。

——我們追求藝術的價值，但這價值，不就是我們人類自己奠定出來的？不都是用錢堆起來的？

——就算這世界上再出現一千幅這種畫，市場還是會照單全收。因為那群人看的不是藝術，而是藝術創造出來的數字！

沈行墨為了維持楊玄與「四季」的聲望，不惜奪走人的性命。他以理性的角度詮釋了瘋狂，明知惡，仍往惡走。

但單論他的理念，一定是錯的嗎？

——修復學是一門仰賴經驗，勤勉者必能得到回報的職業。但是你有想過嗎？勤勉的凡人，勤勉的天才，這兩者的起跑點本身就差了一大截。

梓棠也聽見了林茜的聲音。

寧靜的道路上有太多太多的雜音，逼迫梓棠重新審視自己的過往。

——我曾經親手毀了〈語冬〉。若不是〈語冬〉，我將不會握起畫筆。

——我究竟是為了什麼而踏上修復之路的呢？

——手與心分離的我，已經無法復原的我，真的還有辦法「復原」什麼嗎？

這次是梓棠逼問自己的聲音。

他的耳際悄然飄盪出似泠泠溪水聲。

有聲音如此詢問著他：「周梓棠，遭遇各種風吹雨打，你還能喜歡「四季」嗎？你仍然能夠純粹地對〈蓮夏夜〉抱持欣慕之情嗎？」

梓棠忍住顫抖。

「我想……試著去喜歡。」他回答那道聲音，不存疑地。

人生有各種志向與憧憬，旅程中經歷風霜，路程的坡度漸陡，步伐蹣跚，踉蹌橫倒，視界起霧，然後，什麼也看不清楚了。

即使如此，梓棠還是想嘗試去接納事物的好與壞。

「喜歡」的結構向來伴隨著疼痛，愛恨相隨，最終成就情懷。

「周梓棠，你喜歡修復嗎？」

那個聲音又問起了另一個問題。

梓棠恍然大悟，他已經聽過這個聲音好幾次了。

有股直覺告訴自己：是凡尼斯在說話。

「你喜歡成為修復師的自己嗎？」

那想必是凡尼斯的聲音。

「現實與理想本來就不可能取得平衡。一旦興趣與憧憬牽扯到工作就不再單純。真正能夠樂於工作的人，或是將理想妥善融入現實的人，少之又少。何況，你當初是為了贖罪而走進這個世界裡的。」

世間之人分為兩類，為餬口而工作的人，以及將興趣轉化為工作的人，梓棠打從一開始就沒有自信能成為後者。

倘若真能成為後者，一旦興趣被各種現實的限制與名分牽制住，愉快將會被瓜分，興趣將不再只是單純的興趣，從中得到的快樂也會減退。

即使如此，每當畫筆舞動、指尖輕撫過畫作的紋理起伏，梓棠心中就會響起一股雀躍——他無法忽視那股怦然。

似心動，似心碎，是無法輕易用言語描述的情愫。

「一旦受到不講理的挫折，你心中的熱情肯定也會變質，對吧？你或許會有不再『堅持』這份工作的一天，那時候留在你心中的會是什麼？」

與畫作面對面時，梓棠的心靈總會受到或大或小的撼動。

他觀察畫作的同時，畫作同樣也觀察著自己。他能在那些遊走百年的藝術品中找到自己的影子。

填充，熨平，全色，任何修復的過程中，他會緊繃得發抖，也喜悅得想要放聲尖叫。

「周梓棠，你喜歡修復嗎？」

凡尼斯又問了一次。

走回寧靜的道路上吧，梓棠。

「……最一開始，我不是因為喜歡才從事這個工作的。我告訴自己只剩這條路可以走。」

梓棠回答。

「我不斷說服自己……我只能繼續走下去，沒有退路。」

隨著畫作與修復過程的一顰一笑影響情緒，時而熱血澎湃，時而寒冷如置身極地，揪扯住的心臟差點停止跳動。

這是絕非單用喜歡或討厭兩字就得以形容的情感。

在修復繪畫的同時，梓棠深刻明瞭，他也被這些繪畫給救贖。

「但是……現在，我或許明白了。」

梓棠明白身為人就不可能完全排除痛苦。

傷痛與欣喜，各種情緒，都是拼湊著人生的真跡。

他不祈求榮耀或名望，只願在有限的時間裡，將生命刻劃於這小小方寸。屆時，他們這些無名、微不足道的小人物們，將會以另一種形式延續著歷史。

「我不後悔走上這條路。」

梓棠說這句話時，他或許沒發現，自己正露出未曾有過的真摯微笑。

「已經不會再後悔了。」

他的手，他的心靈，曾經遭受撕扯而難以復原的空虛，將在此合而為一。

日復一日，季節更迭流轉，修復室的恆溫恆濕令人忘卻時間流逝。

——〈蓮夏夜〉結束了全色，即將來到最後一步。

梓棠決定適度保留畫面的剝落裂痕，那些縱橫都細細訴說著記憶，是不得抹去的證明。

他填補完畫作的顏色了，最後就是漆上一層薄而透明的畫面保護油，維持油畫的光亮，隔絕髒汙與塵埃。

他讓畫面躺平，輕柔且細心地均勻刷上保護油。一面祈禱著。

——願〈蓮夏夜〉，願「四季」，願橫跨過劫難的人們，都能長存。

「……完成了，凡尼斯。」

梓棠放下刷具，退到幾步遠，凝視著修復完成的油畫。

〈蓮夏夜〉畫中的蓮葉、月色以及朱紅橋梁，都在熠熠閃亮。生命的顏色化為另一種襯底，從底層隱隱發著幽光。

有別於冬季濕冷的氣息，沁透梓棠的心脾。他感到無比寧靜。

「全是託你的福。凡尼斯，謝謝你。」

寧靜的時間戛然停止。

「咦……」

梓棠發覺凝縮在體內的某種存在蕩然無存。

他試著以左手握筆，站在筆記本前等待。左手卻遲遲沒有回應。

「……凡尼斯？」

梓棠遙望著窗外，不知不覺，下雨了。

雨水淌下窗戶玻璃，好似融化的白銀。

〈蓮夏夜〉裡的夜色宛如海洋。仍舊如此深湛，橫亙寧定。

※

淅瀝淅瀝。

細雨穿透雲層，落入地面，好似涼風不經意地吹起蒲公英的絨毛般，得以用蜻蜓點水形容的剎那。

雨勢接著鑽入玻璃窗縫裡，晨荷聽聞那細細的嘩啦聲，才意識到下雨了。

伏案閱讀的她眼皮一跳，朝窗外一望。

「……」

煙雨朦朧，如夢似幻，分不清方向。

她察覺到似乎有某種情感溶入雨水，與她道別。

晨荷用指尖輕輕撫摸過相框表面，對著裡頭的小小畫作說了聲「再見」。

《尾聲》筆談告終之時

事件告一段落後，梓棠將事發經過大略告訴了主治醫生何曦予。曦予好歹也有協助他們進行一部分畫作成分分析，不算是局外人。當然，消息尚未向大眾公開的狀態下，梓棠刻意將詳情模糊化了。

「說真的，我當初真的以為何醫生是凶手。」

「你怎麼可以這樣？好傷人，我們不是交情匪淺嗎？」曦予醫生好受傷，他故作要哭出來的模樣。「雖然我是真的挺可疑的啦。」

曦予聽得津津有味，峰迴路轉的劇情，說不定能翻拍成影視。

「在那之後，左手還有出現什麼異狀嗎？」

「沒有了。」

話語梗在喉嚨口，梓棠一時語塞，他垂下臉，又說了一次：

「……都沒有了。」

「是嗎？那麼真的恭喜你啦，各方面都很恭喜。周梓棠小畫家。」

沒事就是好事。曦予朝他伸出手，罕見地，他用的是左手。

梓棠怔忡幾秒，用左手回握。

「謝謝你，醫生。」

「說什麼客套話，該道謝的是我。這趟非科學之旅，真是難能可貴的經驗。」

「醫生，請不要把我的遭遇當作論文主題。」

「嘖。」真可惜。「對了，下次的複診，我們改一下時間好嗎？我要請假回老家掃墓。」

「醫生也會回去掃墓嗎？」真是令人意外。

「嗯，久久回老家一趟，否則家裡的人很囉唆啊。我事業這麼成功，衣錦還鄉總是必要的對吧？嗯？」

「是啊，沒錯，我也這麼認為。」梓棠公式化敷衍幾句。

「對了，有關至今為止的事，我是這麼認為的啦。」

醫生像是猜透梓棠的心思般，接著說道：

「科學的理性與情誼的感性是可以並存的，別感到意外。我雖然不完全相信鬼神，但起碼相信人的意念。」

結束複診，梓棠準備離去時，曦予對著他的背影問：

「小畫家，你現在還會想尋死嗎？」

梓棠停住正打算拉開門的手。

「……我現在意外地覺得活著也不錯。」他回過頭，微微一笑。

「那真是可喜可賀。謝謝你。」

「醫生？為什麼又道謝？」

「沒什麼啦，遇見你之後發生了許多有趣的事情，我很感激。這次要抬頭挺胸好好活下去喔。」

這醫生向來讓人丈二金剛摸不著頭腦，梓棠既納悶又敵不過他，苦笑著走出了診療室。

到了下次的原訂複診時間，曦予沒說謊，他真的花了點車程回到老家，藉由掃墓之名與家族團聚。

遠房親戚的阿姨看見他，拍拍他的肩膀說些醫生大人竟然還記得咱們小鄉下啊的挖苦話，怎麼到現在還沒帶女朋友回來，接著又問：「平時叫你回家都不理，這次是什麼風把你吹回來啦？」

「沒什麼，就是一點事情想報告。外公那邊的地前陣子不是遭火災嗎？想說順便來關心一下。」

「都快一年前的事了，你現在才來放馬後炮有什麼用啊？」

「也對。」曦予聳聳肩，不多提了。他言語方面的攻擊力基本上不會用在親戚上，只會拿來對付職場同事與好友。

家族親戚通常會在掃墓團聚時一起用餐，閒聊些無關緊要的昔日往事，他也習慣了，悠閒自在沒什麼不好。

整理環境時，他阿姨又開啟了話題。

「我記得你媽小時候很喜歡和你說些老家啦老祖先的故事，講得一副身歷其境的模樣。」

阿姨的嗓門即使降低音量，還是很大。

「那時候，你外公那裡上一輩的親戚，不是有個很愛畫畫的？」

「好像有這麼回事。」曦予點點頭。阿姨特別喜歡找他閒聊。
「我就講有嘛，不過老祖先的老房子，地震的時候被震壞了不少，東西都丟掉了。」
「也沒有全都丟掉啦，我有搶救一些回來。」
當時曦予也有去打掃，還找到了幾張泛黃的畫作草稿。
草稿放在手邊沒用，他索性匿名轉交給有緣人了。
「這樣喔。啊畫了那麼多畫，放到現在也不知道有沒有路用……」
「有沒有用就交給世人決定吧。」
曦予閉上眼，神態自若。
「隨波逐流，比較快活。」
「聽謀你在黑白講什麼。」
曦予露出他代表性的戲謔笑容，置身事外般地笑著說：
「我也不懂自己在說什麼。」
他們前方的老舊墓碑，墓上刻著眼熟的姓名：張皓凡。

※

畫作修復完成的數天後，某日夜裡，梓棠久違地落入夢鄉。
夢裡沒有〈語冬〉，不見〈蓮夏夜〉，再也沒有煎熬他的季節指標。
那是他沉入深海，靜謐的安詳之夢。

也是場清醒夢。梓棠在夢境裡清楚地保有意識，他理解自己置身於現實與虛幻的夾縫。

夢境裡，海面在遙遠的上空形成一個小碎面，浮現出深沉靜夜，景色如星象儀。遙望而去，他浸淫在青金石製成的群青色裡。

有人朝他徒步而來。

沒有穿鞋，彼此彷彿踩在凍結而剔透的水面，晶光粼粼。那人每向他走一步，起落的步伐就揚起漣漪，漣漪散射了水波光芒，於是天邊映照了一片星空輝彩。

輝映彩霞隨著角度不同，青金石折射而出的絢麗光芒化為了萬花筒。

梓棠從沒有真正見過走向自己的那個人，此時此刻，他卻比任何事物都深感熟悉。舉手投足，步調急緩，恰到好處的笑容，行走時引來的涼風，都與梓棠記憶中的實景虛景毫無二致。

那人在他面前停下腳步，笑吟吟地觀察著他的反應。

梓棠一眼就認出來了，他向對方顯露鮮少出現在自己臉上的，最真誠的微笑。

「……凡尼斯。」

聞言，那人也笑了，輕笑著頷首。「嗨，周梓棠。」

那是梓棠首次並非透過鉛筆與紙張，而是彼此面對面，透過聲帶與鼓膜傳遞所聽見自己被呼喚的姓名。凡尼斯的聲音是多麼清澄。

梓棠接著說：「趙光有。」

「嗯。」凡尼斯點點頭，指指自己。「趙光有。」

「我一眼就認出你來了。」
「當然，我也一眼就認出你了啊。相處了這麼久，哪可能認不出來呢。」
「說得也是。」梓棠釋懷地勾起脣角。
曾經遍體鱗傷的內心，正迎面接受著遲來的療癒涼風。他感受到有點疼痛的溫暖。
「我一直在想，左手傳遞而上的精神，真的是你本人嗎？」
「嗯？是不是本人有很重要嗎？」
——是真是假，有那麼重要嗎？梓棠隱約認為凡尼斯是在這麼說。
「啊，仔細想想，是挺重要的沒錯。」凡尼斯像是回想起什麼般低呼一聲，他俯視著左手的疤痕喃喃：「總覺得，就像是……做了一場相當漫長的夢一樣。現在身體總算能自由活動了，你瞧，還能像這樣踮腳跳來跳去呢，雙手也能隨心所欲地動。」
「凡尼斯。」
「怎麼啦？」
「……凡尼斯。」
凡尼斯不厭其煩地回應。「嗯，我有在聽。」
梓棠心想，夢醒之後，他或許再也無法呼喚這個名字了。
即使他不斷吶喊，也不會有人回應自己。
時光無法倒流，直至其中一方再也無法提筆寫字，就是筆談告終之時。
「凡尼斯。」
因此，梓棠盡可能不斷地輕喚這名字。

「在那之後我思考了很久，我認為……『四季』的真相還是應該公諸於世。」

那是以凡尼斯與李橙川，甚至是當年的張皓凡，整整埋葬了三條性命所掩蓋的真相。

「換作是以前的我，或許會選擇隱瞞下去，但現在不同了。如果說美醜、善惡、任何事物的價值都得由人們的主觀來做決定，那事情的真偽，我也想試著透過每個人心中的尺來衡量。」

舉凡所有事，都難以單用對錯來二分，不是嗎？

「我不想讓你們的死白費。」

「……說什麼傻話，怎麼可能會白費呢。」

凡尼斯眉梢上的平靜，似已舒坦。

「只要你還這麼認為，就不算白費。」

「因為有你在，我才能修復〈蓮夏夜〉。」

「不對。」凡尼斯輕柔地否決。「是你，周梓棠，正因為是你，才有辦法修好那幅畫。」全是多虧了你，如果沒有你，我恐怕將永世徘徊於虛實的交界點。凡尼斯望向梓棠的目光，滿是憐惜與慈悲。

「正是因為有梓棠你，我活過的證明……也會融進畫裡。」

即使只有一點點，有可能因每個人的視角、立場、情感糾葛之差而扭絞變形，但他──他們活過的記憶，都確確實實存在著。

「梓棠啊，我想我該走了。」

凡尼斯垂下眼簾，那神情好似即將陷入安睡。

「一直以來都很感謝你。」

梓棠心想，凡尼斯接下來會去向何方呢？會有怎樣的旅程在等著他？或許總有一天能再相見吧。

「凡尼斯，今後，我可以再和晨荷有所聯絡嗎？」

「別把責任丟給我啦，那是得由你們兩個自己決定的事。」

「你待過的學校，我之後想去聽聽課程。」

「有什麼不可以的？想去就去啊，沒人攔著你。」

「我應該可以在學校找到你和橙川教授的其他作品。到時候如果有受損，就由我來修吧。」

「才經過幾年而已，我想是不會出什麼問題啦……不過如果有需要的話就拜託你了。」

「修復以外的領域，可以的話，我也想試著接觸看看。」

「很上進很上進，增廣見聞總是好的嘛。」

「凡尼斯。」

「又怎麼啦？」

「凡尼斯，我真的能夠被原諒嗎？」

「……當然可以，有什麼不行的呢？」

凡尼斯的聲音在他心田蔓延，餘音嫋嫋。梓棠深信夢醒之時，他也不會忘記這餘音。

「今後看是要繼續握起畫筆修復，或是不受拘束地作畫，甚至是往別的道路而行，這些都可以。世界這麼遼闊，只要你願意，你可以前往任何地方。」

「即便哪裡都沒有〈語冬〉了？」

凡尼斯笑著點點頭。「即使沒有〈語冬〉，你一定也沒問題的。」

晨荷一定也沒問題。他接著說。

「周梓棠，你還記得我以前說過的話嗎？我說過，你只是還沒有遇見能夠原諒你的人。」

你只是還沒找到能夠原諒自己的理由。

還沒有找到可以停下步伐的歇腳處。

「現在……就算只有一點點也好，我希望我們的相遇，能夠成為你原諒自己的契機之一。」

凡尼斯的笑容像極了晨曦。溫柔，明亮。

至於剩下的理由，剩下的意義，他相信梓棠會慢慢找到的。人生方長。

「謝謝你，周梓棠。」

「不，該道謝的是我才對……我只是一直找不到機會。」

凡尼斯……不，梓棠在開口前，改掉了這稱呼。

「真的很謝謝你，趙光有。當初，還有現在，都是。」

是你讓我重新活了過來。再一次地，無所畏懼地。

梓棠向凡尼斯伸出手，是右手。
凡尼斯見狀，他不在乎各種艱澀或難題，伸出自己的左手，回握住梓棠。
彼此的手心無法順利交疊，仍緊握著彼此。
鼻酸與嗚咽占據梓棠的神經，他緊緊地、緊緊地握住凡尼斯的手。
「……再見了，趙光有。」
「嗯，再見，周梓棠。」
星月探出頭來，點亮夜晚的深海。一望無際的群青色好比花朵婆娑綻放。
兩人的腳下泛出潔白光譜，光譜延伸到比海底更遠、更深的所在。

※

梓棠自睡眠中甦醒。
冉冉地、悠然地、心神宛若一朵裹上晨露的睡蓮。
夢醒之時，睫毛沾著幾滴淚珠。細小的眼淚裡承載著回憶的重量。
他試著用左手握住鉛筆，用虎口包裹住筆身，拇指與食指彎曲起來。
左手並非他的慣用手，失而復得的笨拙觸感令他不敢置信。他嘗試用左手寫了幾個字，每筆畫都醜陋得像是蚯蚓。
這隻受贈的異體契合度極高，他沒有任何不適，倒不如說，非慣用手帶來的艱澀感令他懷念與舒適。

梓棠翻閱與凡尼斯的筆談紀錄，他擅長臨摹，於是再度挑戰用左手模仿出凡尼斯的字跡，不出所料，沒一筆畫是合格的。這種等級的模仿，當作複製畫販賣也只會被送進回收場。

他的左手就像是恢復到術前——回到截肢前的狀態，生澀而自然。

「……像場夢一樣。」

梓棠闔上眼，輕吐出一口氣。那並非嘆息。

倒也沒什麼不好。他索性放下手套，稍作整理一下就出門了。

在前往修復室以前，梓棠先繞到了美術館本館。

梓棠踏上階梯，抵達二樓展示區的某廳院。〈語冬〉的複製畫掛在那兒。正確而言，〈蓮夏夜〉以外的四季系列都安置在這個展示廳裡。

他來到這裡不為其他，只是沒來由地想觀賞「四季」幾眼。

——在那之後，沈行墨所牽扯的案件沒有任何消息。

負責偵辦此案的刑警有留下聯絡方式，梓棠卻從未主動聯繫過。

梓棠本來就沒有習慣刻意追逐新聞，這樁圍繞在楊玄名畫的刑事案件可能曾在電視畫面一閃而過，純粹是他未察覺罷了。

或許案情仍在調查中，也或許哪天會以不同的形式彰顯姿態。在這之前，梓棠都無意主動詢問。

能夠持續生活在這小小的修復室，與文物共存，對他而言就是萬分幸福了。

事件發生後，林茜主動提出了離職。

劉細告訴他，油畫科下星期會有新人報到。林茜離職後，油畫科一時間忙得昏天黑地，這下總有喘息的機會。

不知道會是怎麼樣的一個人？梓棠開始期待起來了。

離職的林茜也寄來了消息，信上簡易提到她的新生活。

基於長期共事的情分，劉細當初本來打算介紹她到其他同行的修復室工作，林茜本人卻一口回絕。她決定前往義大利進修。

這是否又代表她想沿著梓棠走過的道路再努力一次呢？她本人堅決表示「絕非如此」，成功的經驗無法複製，這次，她會嘗試摸索更多可能性。

另一方面，修復室以外的人們也傳來了好消息。

晨荷表示，之前的校外參訪獲得一致好評，師生反應均熱烈，校方決定這學期將會再舉辦一次參訪。

「到時候，希望梓棠你能再次擔任解說員。」晨荷這麼拜託梓棠。

「當然沒問題，我的榮幸。」梓棠一口答應了。

他心想，或許之後來報到的新人也會喜歡這份差事。

至於有關凡尼斯的事，因收養而使雙親產生疙瘩、屬於他們兄妹倆的事情，晨荷表示她也會試著與家人修復這段關係，儘管這條路顛簸而漫長。

針對這點，梓棠也感同身受。文物難以修復，更何況是人與人之間的關係呢？

「周先生，早安啊！之後的楊玄特展，真令人期待呢。」附近的館方人員走到他身旁，向他閒聊。

梓棠這時才發現自己站在四季油畫前好一陣子了。

他笑著回答：「是的，我也很期待。」

他向來用來武裝自我、劃清界線的笑容，已經增添了情感與溫度。

——〈蓮夏夜〉的修復完成後，梓棠主動提出楊玄的特展企劃。

「這場展覽不只會展出四季系列，也要呈現出畫作修復前後所呈現的模樣。我相信這是無關修復師或畫家的身分，而是每一位觀眾都能夠得到收穫的展覽。」

他向劉緗提議。

劉緗明白他的意思，多虧這次的修復畫作扯上刑事案，四季系列、楊玄與張皓凡的糾葛，她也成了半個知情者。

「室長，我認為人們都有得知真相的權利。」

劉緗反問：「得知了以後呢？」

「得知了以後，人們心中衡量善惡的尺將會有所變化。會變得更有多面性，思維也會有所延展。」

梓棠這麼說時，久違地感受到左手傳來的脈動。

「這些多方思考，將使人們變得更加堅強。」

「哦？聽來挺有意思的。」這番言論意外勾起了劉緗的興趣，她心想，梓棠想表達的應該是指「成長」的意思。

劉絪罕見地答應了梓棠的請求，表示會向美術館本館提出這個企劃。楊玄與「四季」的真相遲早都會爆發出來，那不如先發制人，透過展覽重新包裝，給世人留下好印象。

經過長時間的策劃與斡旋，這場以楊玄作品為主題的小型特展將在霽青美術館舉辦。不屬於館藏的其餘楊玄畫作，則會委託其他收藏家或美術館借展。

美術館的展場設置與修復室無直接關聯，但本次特展主題畢竟也提到了「修復」，修復室內的同仁們多少歡騰了起來。

因應這個特展，梓棠自告奮勇製作了展覽用的修復作品介紹圖錄。印刷宣傳品上的特展作品，凡是由CCS經手修復的，下方就會附註梓棠或修復師同仁所寫的短篇幅介紹。

圖錄上，記載著四季系列的篇幅裡會有畫家楊玄的名字，也會記錄張皓凡留下的痕跡。

摺疊成冊的亮膜印刷品上，存在著梓棠所記錄的真實。

人不可能完全客觀，但他盡可能以不偏頗的角度勾勒出話語。就像修復時那樣，拋去成見。

待圍繞著〈蓮夏夜〉的刑事案件公諸於世，特展的熱度勢必會被推往最高峰。屆時，必定會有各方人士湧入展場，褒貶不一的輿論將引發軒然大波。

想必會有人斥責他們沽名釣譽，將人命作為名利的籌碼，消費死者，玷汙藝術。各種辛辣言詞會如海嘯般排山倒海而來。這些，梓棠都已經做好了心理準備。

為善，為惡，都是他們得面對的課題。這些都是真相的一部分。

梓棠持續凝視著美術館內的〈語冬〉，他深信自己曾經害怕的冬雪黃梅，將重新帶給他力量。

——那麼，走吧。他對著自己說。

走向光的另一邊。

他期許自己今後能穩穩踏上那道白光，光芒想必和晨曦一樣，稍有寒冷卻也溫煦。

促使臘梅綻放的冬雪褪盡後，初春必定會來臨。

陽光會自綠蔭篩透而下，他將循著那道光網編織而成的路標，向前邁進，不再迷惘。

《一人筆談》全文完

逆思流

一人筆談

作者／希比基
封面插圖／SAWANA
榮譽發行人／黃鎮隆
總經理／陳君平
經理／洪琇菁
國際版權／黃令歡
執行編輯／呂尚燁
美術主編／方品舒
企劃宣傳／楊玉如、洪國瑋
出版／城邦文化事業股份有限公司　尖端出版
台北市中山區民生東路二段一四一號十樓
電話：(〇二)二五〇〇七六〇〇　傳真：(〇二)二五〇〇二六八三
E-mail：7novels@mail2.spp.com.tw
發行／英屬蓋曼群島商家庭傳媒股份有限公司城邦分公司　尖端出版
台北市中山區民生東路二段一四一號十樓
電話：（〇二）二五〇〇—七六〇〇（代表號）
傳真：（〇二）二五〇〇—一九七九
中彰投以北經銷（含宜花東）／楨彥有限公司
電話：（〇二）八九一九—三三六九
傳真：（〇二）八九一四—五五二四
雲嘉經銷／威信圖書有限公司　嘉義公司
電話：（〇五）二三三—三八五二
傳真：（〇五）二三三—三八六三
客服專線：〇八〇〇—〇二八—〇二八
南部經銷／威信圖書有限公司　高雄公司
電話：（〇七）三七三—〇〇七九
傳真：（〇七）三七三—〇〇八七
香港總經銷／城邦（香港）出版集團有限公司
香港灣仔駱克道193號東超商業中心1樓
電話：（八五二）二五〇八—六二三一
傳真：（八五二）二五七八—九三三七
E-mail：hkcite@biznetvigator.com
馬新經銷／城邦（馬新）出版集團　Cite(M)Sdn.Bhd.
E-mail：Cite@cite.com.my
法律顧問／王子文律師　元禾法律事務所
台北市羅斯福路三段三十七號十五樓
二〇二一年八月一版一刷

■中文版■

國家圖書館出版品預行編目資料

一人筆談/ 希比基 著 . --初版.
--臺北市：尖端出版, 2021.08
面 ; 公分.--(逆思流)
ISBN 978-626-308-325-7(平裝)

863.57　　110007294